クビシメロマンチスト

人間失格・零崎人識

ぜろざきひとしき

[日] 西尾维新 著

邢利颉 译

Illustration take

绞首浪漫派

人间失格・零崎人识

Author
NISIOISIN
Illustration take Cover Design 稚梦

クビシメロマンチスト

人間失格・零崎人識

西尾維新 NISIOISIN

人间失格·零崎人识

[日]西尾维新 著

[日]take 绘　　邢利颉 译

中国广播影视出版社

千本樱文库

前 言
PREFACE

文库，原本是指收纳书物的仓库和书库，也指收纳书与记事簿，以及不常用物品的小箱子。以前者为例，京浜急行线的“金泽文库站”就是以前镰仓时代北条氏用来收藏汉书的，“金泽文库”名字的由来便是如此。东京都的世田谷区也存在收集珍贵汉书的“静嘉堂文库”。后者则更多地被称为“手文库”。

江户时代以来，可以放入袖袂的小开本书籍逐渐流行起来，被称为“袖珍本”。明治三十六年（1903 年），富山房发行了小开本的丛书，起名“袖珍名著文库”。随后，明治四十四年（1911 年），讲述战国时代的猿飞佐助和雾隐才藏系列故事的讲谈社“立川文库”发行出版。讲谈是一种日本民间艺术形式，以口语化的方式讲述历史故事。而“立川文库”则是将讲谈收录成册集中出版的丛书，据统计，当时刊行量为 200 册左右。从那时起，文库就脱离了原本的释义，逐渐演变成了现在的类书集丛。

文库说法借鉴了日本出版业界的传统说法。而千本樱源自日本奈良县吉野山樱花盛开的奇景，世人皆用“一目千本樱”来形容樱花美景。千本樱文库纳入的作品皆为日系作品，题材包括推理、悬疑、幻想、青春、文化等类型，正如千本樱满山盛开的绝景。

现代日本，以“文库”命名刊行的丛书系列有200种以上，所谓“文库本”只不过是统称而已。日本传统的“文库本”常用的是A6尺寸的148mm×105mm，也叫“A6判”。千本樱文库的所有书籍将在“文库本”的基础上提升，达到148mm×210mm的开本标准。在追求还原的前提下，力图带给读者更清晰的阅读体验。

从20世纪70年代以来，日系推理小说逐步进入中国读者的视野。随着时代更替，涌现出了各种不同风格的作家。日系推理能够长久不衰的原因之一在于设立的各种新人奖，这些新人奖能为日本文坛输送新鲜血液，不断地创作优秀作品。其中，以“自由度”著称的梅菲斯特奖独树一帜。梅菲斯特奖是讲谈社旗下的公募新人奖，其特色在于不限题材，不设字数限制，能够充分发挥作者的想象力和创作力。因此，获奖作品都具有鲜明个性。同时，如森博嗣、京极夏彦、辻村深月等人气作家也都出道于梅菲斯特奖。梅菲斯特奖作家系列的引进出版，会给读者带来更多的个性之作。

西尾维新作品的风格，即使放在梅菲斯特奖的历史上，也是独具一格的。2002年至2005年期间刊行的“戏言系列”兼具文学性与娱乐性，打破了本格推理小说解谜为主，不注重登场角色的传统。其作品中，经常出现形形色色、个性怪异的角色形象：喜爱自言自语的大学生、醒来就会失忆的侦探等……千本樱文库会陆续为各位读者带来他们的故事。

千本樱文库编辑部

RENAISSANCE OF LIGHT NOVEL

轻的文艺复兴

轻文艺是介于轻小说与纯文学之间的分类。与轻小说一样，轻文艺较多使用配色浓烈鲜明的背景与人物形象的立绘作为封面。而在内容方面，除了汲取轻小说中“剑与魔法”“异能”“机械”等常见要素以外，更加注重构筑世界观，合理搭建人物关系，使其充分服务于剧情发展，因此更加具有逻辑性，作品完成度更高，并非只依托于“角色力”。而与纯文学相比，其天马行空的想象力，更受年轻读者喜欢的角色，以及融入流行文化的余味，都充分诠释了“轻”的概念。作为类型文学的重要分支，“轻文艺”不仅体现着文学的功能性，更将娱乐性发挥得淋漓尽致。

说到轻文艺的起源，离不开轻小说的发展。21 世纪初，轻小说曾经涌现出大量内容丰富的杰出作品，读者群体涵盖甚广，题材百花齐放，文学性与娱乐性都非常高，当时堪称轻小说的“黄金时代”。但随着动画市场的商业化运作愈发成熟，轻小说逐渐受到形象商务与媒介联动的影响，“萌文化”与“角色力”逐渐占据主导地位，如今轻小说的受众群体范围在逐渐缩小。近年，轻文艺的涌现也正是适应了读者的需求与时代的改变。

“轻的文艺复兴”旨在再现当初轻小说“黄金时代”的繁荣，遴选当下具有代表性的轻文艺作品，其中既有口碑甚好的名作，也有个性鲜明的新作。宛如文艺复兴运动，将曾经辉煌过的流行文化，推荐给这个时代的读者。

千本樱文库

我（旁白）
主人公

不曾被爱，即不曾活过——

露·莎乐美

“梦想是不会轻易实现的啊。”

“是啊。无论是谁，都抵不过现实。”

“那你认为，希望都是难以达成的吗？”

“难以达成的才是希望吧，不过也不尽然。”

——这是我和零崎之间发生的一个片段。

是我们的对话节选。

人类啊，但凡对这个世界还抱有疑问的，即使不是像我这样的戏言跟班，也多少都有过一些类似的经验吧。我所指的“似曾相识”，并非源于那些廉价的同理心与共鸣感，或是卑劣作祟的迎合与从众意识，又或是奇迹般随处可见的同步性。而是产生于“现在是在说某某事”的认知或概念之前，仿佛映在水面一样的感觉。

其中丝毫不见真实感，完全没有必然性，理论公式彻底缺失，也不是所谓净化之类的笑料，整合性连泡影都找不着，亦未曾有某词语埋下伏笔，要解决简直是异想天开，说服力还不如一滴水花，常识根本支离破碎，相互关联则彻底不存在，世界上的任何定律均无法适用，并且，最重要的是……一点都不浪漫。

不过还好，至少不算“一无所有”，这就足以将之视作喜剧。一出唤来悲哀、乞求怜悯、令人痛彻心扉的喜剧。

原本，我把零崎人识归为“水面之下的那侧”。思及他时，便认为他是触碰不得的异类分子——也只能这么去理解他。不过，对“人间失格”的这家伙而言，能将其特质具现的言语本就不存在吧。况且，对零崎而言，无论被怎么描述、类比，都是毫无意义的吧。就像戏言跟班对我来说没有太大意义一般，外界对那个杀人者的看法，从世俗意义上来讲，就已经是标准的错误答案了。所以，该如何概括说明这种感觉才好呢？宛如面对自己、仿佛与自己进行交谈的故事，其内在既奇妙，又极度正统。

没错。

所以，这本就是一场不可能发生的邂逅。

这大概就是原初体验。

首次听到的话语。

其记录可谓之起源。

各自的过往恰如一组关联想象。

起始点相同、方向也一致的两股矢量。

如自己回归日常之前的样子。

如镜中的映像。

总之，我觉得我和他很像。

就好比可以相互重合的图形，根本就不需要证明彼此有多相像——而且我们也都强烈意识到了这一点。从主观角度上看，当我和他交谈时，我当然是我，零崎也当然是零崎，并没有高于此层次或者超出此范围的情况，我们都对此心知肚明。可是，我们却又拥有一种不同于此的、超越言表的矛盾感，我们会将对方视为彼此，会将彼此视为一体。

因此，零崎是“水面之下的那侧”。

现在，轮到一位纯真的少女登场。

假设这位少女她——

假设她是有生以来第一次照镜子，那么在看向镜中彼端时，她绝不会把镜中映出的身姿，仅视为光的反射；她肯定会展开想象，会在脑中创作。在那一面之隔的彼端，有着一个无垠的世界；而自她心中建立的那个世界既和此处完全相同、不差分毫，又远得宛如要历经永久才能到达的彼岸一般——蕴含着如此巨大的矛盾。

能够允许这份矛盾的存在，其免罪符绝非是“无知”。而是此情此景之下，真实和虚幻的分界实在是微不足道——只要一边为真，另一边便为假。但若真相本身即为假象，则两边就会既有相同价值，又同样没有价值。

我是这么认为的。

零崎亦然。

纯以感觉而论，我和零崎之间的关系就很接近于上述的假设。我们明白彼此既完全相同，又截然不同。

“我说不定会变成你那样，因此才对你抱有亲近感吧。”

“我觉得自己绝对变不成你那样，所以才会对你产生好感。”

这也是我们之间的部分对话。

实在是戏言。

——说到最后也就这样。

我们应该都十分厌恶自己，所以相互之间还同时存在“同族相厌”和“同类相厌”的情绪。可正因为过度讨厌自己、过度憎恨自己、过度诅咒自己，于是讽刺至极的是，我们反倒能够认可那个不同于自己的对方。

认为对方是特殊的。

当然是很特殊的。

我是旁观者，零崎是杀人者。这便是一镜之隔的、正反相对的两极。

不过。

当那位时常沉浸于梦境中的少女伸出柔嫩的小手，轻轻触及镜面的那一刻，得到的或许只有空虚。只有虚无而零落的感觉。这会让她明白过来，自己所许可的存在，并不为他人所容，再进一步说，自己所许可的存在，对他人来说甚至根本就无关紧要。

毫不夸张地说，此时此刻，对少女而言——

一个世界就此毁灭。

由此，这是一个关于某世界崩塌的故事。

一个甚至无须“苍蓝色的学者”或“赤红色的最强人类”出手干涉，仅因其“原有之姿”便自然溃败垮塌的世界。孕育着正当矛盾的错误答案，同时降临至“人间失格”与“残次品”时，一切都将回归于零。

是故——

目录

我（旁白）——主人公

零崎人识——杀人者

贵宫无伊实——我的同班同学

宇佐美秋春——我的同班同学

江本智惠——我的同班同学

葵井巫女子——我的同班同学

浅野美衣子——我的隔壁邻居

铃无音音——浅野美衣子的挚友

佐佐沙咲——刑警

斑鸠数一——刑警

玖渚友——未知

哀川润——人类最强的承包人

第一章 斑驳碎裂的镜子（紫之镜）

0

我的世界是最棒的。

1

在坐落于京都市北区衣笠的私立鹿鸣馆大学内，有那么三家食堂。其中人气最旺的，当属存神馆地下食堂（它有个简略版的昵称叫作“存家”）。而受欢迎的理由或许是它的菜品最为丰富，并且与一家学生书店相邻。

那天，由于我第二堂课正好没有选修科目，便在听完第一堂课后步行去了存神馆地下的食堂。因为不小心多睡了一小时懒觉，只得省略早餐，便琢磨着潇洒一回，稍微提前一些享用午饭。

“这个点果然很空嘛……危险危险。”

我小声嘀咕着拿起托盘，又继续自言自语：“‘危险危险’能用在这种场合吗？”说完，我歪着头困惑起来，同时继续往前走。

那么，吃什么好呢？

总体来说，我不是美食家，因此对食物并不会好恶分明、挑三拣四的，大部分都吃得下，而且无论甜辣，都可以接受。只是，最近情况略微有所变化——约莫一个月之前，我度过了三餐皆极尽美味之能事的一周，而这份回忆实在太过强烈，其后遗症便是把我的舌头养刁了。

换言之，我都快有一个月没出现过“哦，这个，很好吃啊”的感觉了。每逢进食，便会缺少一份餍足感，欠缺些许重要的东西。

虽然尚未达到“构成问题”的程度，但也差不多到极限了，干脆就趁现在解决下倒也不失为一种选择——所幸我已经想到了两个办法。

其中之一非常简单，只需单纯享用美食即可。

“……不过，大学食堂可指望不上。”

除非能够再次登上那个奇特、异常之程度和帕诺拉马岛[①]并驾齐驱的孤岛，否则上述方案便不可能实现。不过若是说到故地重游，我虽谈不上特别抗拒，但还是敬谢不敏的。

“因此，这套方案，驳回。”

我对自己的发言频频点头，表示赞同。

如此一来，就只剩另一个方法了。这个方法也相当费事，简而

---

① “帕诺拉马岛”是日本著名推理作家江户川乱步的名作《帕诺拉马岛奇谈》中的岛屿，主人公醉心于乌托邦世界而对一座孤岛加以改造，并将之打造成为世外桃源。——译者注

言之，即“给不听话的孩子吃点苦头”，给予或掠夺都可以解决大部分问题。

我移步至盖浇饭区准备点餐。

“你好，请给我大碗的泡菜盖浇饭，不要盛饭。”

“那就只有泡菜了！”食堂阿姨满脸诧异地抱怨了一句，不过还是按我的要求给我递过了餐——对着这份毫无烹制价值的点单，她依然展现出了相当的职业操守。

吃完满满一大碗堆尖的泡菜山后，仍能保有原本味觉感知的强悍舌头，并不会存在于当世。我心满意足地点了点头，将大碗置于托盘上，结了账。

食堂正空，反而让人拿不定主意该坐哪里，可再过一小时，这里就会挤满翘掉第二堂课的学生。我不喜欢人多的地方，心想必须得赶在用餐高峰前撤离，便选了靠边的位置。

“开动了。”我轻声说完，吃下第一口。

“……”

实在是难以下咽。

这种东西，我非得吃掉整整一大碗吗？这不就是俗称自杀的行为吗？到底是出于什么原因，让我必须这么干？我究竟做错了什么？

“……或许，这就是报应吧。”

也可以说是自作自受。

于是，我便默默地动着筷子，毕竟自言自语太多会被当成怪胎。而即使没有被误会，一边进食一边说话也是颇为不雅的。

"……"

然后……

差不多到极限了。别说舌尖，就连大脑都逐渐麻痹，我已经搞不清楚自己到底在做什么，还有自己到底是谁，"谁"又是什么意思，而且说到底——"意思"又是什么意思？

"哟嗨。"

就在此时，有人在向我打招呼，她坐到我正对面的椅子上。

"你的托盘稍微撤一点啦。"

说着便擅自将我的托盘往我这边推了推，并在腾出来的桌面上放上自己的托盘，盘中摆着培根鸡蛋奶油意面、金枪鱼海带色拉，还附了份水果当作餐后甜点，共装了三个餐碗。

哦哦，中产阶级[①]的有钱人啊。

"……"

我左看右看，食堂依然空落落的，甚至称得上冷清。她为什么非要坐在我对面吃她的培根鸡蛋奶油意面呢？莫非是某种惩罚游戏吗？

"——哇哇！这什么情况啊！全都是泡菜！"她看着我的午饭，惊讶地脱口而出，"你好厉害啊！吃一大碗泡菜！"

她的大眼睛睁得滚圆，还像高呼万岁时那样举起双手——说不定是真的在喊万岁，不过也可能是表示投降，或许她是伊斯兰教的

① "中产阶级"原文为bourgeois，也有音译作"布尔乔亚"。——译者注

信徒呢？总之无论怎样都和我无关，我只是有点惊讶。

她头上是掺了一点红色的及肩短发，发型既像是波波头，又像娃娃头；衣着非常普通，是典型的鹿鸣馆大学生风格的打扮。由于坐下以后显得矮了不少，我想她多半是穿了厚底高跟的伦敦靴。

充满稚气的五官令我无法分辨她是我的学姐还是和我同级——虽然从外表来看有可能是学妹，但我自己就是一年级，不可能还有学妹。

“……喂，你都不给点回应，我会寂寞的啊。”

她圆溜溜的眼瞳，凑近了盯着我。

“啊……你是哪位？”我终于开口说道。

我应该，确实是第一次和她见面。虽然仅仅度过了一个月，但我清楚地认识到，在这个名为大学的空间里有很多明朗坦率的人，可是颇为神奇。明明是初次见面，却能像十多年的挚友般前来闲聊——只是对很不擅长记住别人长相的我来说，着实大伤脑筋。她肯定也是这类人。如果打算游说我，拖我加入什么社团、宗教之类的话就麻烦了——我一边这么想着，一边就把对她的问询说出了口。

“呜哇！讨厌！忘记了吗？你忘记了吗？居然忘记了吗？伊君，你好冷淡！”结果她却夸张地摆出大吃一惊的姿态喊道。

咦？

从这种反应来看，我们大概不是第一次见了。

“呜哇！太惊人了，真拿你没办法呢。嗯，是没办法的，因为伊君的记忆力不好嘛。那就再重新介绍一次好啦。”她这么说道，将双手掌心朝向我，笑容满面。

“我是葵井巫女子，4649[①]请多指教！”

“……”

被麻烦的人缠上了。

不管我们到底是不是初次见面，反正这是我对葵井巫女子的第一印象。

2

听完了她的话，原来经过非常简单。

巫女子是我的同班同学，基础课和专业课自然是一起上，就连语言学都和我编在同班。因为已经打过很多次照面，黄金周前的班级合宿活动也在同一个小组，所以我们上英文课时甚至是练习对话的搭档。

“嗯……听完你的说明，我好像真的很奇怪啊，熟悉到了这个程度却还记不住你。”

① “4649”在日语中音同“请多指教”。——译者注

“是很奇怪呀，啊哈哈——”巫女子轻轻一笑。

别人甚至都不记得她的存在了，她却依然可以开朗地笑出来，这神经是有多大条。我由此觉得，巫女子也许是个好女孩。

“嗯——我啊，要是被一般人忘记了，也是会害怕的啊。不对，还会发脾气！但是呀，伊君是另一种人。怎么说呢，就像是那种不会忘记‘绝不该忘的事’，但会将‘本来不太会忘的事’很快抛诸脑后的人。”

“啊，嗯，无法反驳。”

你说的倒也没错。

有一次，我甚至忘记了自己的惯用手是右手还是左手，导致吃饭时一筹莫展。顺便再多说一句，其实我左右两边都是惯用手。

“所以，这位巫女子同学，找我有事？你不用上课吗？”

“上课？这个嘛——”

巫女子不知为何显得莫名开心。不，我想她的默认状态就是这种情绪高昂的样子，不过我不记得她，所以也不能确定。但无论如何，面对带着这样的笑容、愉快谈笑的巫女子，当然不会心生厌烦。

“嘿嘿，我逃课啦。”

“……我觉得大一学生还是老实出勤比较妥当。”

“欸——可是，很没劲的嘛，超没劲，就是那个什么课，经济学课？课上讲的全是专用名词，竟然还要讲数学，巫女子是学文科的。而且伊君自己不也逃课了嘛。”

“我是没课。”

“这样吗？”

“嗯，周五只有第一堂和第五堂有课。”

巫女子又举起双手，呜哇地叫出声来。

“这要多难熬啊？中间空了六小时，很无聊呀。”

“我并不讨厌无聊啊。”

“嗯哼。我觉得呢，不开心的时间就好无聊，不过，人各有志嘛。”

她边说边转着叉子，开始卷培根鸡蛋奶油意面，不过却没把卷起的面顺利地放到勺子上，而且屡战屡败。我在旁观，本以为她还得花上好一会儿才可以把意面送到嘴里，她却把叉子丢在一边，改用筷子，真是懂得随机应变的姑娘。

“我说……”

“嗯？怎么了？”

“空位还有很多。”

“是哦，不过我看很快就会坐满的。”

“现在还是很空吧？”

“是呀，所以呢？”

我其实很想说“我想一个人吃饭，你换个位子吧”，然而她笑得毫无防备，完全没有预想过会遭到拒绝。面对这样的笑容，就算是我，也不由打消了恶意。

“……不，没事。”

“伊君？你好奇怪哦。”

巫女子噘着嘴。

“啊——但不奇怪就不是伊君了，奇怪才是伊君的身份标识呢。”

有种无形中受到冒犯的感觉。不过，相比之下，还是将相处了将近一个月的人给忘了更为失礼。我也就对她的失言充耳不闻，将兴趣转移到了泡菜上。

“伊君你喜欢吃泡菜吗？”

“不会，并不怎么爱吃。”

“可是你点了超级多呢。韩国人都没这么能吃泡菜呢。”

“因为有某些原因……”

我说着话，同时把泡菜送入口中。碗里的余量还有一半以上。

“没什么大不了的。”

“所以是什么原因呢？”

“你先自己想想看。”

“欸，那个……嗯，也是呢……”

巫女子抱起胳膊，陷入沉思。只是，必须吃掉满满一大碗泡菜的“原因”可不怎么好猜。保持了一会儿双手环抱的姿势之后，她松开手臂：“唉，算了。”到底是个豁达的女孩啊。

“啊，说起来，之前有件事情一直想问伊君的，这下正巧，我可以提问吗？”

“想问就问好了……”

“正巧”不是在偶发情况下才适用的固定句型吗？就我所知，巫女子可是自己主动坐到我对面来的。

更重要的是，莫非她是有备而来，而且接下来才要进入正题吗？

“伊君你呀，四月初没来学校吧，是出了什么事吗？”巫女子笑着说道。

“……啊哟。”

我停下筷子，而夹在筷子间的泡菜也因此一坨坨地掉回碗里。

“唔——那是因为……”

我大概是露出了为难的表情。

“啊，如果不方便说就不勉强啦，我只是心里有点好奇而已，就是想玩一下‘巫女子的提问时间’之类的小环节。” 巫女子忙不迭地大幅度挥着手，赶紧接口说道。

“嗯，没事，倒也不是什么非常难以启齿的事，理由很简单，那时候我正好外出旅行，去了大约有一星期。”

“旅行？”

巫女子像小动物一样扑闪着大眼睛，情绪十分容易辨识，倒也便于我说下去。她大概是善于倾听的那类女生。

“你说旅行吗？去了哪里呀？”

“到日本海的无人岛上去转了一圈。”

“转了一圈？”

“是啊，至少不是深度游。也是拜这趟旅行所赐，我才沦落到必须吃泡菜的尴尬处境。”

巫女子听完我的说辞，把脑袋偏向一边，露出困惑的表情。这是理所当然的。不过我基本上是个怕麻烦的人，也就没打算详述细节。而且话说回来，那些事情要我怎么说明?

“总之就是一趟旅行，没有什么深刻的理由。”

“嗯，原来是这样呀……”

“你以为是什么原因？”

“啊，没有啦……”巫女子好像害羞了，双颊绯红，“是，那个，我想是不是因为受伤之类的长期住院了。”

也不知道她是打哪搞出来的这种想象，不过刚一入学就请了一周的假，若要究其原因，任谁都会做出这类的假设，至少总比“稍微去旅行了一趟”更为可信。

“原来是这样呀。就像稍微迟到了一点的毕业旅行吗？”

“对，就是这种感觉。之前没预约上，拖到后来就占了四月份的时间。”

我耸耸肩，说了与事实完全不符的话。提起毕业旅行，我从小学起就不曾有过“从学校毕业”的经验，而这件事说来话长且毫无意义，我也不想对别人娓娓道来，姑且就顺着她的话接下去。

“嗯嗯。”不知巫女子是否接受了我的说法，她的表情阴晴不定的，不甚明朗。

“那……你是独自一人去旅行的吗？”

“嗯。”

“这样呀——”

一瞬间，她又宛如霾过天晴，绽放出爽朗的笑容——这个女孩子果真是表里如一，表达情绪时坦率得令人羡慕。

令人羡慕。

也不尽然。

我并没有很羡慕 。

“那么，巫女子，你找我到底有什么事？”

“嗯？”

“你是有事才找我的吧？你看，明明有这么多空位，你却特地坐在我的面前。”

“嗯——”，巫女子微眯着眼睛，视线投向我的胸口一带，“没事就不能和你一起吃饭吗？”

“咦？”

这次轮到我困惑了。

“唔——打扰到你了吗？我只是从这边路过，正好看见伊君你在，才想找你一起吃饭的。”巫女子又继续说道。

“哦哦，原来如此。”

也就是说，她是想要找个可以边吃边聊的饭友。尽管像“用餐”这等私人行为，我是偏向于独自进行的，但也有很多人把就餐时间当成闲谈时间。巫女子应该就属于后者，因为自己一时兴起逃了课，找不到可以一起吃饭的朋友，此时刚好遇上面熟的我，便过来向我打招呼。

“这样的话，一起吃倒也无所谓啊。”

“啊哈哈，谢谢，总算放心了。我还担心要是你说不行可怎么办呢。”

“你会怎么办？”

“嗯，反正……就……那样吧。”

说着，巫女子假装拿住自己托盘的两边，然后“咻咻”地做出拧转手臂、将托盘倒扣的示意动作。

“像这样。”

“欸……”

只不过是没有同意一起吃饭，就做出这样的反应……我当然知道她是开玩笑，不过也稍微松了口气。毕竟她可是会将喜悦之情展露无遗的巫女子——这样的她在生气时也不见得会有所收敛，所以说不好真干得出来。

“哎，反正我也没事，还是可以陪你说说话的。”

“嗯嗯，谢谢你。”

“好，那聊些什么呢？”

“啊，这个嘛——”

被我一催，巫女子神情紧张地摩擦起了两根筷子，发出“噌噌”声，大概是在找话题。

唉，虽说我并不记得她这号人，不过都接触近一个月了，她对“我”的外在人格理应有所了解。我无知到甚至会误以为足球是用脚来玩的棒球。所以她到底要抛出什么话题，才能跟我这种缺乏常识的人聊得起来呢？对此，我饶有兴趣，仿佛并非当事人一样。

这时，巫女子好像来了灵感似的拍了一下巴掌，说道："最近世道很不太平呀！"

"嗯？怎么说？"

"……啊，呃，就是那个嘛，那个人们疯传的拦路杀人者啊，就算是伊君你也该听说过吧？"

居然说什么"就算是伊君"……巫女子的措辞实在是惹人生气，但也只有知道"拦路杀人者"的情况下，才有生气的资格。

"你当我傻吗？我当然知道啦！"

——具有充分的生气理由时可以这么说。

"烦死了！不知道！笨蛋！"

——而这样就纯粹是恼羞成怒了。

"嗯？伊君你怎么了？"

"没，没事，拦路杀人者是指？"

现在，我显然不是想听"凶手毫无预兆地突然加害过路人"这样的标准解说。

"啊——不会吧？伊君你是在开玩笑，还是在玩什么梗吗？电视上不是在重复地播报吗？住在京都的人不可能不知道啊。"巫女子目瞪口呆，一脸错愕地说道。

"我家没有电视机……也不订报纸。"

"那互联网呢？"

"啊……我也没有电脑，在学校又很少上网。"

“哇——伊君你还未受文明开化呀！”巫女子似乎对我越发钦佩，“这是在坚守某种人生原则吗？”

“唉，也谈不上什么原则不原则的，我不过是不想持有很多的东西。”

“欸，伊君你开创新时代了——跟古时候的哲学家一样！”

巫女子兴高采烈地鼓着掌，但如果她知道我是出于“东西一多，房间就会变挤”这种现实又穷酸的理由，不晓得还会不会给出这般回应。

报纸可是相当占地方。

“你刚才说‘住在京都’，那个‘杀人者’事件是发生在京都的？”

“嗯嗯，是哟。闹得一塌糊涂，‘古都’都成了‘咕嘟咕嘟’的一锅乱粥，都内好多地区都把修学旅行给停了。”

“嗯……还真惨烈。”

“已经有六个人被杀了！而且事情还没完！目前尚未锁定犯人！”

“据说是用刀子把人刺死，还伤及了内脏。好恐怖啊！”巫女子略显兴奋，有些激动地说道。

“……”

也顾不上现在是不是用餐时间。总之，她会抛出这种话题，我要负上一定责任。但即便如此，巫女子也很厉害，竟然能这么欢欣雀跃地讲述杀人事件。

不管怎么说，事不关己的态度是很可怕的。

“六个人啊……算多吗？”

“当然多啊！而且不是一点点多！”明明不是犯人，巫女子却有些骄傲和得意。“这在外国也许不算什么，可是日本很少发生连续杀人事件！已经足够轰动全社会啦！”

“哼……这样啊。难怪最近总有警车在到处巡逻。”

“是的是的，新京极[1]那一带还布置了特殊警察[2]队呢，不过他们聚在那里只会让我想到祇园祭。”

不知道有什么不对劲的，巫女子说到此处便咯咯地轻笑起来。

“哈……原来如此，出了这样的事啊……我还一点也不知道……”

我点点头，算是对巫女子的话做出回应，心里却不禁想道“玖渚那家伙大概会喜欢这种话题”。

玖渚全名玖渚友，我为数不多的友人之一，或者该说是我唯一的朋友。她出于兴趣会收集此类事件。目前十九岁，电子工学与机械工学专家，她是个长着蓝色头发的、奇奇怪怪的“家里蹲”女孩。不过，与疏于收集情报的我不同，她简直就是超级精通情报的行家里手，所以肯定已经知道拦路杀人者的事了，根本用不着等我

---

① “新京极”指新京极大道，是京都市中京区的一条南北向商业街；“祇园祭”是京都每年举行一次的节庆，也是日本最大规模及最著名的祭典之一。——译者注

② “特殊警察”相当于我国的特警，是警察队伍中训练有素、专门执行重大安全任务、装配武器的一支队伍。——译者注

通知——不仅如此，搞不好她已经有所行动也说不定。

“什么时候开始的？”

“好像是五月之后才出现的。嗯，大概吧。怎么了？”

“不，随便问问而已……”

我吃下最后一块泡菜，舌头——其实是整个口腔——已经完全报废。从明天起我八成不会再任性地吐出任何诸如“这餐饭不美味”之类的怨言了。不过仔细想想，只消一大碗泡菜就能动摇我的主张，说明我的味觉相当弱小无力。算了，反正本来就只是情绪的问题。

“我吃饱了，那么，有机会再见。”

我放下筷子，起身离席。

“啊！等下！等下啦等下啦！你去哪儿啊？！”巫女子慌忙拉住我，“伊君你等等嘛！”

“去哪儿？吃都吃完了，我想去书店看看。”

“可我还没吃好啊！”

我一看，巫女子托盘上的食物确实还剩下一多半。

“可我已经吃好了啊。”

“别这么说嘛，人家听了会寂寞的，陪我吃完再走嘛。”

我的性格还没有强硬到能说出“我凭什么要浪费这种时间？”之类的话，经常轻易地就被别人牵着鼻子走。

“好吧，我正好也闲着。”反正没什么火急火燎的要事，而且也没有吃得很饱，既然身处食堂，那索性再点个饭食之类的来吃也好。

“那我再去买点东西。”

说完，我便逆向穿过收银台（这是违规的），搜索着墙上贴着的菜单，打算叫一份牛肉盖浇饭。咦？比吉野家[①]贵呢，还是吃别的好了。当我还在犹豫不决时，“还要泡菜吗？”柜台后边的食堂阿姨愉快地笑开了脸招呼道。

“对。”

啊！我怎么就点头了。

“错失时机。”

不对，这时候该用“追悔莫及”？

于是几十秒后，我单手端着一大碗盛得满满的泡菜（阿姨特别多送了一些），回到了巫女子面前的位子。

“这什么情况？难道你是在等我吐槽吗？”

“别在意了……对了，我们刚刚聊到哪了？”

“是哦？在聊什么来着？忘记了呢。”

“啊，这样，那么来说说学业吧 。”

“才不要。”巫女子用力地快速摇头。

“为什么不？关于今天的第一堂课，我还有些地方不太明白，我们来相互交流一下。好歹是一年级的必修课，巫女子你也上过吧。按我的理解，导致这一情况的首要原因是教授解说得不到位，

---

① “吉野家”是日本著名平价连锁简餐店，招牌是牛肉盖浇饭，在中国也开有连锁店。——译者注

你觉得呢？”

“什么你觉得我觉得啊，又不是快考试了，才没有男生会和女生聊这种话题的！”

其实我只是开个玩笑，不过巫女子好像真的不愿谈这些。

“这样啊，巫女子你讨厌学习吗？”

“不是我喜欢或讨厌的问题，是根本没人喜欢学习啊……”

“啊，这个结论可是有赞同派和否定派两种意见……先不讨论这一点，巫女子啊，你既然讨厌学习，又何苦来上大学？”

“呜哇，你说了不该说的话，一说出来就完了。呜……还不是……还不是因为大家都这样嘛……”

我好像不经意间触及了什么核心，巫女子流露出些许的伤感。这么说来，的确有人曾提出“日本的大学不是求学之人的去处，而是步入社会之前的准备阶段”之类的说法。“日本的义务教育一直持续到大学毕业嘛”，听起来像在说“大学生的脑子和小学生同一水平”。她又大言不惭地继续说道。

“嗯，可是啊，这就意味着日本的小学生已经拥有了大学程度的知识，所以日本靠着这群漫无目的地上大学的年轻人扛起全社会，而且成为了经济大国——这么想想，我们国家还真是很了不起呢。”

“话真是怎么说都行……”

“伊君喜欢学习吗？”

我耸耸肩。

怎么可能喜欢？！不如说挺讨厌的。

“但是用来打发时间倒还不赖，而且，它更是一种逃避现实的手段。”

“一般情况下，学习才是普通的现实生活吧。”

巫女子“啊哈——”地长叹一声。

接下来，她大概是打算专心进食，安安静静地吃了一会儿色拉。

嗯，不过一盘意大利面、一大碗色拉，再加上甜点，对于不到二十岁的女孩子来说，吃这么多合适吗？我周围没有能拿来作为参照的女性（只有极度偏食者、超级大胃王和罕见的绝食者），因此无法判断。但巫女子的身材并不太瘦，亦非超重，所以就现在的她而言，这个摄入量大抵是没问题的。

“……那个，你这么盯着我看，我会吃不下去的。”

“啊，抱歉。”

“嗯嗯，没事，没关系了。”

然后巫女子又继续吃着。

眼看着快要吃完的时候，巫女子向我投来探寻的眼神。不，其实从她刚坐下起，她就不时会用窥探的眼光看着我，只是现在看得更露骨了。

她的眼瞳似乎想要向我诉说什么。

所以我才以为她有事找我，而这个推测似乎命中了。

可能是终于下定决心，巫女子还没吃甜点就搁下了筷子，脸上浮现出略带恶作剧气息的笑意，接着探出身子，径直凑向我的脸。

“那个，伊君。”

“什么？”

“其实呢，巫女子可能有事要拜托伊君。”

“可能有事，那就是没有啦。”

“就是有啦！”巫女子缩回身体，重新坐到位子上说道，“伊君明天有空吗？”

“如果有空是指没有预定的行程安排，那我就不能自称没空。”

“你讲话好拐弯抹角哦。”

“这是我的人设嘛。”我嚼着泡菜答道，“简而言之，明天没事。”

“好的！有空对吧！太好了！”

巫女子双手在胸前合十，喜笑颜开。我无所事事的周六竟然能为别人带来这般喜悦与欢心之情，身为一介闲人，真是倍感荣幸。

才怪。

……糟了。这种气氛之下，我好像又要随波逐流了。

“我有空对巫女子来说是好事吧。嗯嗯，不是说坐轿人，抬轿夫，旁边还有草鞋匠[①]吗？就如食物链一样，环环相扣。”

---

① “坐轿人，抬轿夫，草鞋匠”是一句谚语，原指人分三六九等，身份阶级不可逾越，现在也用于形容社会上各人分工不同，文中则是直接以该谚语中的供需逻辑，坐轿人雇佣抬轿夫，抬轿夫购买草鞋匠的鞋，表述一种“食物链”关系。——译者注

“嗯，那个啊，既然你明天有空，能不能稍微陪我一下啊？”

巫女子根本没听我说话，从刚才起就一直合着的双手现在又微微左倾，像是在合掌“恳求”我，盈盈的笑脸再加上一对小酒窝，简直就是犯规级别的请求姿势啊！凡是雄性生物肯定都会被其攻陷。不，甚至该说，是恨不得遭遇这种攻陷。

“我不要。”

面对这种请求都能断然拒绝，我实在太不讨人喜欢了。

“为什么？”巫女子似乎生气了，“你又没事，伊君，你不是有空吗？”

“确实没事啊，但不是说过吗？我又不讨厌无聊。你有时候也想发着呆放松一整天吧？任何人都是这样，希望从世俗的喧嚣中抽身逃离，从麻烦的人际关系中获得解放。任何人都有时间和权利去畅想自己的人生，而我拨给这方面的比例又比别人更多哦。”

“但是……但是还没听人说完就一口回绝，伊君你太荒谬了，太不讲道理了！就像初中二年级的学生组乐队，结果每个队员都是弹贝斯[①]的一样！”

真是精妙的比喻。

仔细一看，巫女子都快要哭了。不对，说是要哭，其实她那双大眼睛已在积蓄泪水，泫然欲泣。这可非我所愿啊！

环顾四周，存神馆的地下食堂差不多该进入高峰期了，前来就

① 一般乐队阵容起码包括主唱、吉他、贝斯、鼓四个位置，有时会配键盘手，因此全是贝斯的乐队会被巫女子用来类比“不讲理”。——译者注

餐的学生人数逐渐增多，我得赶紧想出对策，免得陷入引人注目的尴尬情况（比方说，把挺可爱的女孩子惹哭的状况等）。真是的，不过是被拒绝一次而已，犯不着哭吧？

“唉，先别急啊，巫女子，我会听你讲的，总之先来吃一口泡菜嘛。”

“唔嗯……”

巫女子乖乖听话，往嘴里塞了一口泡菜，随即“啊哇”地小声惨叫，眼泪就扑簌簌直往下掉。看来巫女子经受不住刺激性的食品（然而这正是我的目的）。

“啊呜——好辣啊——”

“哎呀，毕竟是泡菜嘛。不辣就不是泡菜了。”

糖腌的泡菜倒是也有，不过我侥幸尚未目睹这种奇葩食物，但愿它从今往后也一直待在和我无关的地方。

“呜呜……太过分了……伊君最坏了……对了，又说到哪了？”

“那个拦路杀人者？”

“才不是啦！在说明天的事！”

巫女子“砰”地一拍桌子，像是真的有些生气了。也怪我闹得有些过火——我如实反省着。

“……呃……是这样，你认识江本同学吧？”

“认不认识另说，但我不记得她。”

“……她专业课和我们同班，一个梳这个发型的女生。”

巫女子“唰”地举起拳头放在耳边，但这个姿势完完全全没有一处能让我想象出“江本同学”是什么发型。

“相当惹眼的女孩子哦，总穿得亮闪闪的。”

“哦哦，我不太留意别人的样貌……她的全名是什么？”

“江本智惠[1]，睿智的智，恩惠的惠。”

什么颠来倒去的名字啊！要说有没有印象，我好像有所耳闻，但又不敢确定。可要是直接就草率地附和一通“啊啊，那个女孩子啊！认识认识，想起来了，就是那个戴隐形眼镜的女孩对吗？”，然后被对方一句“骗你的啦！根本没有这个人哦！哈哈哈！你上当啦！噗噗噗！”当场推翻，岂不是太丢人了？会暴露我不懂装懂的事实。虽说巫女子应该不会这样耍人。

“昵称是小智哦。”

“这可吃不消啊。”

“啊？怎么了？”

“没什么，是我自己的问题。”我答道，然后缓缓摇了摇头，“不好意思，实在不太记得。”

“也是呢，”巫女子笑得一脸无奈，“你都不记得我，那更不可能记得小智了。不然的话，巫女子肯定会大吃一惊的。”

我不太明白她的逻辑，总之没惊动到她就能平息事态，我差劲的记忆力倒还有那么点可取之处，虽然这番理论也有些说不上来的古怪。

---

① “江本智惠”，读音Emoto Tomoe，构成回文，是作者玩的一个文字游戏。——译者注

“啊，那贵宫同学呢？贵宫无伊实同学，我都叫她小实的。”

“她也是我们的同班同学？”

“嗯嗯。”巫女子点点头。

“还有宇佐美秋春君，秋春君是男生哦，所以你该记得吧？”

“我的记忆力对男女一视同仁。”

“但就算在这点上男女平等，你也绝对不是女权主义者吧……”

巫女子“唉唉”地叹了口气，架势十分夸张，可她却并非有意为之。我感觉自己仿佛做了什么坏事，不过罪魁祸首是我的记忆力，而非我本人。

“总而言之呢，小智、小实、秋春君还有巫女子，我们四个人准备明晚开个小酒会。”

“哦，是要搞什么主题活动吗？”

“是小智的生日呀！”巫女子不知何故，变得神气活现的。她手叉着腰、奋力挺胸的模样倒也着实可爱。

“五月十四日！庆祝小智的二十岁生日！”

既然是同班同学，那就跟我同是一年级，所以智惠是复读一年才考上鹿鸣馆的吗？不对，也可能跟我一样是从国外回来的，当然这些都无关紧要。

顺便一提，我是十九岁，四月二十日出生。

“哦。”

我也没兴趣知道。

“呃……总之小智明天过生日，我们四个就想组织一场轻松随意的派对啦。”巫女子继续说道。

“嗯哼，不过难得的生日，才这点人，参与者可是少数精英啊。”

“嗯嗯，差不多吧，因为我们都喜欢热闹，但人多又很讨厌，反正我们就是很难搞啦。”

“这样啊，所以四个人的规模刚好合适。”

“欸？”巫女子有些错愕地抬头。

“假如去了五个人，就会打破四人组的平衡，这可不好。”

“欸？欸？”

“那么，帮我向他们致意。Happy birthday to you！”

“别对我说生日快乐啊！啊，这不是重点！你别又像个没事人一样走开啦！我只讲了一半！”

“因为有句话说得好，别人的话只能听一半。”

“那句话不是这个意思啦！”

我正准备离桌，巫女子却抓住我的一只袖子，又硬把我拉回座位。

可她都说到这份上了，就算还剩一半，后续内容也大致可以猜到。

“反正你就是要叫我去参加那个小酒会……那个生日派对呗。”

“哇！吓我一跳，你猜对了。”

巫女子又惊讶地高举双手，不过这次却显得十分刻意。她或许也不是那么表里如一，只不过是单纯的演技很差而已。

“伊君你好厉害，简直像有超能力一样。”

“别说什么超能力啦……我不喜欢。”我轻轻叹气，“为什么叫上我？我应该没见过智惠、无伊实和秋春君那几位吧？”

“按说是见过的啊，大家都在同一个班上呢。”

说得也是。

唔，难不成我真有健忘症？从以前开始我就不擅长记住别人，最近又特别严重，何止这三个人，其实与这间鹿鸣馆大学相关的所有人都不存在于我的记忆之中。

因此，问题很可能是源自我对他人的漠不关心。

当然，这和大脑的构造没有关系。

所以总结下来，这并不是缺陷。

也并非少了什么。

而是我一开始就已经坏掉了。

“莫非只是我自己不记得，但实际上我和他们三个很要好？但不管怎样，我觉得自己还不至于把朋友给忘了啊。”

听到我的问题，巫女子的表情带上了一抹悲伤：“不是这样的。你们很少交流吧。伊君你看嘛，你总是这样板着脸，一副看透世事的模样，扬起下巴，眯着眼睛，好像对什么都瞧不起似的，包括现在也是。怎么形容好呢，就是让人很难搭话啊。围着自己筑起一道墙，或是说像‘AT领域全开’[①]，而且还没有缩在教室的角

---

① “AT领域”源于日本动漫名作《新世纪福音战士》，是一种力场，展开后几乎可抵挡一切攻击。——译者注

落，反而大大咧咧地坐在正中间。”

我已然涌起了强烈的拒绝意识，希望她不要干涉我了。一句“既然你这么觉得，那就别来和我说话啦”几乎都到了嘴边，但还是说不出口。

我吃完了泡菜，泛起一种恶心的饱腹感。这两大碗的量，果然还是太过头，得有一阵子要谢绝泡菜了。

“但伊君和我不是处得很好吗？”

“很好吗？”

“很好的！”

巫女子双手齐上，把桌子拍得“砰砰”作响，她好像一激动起来便会下意识打击附近的物品。是故，若试图勾动她的怒火，至少要先处在她那双细胳膊所及的范围之外。总之就是要在保持一定距离的前提下才能惹她——按这个思路来想，打电话才是最理想的。

且慢，我为什么要拟定激怒巫女子的计划啊？

“于是呢，我自然就会跟朋友们提起伊君，不是吗？”

“大概吧。”

“然后呢，作为聆听方，不就会觉得‘什么嘛，那个脸臭臭的家伙好像还挺有趣的’吗？”

“嗯，也无法否认这种可能性。”

“那既然认为对方有趣，想和他交个朋友也不稀奇哦？哪怕他是个怪人。”

“也是，谁都会有鬼迷心窍的时候。”

“综上，就是这么回事啦。”

“怎么回事？”

“就是这么回事啊。”

巫女子盯着我的反应，满眼期待。我假装喝茶，避开她的视线。不过区区一杯茶自然不够消除我口中的麻痹感。

“呼——嗯，我听明白了。”

“明白了吗？”

“时机不错，明天住回老家去吧。”

“不要胡乱安插计划呀！你黄金周都没回老家好吗？！”巫女子再次拍桌。

虽然有些在意她为何知道我黄金周的行动，不过大概是我曾向她提过，而现在又对此事不复记忆了。

“但是嘛，对了，母亲节快到了啊。”

“母亲节是上礼拜，况且伊君你哪有这么孝顺哦！”

越说越离谱了。

可是巫女子同学，既然我是你口中那个“不会孝顺父母的十九岁青年”，难道就会对同学亲切友善吗？同学而已。但此时巫女子的情绪高涨起来，估计她自己都不知道自己在说什么。

“求你了，我都许诺他们说会带你过去的，你就当给我个面子嘛。”

“你大概有所误会，让我纠正一下。我被人称为‘情绪苍白、混沌不清如化学浊液的十九岁青年’，跟我说话一点都不好玩。”

“唔——就像‘把两个作家苗子比作鸡蛋，但其中一个鸡蛋没有受精，另一个被硫磺焖熟了，结果全都没法孵化’一样。”巫女子伤心地咬紧了嘴唇说道，“伊君，你就当帮帮我，陪我去嘛！当然是我太任性了，所以酒钱我来出。”

“抱歉了，我很怕喝酒。”

这是事实。

“为什么？”

“我有一次一口气灌下了一坛子伏特加。”

我没有告诉她那顿豪饮的下场，不过自那之后我便过上了滴酒不沾的人生——虽然我并不是聪明非凡之人，却也没有愚笨到不懂得从经验中汲取教训。

“呜哇——连俄罗斯人都不会这么干呀！”巫女子又坦率地表达了惊讶之情，“啊——这样啊……不能喝酒啊……那就头疼了……”

巫女子再次陷入沉思。她似乎很清楚让不喝酒的人参加酒会的结果。这么看来，她或许能喝上一点，但并不是大酒豪。

然而，我也没有冷血到对陷入烦恼的巫女子无动于衷。

哎呀呀……我啊，太容易随波逐流了。假如改变决定是人情所致，那多少还能耍个帅；但若只是被状况推来搡去就产生动摇，可就纯属是没有立场了。

“好吧，我有数了，如果你们觉得有人冷着脸占据房间中心位置也没问题的话。”

“嗯——就像伊君你说的……真是太给你添麻烦了……所以这样……可以吗？”

巫女子又一下子探出身子——打个不太恰当的比方，她的反应就像是发现有食物垂到面前的小狗。换作是猫，八成会怀疑“这是陷阱”而抱有戒心，但巫女子现在活力全开，欢欣鼓舞。因此，若以动物来论性格类型，即使她长得像猫，可本质上算是狗。

“可以吗？伊君真的肯陪我一起去吗？”

“可以……嗯，反正闲着也是闲着。”

这回答还是过于冷淡，连我自己都开始反思，怎么就没能说得再婉转些呢？然而巫女子还是漾起了天真烂漫的笑容。“哇啊！谢谢！”她大声叫道。

“不客气。”我回答道，然后喝干茶水。

再度放眼看去时，巫女子也已经享用完了甜点水果，于是我再次起身。

“啊，再等一下，伊君，把号码留给我呗，之后要联络你的。”

“啊？哦……”我从口袋里掏出了手机，“我想想……呃，忘了。”

“我就知道……这样，这是我的号码，你打过来就好。号码是……”

我将巫女子报的数字一一输入，随后她的小包里响起了手机铃声，是大卫·鲍威[1]的曲子。

看不出来巫女子能有如此品位——虽然这样的想法略显失礼。

“嗯，搞定啦……哎呀，伊君，你没有挂手机绳呢。”

“是啊，我不太喜欢用那种娘娘腔的东西。”

“手机绳很娘娘腔吗？”

“你这么认真问，我倒答不上来了，但至少它没什么男人味吧。”

“唔，好像也是。”巫女子勉强表示赞同。

“那么，就这样。”我拿起托盘离开座位。

“巫女子，明天见。”

“嗯！不许再忘了巫女子哟！”巫女子大幅度地挥手说道。

我也向她轻轻摆手示意，离开了食堂。在归还托盘和餐具之后，我又直接步行至隔壁的学生书店。作为大学向的书店，荟萃云集的自然多为学术类书籍，几乎不带娱乐性质，但它有九折的价格优势，而且不知为何（为何呢？），在售杂志的种类异常丰富，因此依然门庭若市。

当我走到小说角并伸手取下一本书时，突然意识到“咦？巫女子她叫我‘伊君’呢……”

回想起来，这个叫法倒是非常新鲜。因为她说得太过理所当然，我甚至都没觉出不对，但实在很难想象我居然会容忍她这样熟

① “大卫·鲍威”是摇滚巨星、演员、艺术家，在多个领域有杰出贡献。——译者注

稔又亲昵地称呼我。

我尝试着思考了一下，不过还是想不明白。我当然没有曾被这么称呼的记忆，可也没有记忆能证明我不曾被如此称呼。而且说到底，我对巫女子其人的记忆就稀薄至极，所以更不可能记得这些细枝末节。

“哎……算了。”

这种事情，根本就无所谓。

我说服了自己，转而站着读起了小说。

是的。

这种事情，无关紧要。

谁都不会为之而死。

尘世之间，诸事安好。

即使苍穹之上，神明不再。

3

对人而言，何谓致命伤？

——割下头颅吗？

那当然是。

——捣烂心脏吗？

当然也是。

——破坏大脑吗？

那必然是。

——强制窒息吗？

那绝对是。

但，我所指的“致命伤”并非这些微不足道、无足轻重之事，而是会使人陷于“是人却非人”，或“人生已断送”，或“虽生亦如死”等绝境的精神重击。正因为具备理性，人类才会陷入以上这些本就矛盾的绝境，继而整个人都被绝境吞噬、撕裂。

这才是所谓的“致命伤”。

概括地说，就是“失败”。

而且重点在于“失败”并非终点。

世界的残酷在于安逸闲适、缺乏刺激，就犹如微温的水。

过度地温和宽容，同时又冷酷无情——堪比恶魔，是以极乐。

说到底，人类即使犯下弥天大错，也不会死去。

或许可以说是死不了？

总之，不会死。

只会痛苦。

只会一味地苦苦挣扎。

然后不断继续——无休无止地继续下去。

没有意义，只为继续而继续。

人生不是一场游戏，但原因并非没有“重启键”，而在于没有“GAME OVER”。明明已经迎来“终结”，可明天仍会抵达。人夜之后，白昼将至；冬季消融，春日即来。人生真是美好。

作为致命伤，却不会致人死亡——这是绝对矛盾。就好比问出“人在超过光速时回过头去，能够看到什么？”这样匪夷所思的问题。

明明自己已不可能再次“作为自己”，人生却还要继续。多少次都可以重来。人生无论怎样都可以重来。

不过，那只是一再进行着低劣的复制操作。每一次的重来，自身的存在都会更加劣化。持续一段时间之后，自己还算是真正的自己吗？抑或是在很久以前，自己就已经沦为某些“不同于自己”的什么了？自己就已经落魄不堪了？正如主体终究无法变为第三人，自己也成不了自己的旁观者。这便是致命所在。

“……总之，就是唯心主义罢了……”

我一边自言自语，一边琢磨着无用之事，同时还吃着麦当劳的新品汉堡包。

超值套餐，五百二十日元。

也许是中午的泡菜起了效果，我的舌头似乎重获新生恢复了正常的味觉，吃起汉堡包便已感觉十分美味。嗯，果然身为日本人，断不能领会不了麦当劳[1]的美味啊。

现在是晚上七点半。

---

① 日本的麦当劳门店多，超值套餐价格实惠，吃得惯的话，对日常生活相当便利。——译者注

地点是四条河原町[1]和新京极大道一带。

上完第五堂课，我对巫女子提到的特殊警队颇感兴趣，便走到这里来打发一下时间。

托盘上放着汉堡包，旁边则摆了一本杂志，俗称八卦周刊，是我在学生书店买的。杂志封面上写着“封面特辑：开膛手杰克在魔都复活”。

“真没品位。”

其实这种独具崩溃感的品位也是我买下这本杂志的第二项理由。排在第一的不用说自然是因为它引人注目地报道了巫女子说的那起“拦路杀人者”案件。

我将两根薯条一起送入口中，衔着吸管喝着可乐，不自觉地翻开了杂志封面。第一页上便用哥特式字体写着“轰动京都的杀人者”几个大字，背景图片则是遇害者遗体的照片，遗体仿佛近在眼前，触目惊心。

感觉极为凶险。

“……这种照片居然能公开登载……”

我嘴里咕咕哝哝，手上“哗啦啦”地快速翻动着书页。这篇报道已经被我翻来覆去读了好几遍，对案件虽谈不上尽在掌握，但也有了一定的了解。

媒体称其为“京都连续拦路杀人事件”，但本案的情况却和“拦路杀人者”不甚相符。比起“拦路杀人”，说是“猎奇杀人”

① “四条河原町”是京都市中心一个繁华购物区域。——译者注

更为合适。而“开膛手杰克”的比喻似乎比媒体的叫法更为贴切。

“都六个了啊……本事真大。”我把杂志收进包里，又开始自言自语。

没错，六个人。正如巫女子所言，才短短不到两周就杀死这么多人，实在是够凶狠了。恐怕是史无前例的。开头两次作案倒还罢了，但接下来警方就出动了，又是四处搜查，又是调来特殊警队，犯人却还能继续作案，简直是在嘲笑警方。

受害者之间也没有关联，犯人下手时，男女老少皆不放过。警方认为（其实谁都这么想），这次案件属于拦路杀人。

因此，犯人很可能不会只杀六人就收手。

案件还没结束。

除非被捕或者杀人者自己腻了，否则杀戮就还将继续。也许就在今晚，就在此刻。

“终究只是戏言而已。”

我从麦当劳的入口处眺望新京极大道。

风景和平时毫无二致。

到了这个时段，即便观光游客有所减少，但整体人数也还算多，染着头发的年轻人大军取代了修学旅行的学生和旅客们，或许也可被归为一种“分栖生态”。

正漫步于此大道上的人们，谁都不会去想某个问题。

谁都不会认为自己也许就是下一个受害者。他们当然也是心存警戒的，毕竟路上站满了特殊警察，多少都会有些不安，觉得治安混乱，说不定还会比平时早些回家。

只是，所有人都从心底坚信自己还回得了家。

事实如此。又有几个人能够捕捉到自己正在面临的性命之危的实感呢？当然，他们遇害的可能性本来也低得可以忽略不计。

“那么，受害者们只是因为倒霉？”

话虽残酷，但也只能这么说。

好吧。

差不多该混到这群缺乏警惕的人群中去了。

想到这里，我便打算离开。这时，右裤袋里的手机振了起来。我看了下来电号码，并无印象，但也不能置之不理，便按下了接听键。

“Ciao[①]，是巫女子哦。”

兴高采烈的声音突然传来，我眼前仿佛浮现出了巫女子在电话那头竖起大拇指的倩影。不过，即使是巫女子应该也做不出这种动作。

然而，巫女子连通话对象是谁都不予确认，一开场就送上这么高亢的音量和情绪，要是打错了可怎么办呢？对此，我略有几分好奇。

“咦？我是巫女子哦，怎么啦？”

“……”

“……那个，是伊君吗？”

---

① “Ciao”是意大利语的“你好”。——译者注

"……"

"喂？你是伊君，对吧？"

"……"

"……打错了？欸？我打错了！"

"……"

"……呜哇！就跟'我们来做第二套广播体操，但时间不够了，所以改跳胡子舞蹈'[①]一样！对不起啊，我拨错号码了。"

"不，你没打错，有事吗？"

"呜哇！"

听到我的声音，巫女子发出惊声惨叫，还"哎？哎哎？"地好一通慌乱。之后，她终于"啊哈——"地叹了口气，总算是冷静下来了。可这份安心感很快就会转化成愤怒，于是我严阵以待。

"啊——真是的！电话就是要说话的！不然多吓人啊！伊君坏心眼！阴险！恶魔！伊君是杀人者！"

也不用说到这份上吧。

"对不起，对不起，我只是想开个玩笑……"

其实我没打算默不作声很长时间，可没想到她的反应这么搞笑，结果一不留神就错过了开口的时机。

"真是的……也难怪，毕竟是伊君嘛。"

巫女子还在兀自发出"呜呜"声。

---

① "胡子舞蹈"是日本著名艺人加藤茶和志村健于20世纪70年代的电视节目《8点了！全员集合！》中所表演的幽默舞蹈，配乐轻快，动作滑稽。——译者注

听起来很可怜的样子。

“对了，”平复好心情后，巫女子继续说道，“我打电话是要说正事！关于明天的……”

“不用这么大声我也听得清……我这边很安静。”

“嗯？伊君，现在在哪？”

“啊——嗯——在家，租的房子。”

“嗯——哼，我还在学校，刚刚有事要找猪川老师，所以现在才从研究室出来。那个研究室真厉害！全都是书！”

猪川负责教我们基础专题课程，他本人是副教授，性格有些偏执，除了对时间过分严苛（比如，学生在上课铃响前必须入座，否则即使跨进教室也算迟到，在铃响期间就座仍不能豁免，若铃声结束还未就位即视作缺席），整体还是很受学生欢迎的。

“呃——就是，那个啊，明天呢，伊君你明天在家对吧？”

“嗯，在家的。我们在哪里碰头呢？”

“唔，要是在约好的地方错过了找不到对方也很麻烦。这样吧，明天我去伊君家里接你。我买了一部小混动车[①]，正想骑出去兜兜风呢。那么，就四点。四点左右，伊君的公寓见，好吗？”

“我倒是没关系……可是，你知道我的住址吗？”

---

① “小混动车”，原指本田在1976年推出的Roadpal，是人力与用油双模式的混合动力型轻便摩托，装有发动机，外形接近自行车。原文中巫女子叫了它的昵称“啦哒哒”，下文起译为“小混动”。但实际上巫女子骑的不是本田Roadpal，后文有相关说明。——译者注

"欸？啊，哦，没……没问题，"巫女子好像莫名有些狼狈，话都说不利索了，"对啊，有那个嘛，就是开学时班里做过登记的地址簿嘛，所以我查得到。"

"光看地址就认识路？"

"不要紧！巫女子对京都很熟，是在千本大道和中立卖大道[①]的交叉处吧？"

"嗯……"

巫女子的言行虽然有异，不过她本人都说认识路，那就行了。我便顺口答道："那我这边没问题。"

"嗯嗯，那就这样。哎——反正都通话了，其实巫女子很想煲电话粥的，但接下来要去驾校，因为有预约课程，不快点就迟到了。"

"嗯哼……巫女子，你在学车啊？"

"是哟，伊君呢？伊君有驾照吗？"

"有倒是有，不过是自动挡的。"

不看驾照的话，我实际上能驾驶所有交通工具，但这是秘密。

"原来是这样呀。"巫女子表示已经了解情况，接着说道，"我现在的目标是手动挡车，也差不多到了该有辆四轮车的年纪了嘛，拿到驾照就让爸爸给我买车，嗯，那明天见啦，拜拜！"

巫女子笑个没完，嘻嘻哈哈地挂了电话。我盯着手机看了一会儿，随后把它放回了裤袋里。

嗯……是的，说起来我跟她约好了明天去参加活动，眼下姑且

① "千本大道"和"中立卖大道"都是京都的街道名。——译者注

还没忘干净，不过也差不多了，照这个苗头下去，到明天搞不好就会忘了。这下我可要像傻乎乎的小学生那样，在手心上写下“明天和巫女子有约”。

“不过嘛，既然她说要来接我，那我记不记住也无所谓。”转念一想，我便将刚取出的铅笔盒又收回包里。

现在，我要离开麦当劳了。回到街上已是八点左右，商业街的各家店铺都在陆续打烊。这时，我忽然想起来：“……对哦，明天是庆生啊……”

既然是生日，还是得买个礼物才行，这可是正常人应具备的常识。可我并不认为自己属于正常人范畴，而且还是被强行邀请的，没必要好人做到底。结果，虽然内心纠结不已，我还是把目光停在了近处的土特产商店。

江本智惠，她是何许人也？我对此毫无记忆。大概见到她本人就会想起来，不过在我认真思索之下，却依然没有任何有关她的记忆片段在脑海中浮现，可见她不是那种异常古怪型，反而像是比较稳重的、在上课前乖乖看书不玩手机的人。嗯……可是巫女子说她是打扮得亮闪闪的醒目女生啊？唔，果然想不起来，全无印象。

另外还有两个人……贵宫无伊实和宇佐美秋春吗？我同样也不记得他们是谁。

“……唉，都是巫女子的朋友了，也不会怪到哪里去的。”

“把你的朋友介绍给我，就能看出你的性格脾气。”——这是塞万提斯[1]著作中的台词。反过来说也能成立。没什么好担心的。

我如此思索，同时从整齐码放在商店门口的食品中拿起一盒生八桥[2]点心，盒中的糕点外皮被折叠成三角形，包着红豆馅，每盒三十个，是经典款的糕点礼盒，售价一千二百日元。

“……呼。”

论起京都就数八桥，论起八桥就数京都。没有八桥非京都，换言之，有八桥才有京都。跟八桥相比，清水寺、火烧大文字和三大祭典[3]根本不值一提，神社和寺庙也不过尔尔；来京都若不吃八桥，便只窥见京都的全貌一角。

“……搞定。”

是故，我决定送八桥礼盒给智惠作为生日礼物了。送非消耗品的话，要是挑选得不合对方心意，人家处理起来也会头疼。但八桥就没问题，还是很好的下酒甜品……且慢，甜食适合佐酒吗？我不喝酒所以不懂这些门道，不过至少还能吃就是了。

这时，就在这时，我的背后突然一阵恶寒。就像脊柱中被注入

---

① “塞万提斯”是文艺复兴时期西班牙小说家、剧作家、诗人，代表作有《堂吉诃德》等。——译者注

② “八桥”是用米粉、砂糖等制作而成的传统日式点心，也是京都最具代表性的名点特产，其中生八桥是指不经过烘烤步骤的八桥点心。——译者注

③ “清水寺”是京都最古老的寺院，已被列入世界文化遗产名录；“火烧大文字”是日本传统节日“盂兰盆节”的仪式之一，人们在山腰上用火堆堆出“大”等文字或图形，其中以京都的火烧大文字最负盛名；日本的“三大祭典”是京都祇园祭、东京神田祭、大阪天神祭。——译者注

液氮，引得浑身发冷；又如同坠入了绝对零度，甚至就连空气的温度都能将我灼烧一般，唯独大脑还保持正常。我好像处于冷热两极的间隙，就快要被其间的压力挤至溃烂。要不是意识清醒，刹那间就被压垮挤碎了。

"……"

然而，我没有回头。

只是尽力佯装自然，将八桥礼盒递给店员。染了茶色头发、戴着耳钉、束起马尾辫的店员露出了不似销售人员的诚挚笑容。

"谢谢亲[1]。"

我接过店员包装好的礼盒，支付了数额刚好的现金，无须找零。店员赶紧低下头，大声说道："期待您的再次光临哟。"游客们或许正是被这种真诚走心的待客之道所俘获的。我胡思乱想着踏出商店，往四条大道那边走去。

同时，再次感觉到了那道视线。那道一经察觉即无法忽略、不用主动去迎合便能意识到的强烈视线。不，已不能称其为视线了。

那是——杀意。

不含一丝邪念、敌意、祸心等杂质的，百分百纯粹的绝对杀意，此刻正熊熊燃烧。它将我缠绕其中，紧粘着我——这已非不快、不适的问题，而是非常恶心。

我继续走。

这股气息也如影随形。

---

① "谢谢亲"原文是用京都方言所说的"谢谢"，语调比较软糯。——译者注

继续走。

这股气息仍紧跟不放。

“也就是说，被盯上了吗……”

到底是何时、何地开始的？

毫无头绪。

杀意直白得我都不需回头确认。

杀意露骨得我都不用刻意感觉。

即是说，对方已经发现我察觉到了他。尽管如此，却还在大摇大摆地继续跟踪。

“麻烦了。”

我感叹道，同时流畅地穿梭于人潮之中。

真是莫名其妙。麻烦事分明都扔在海对面了，谁会料到竟然会在这个国家、这个城市里被人追踪，甚至有被人危害生命的可能啊？那些危险明明早就让玖渚排除过了。

所以才说是拦路杀人？

我挎包里那本杂志上的专题报道，在我脑中一闪而过。

拦路杀人者。

“……骗人的吧，喂……”

我到底遭了什么报应。套用巫女子风格的说法，就像“小猫俱乐部[1]二代成立，但组合成员全是伴舞”一样。什么不知所谓的比

① “小猫俱乐部”是日本大型女子偶像组合，由秋元康担任制作人，在1985年成立，1987年解散。——译者注

喻……果然不该去接触不熟悉的领域吗？我显然是犯糊涂了。

然而……

现在距离我背后二百米的那家伙，不管他是不是如今坊间盛传的拦路杀人者，还是另一个普通的杀人者，当然也可能是某个对我怀有私怨的人——但总之有问题。

不自然，不合理。

莫名地不合逻辑，而且光这一点就很奇怪。

心烦意乱。

对了，就像是发现自己正被镜子里的自己所注视一样，但这绝对是标准的错误答案。本该置于身前的那根红线，此刻却切切实实地到了身后。

“……戏言吗？”

这当然是错觉。

眼前最要命的是有人在尾随我。事实确凿。而且对方还会杀了我。

板上钉钉。

这两点是绝对的，至于其他，我已无暇顾及。

最后的可选项极为有限。

给予，或掠夺。

“好吧……接下来要无聊啦……”

穿过新京极大道后，我步上四条大道。出租车队的另一边排起了汽车长龙。

这个时段的四条大道非常拥挤，走路都比开车快。京都满是交叉道路，交通信号灯也因此数不胜数，所以最便捷的交通工具其实是自行车。顺带一提，其次便利的是步行，而滑板大概排第三。

由于我是从大学那边乘坐公交车过来的，现在只能动用排位第二的双腿。有一瞬间，我犹豫着不知该往哪个方向走，但很快便决定向东边前进。

等十字路口的红灯转绿，我穿过河源町大道；再径直往东即可到达八坂神社，再往南拐便是清水寺。这是京都寺庙游的官方路线，但我既非观光游客，也就没有去八坂神社[①]的打算。

太迫人了，太凶悍了。

来自那股视线的压力越逼越紧——这已经等同于施暴了。

“……啊——吃不消……”

尽管时值五月，我却直冒冷汗。已经多久不曾有过这样的紧张？回忆起来，还得追溯到那个诡异的岛上。但此刻我也有种不同于彼时的感觉。

紧张得反而安心。

我意识到“处于紧张状态的自己”是不败的。

“呼……”

接着，到鸭川[②]了。我没有上四条大桥，而是顺着桥边的楼梯

① 京都的“八坂神社”位于四条大道最东端，京都最有名的神社之一，是日本全国约三千座八坂神社之总本社，祇园祭便是该神社的例行祭祀活动。——译者注

② “鸭川”是京都的一个景点，也是代表京都的一条长31公里的一级河川。“四条大桥”是架在鸭川上的桥之一。——译者注

拾级而下，抵达鸭川沿岸的河滩上。日落之前，这一带全是年轻情侣们，他们一对对沿着河岸、等距站开的景象，在我看来堪称京都三景之一。而到了皓月当空时分，河滩上就是醉鬼们宴后的落脚点了。在木屋町大道[①]彻夜痛饮的酒客会来这里醒酒。他们下到学生，上到职员，各个年龄层都有。

小情侣也好，醉鬼们也罢，都只管晒出自己的幸福快乐，却给他人带去不便，不过我现在也不想围绕该论点畅谈哲学宏论。关键现在正好是这两拨人群交替、“青黄不接”的空档期。情侣们已经归去，醉鬼们还在充电，这一带根本不见人影。

换言之——绝佳场所。

而且还是桥下，就更加理想了。

我一踏上鸭川河滩，就钻入大桥的影子里。可以听见车辆在我头顶上疾驰而过，桥上的行人们熙熙攘攘。

喧嚣，嘈杂，烦闹。

但还不足以盖过对方的脚步声。

“咯吱咯吱”。

是蹭到砂砾的声音。

我口中喃喃地回过头去。

---

① “木屋町大道”是四条附近的街道，街上开设了很多餐厅、酒馆，也是观赏夜樱的好场所。——译者注

对方说着斩钉截铁的话，然后与我对峙。

当时的感受大抵只能算是迷惑。

非常普通的迷惑，除了迷惑还是迷惑。

我以为，那里有一面镜子。

他是个身高不足一米五、体格纤细、四肢修长的小个子，穿着虎纹的五分裤，脚蹬一双看上去像是安全鞋的工程师靴，上半身穿一件红色长袖兜帽衫，外面罩着黑色的军用马甲，双手则戴着露半指的手套款式，所以不可能是出于“怕留下指纹”等怯懦的理由，而只会让人想到是为了“避免持刀时汗水滑手”这种原始而简洁的目的。

他将两侧的头发剃去，剩余的长发束在脑后，像个舞者似的。右耳连穿三个耳洞，左耳挂了两个类似手机挂绳的吊坠，还戴了时髦的墨镜，因此我无法读出他的表情。他的右脸文着极为不祥的刺青，而且肯定不是涂抹上去的彩绘，更加凸显他的异样。

从头到脚都和我截然不同。

只有年龄和性别跟我一致。

尽管如此，我还是恍如在照镜子。

因此才会感到迷惑。

他也感到迷惑。

然后，他率先动手了。

才刚见他把右手探入背心口袋，下一秒就已挥出一柄刀刃长约五厘米的小刀。全程没有任何多余动作，可谓是已臻人类极限。

破音声起，寒光扭曲。

假如我是在场旁观的第三人，想必会惊讶于他完美的身手。

避无可避。

无法招架。

但我还是往后一仰，闪过了这一刀。当然，按理说是绝无可能的，我的运动神经虽不至于太差，但也不是特别发达，并没有足够优秀的动态视力看穿人类极限速度之下的手臂动作，也没有足够强健的快肌[①]来躲避他的进攻。

然而，即使是时速高达二百公里的卡车迎面撞来，只要能在五公里外察觉到，任谁都能轻易避开。

我对他的这记斩击了然于胸，仿佛早在五年前就预料到了一样。

我胡乱抓起自己的包，利用离心力朝他脸上甩去。但他又像十年前就知道这一手似的，只是偏一下头就化解了我的反击。由于刚才躲避攻击时用力过猛，我收不住后仰之势，直接就往后倒下。我当然不会傻到只顾防守。哪怕为此废掉一只胳膊，他的刀子肯定还是会立刻袭来。果不其然，对方一击不中，便迅速收回刀子，对准

① “快肌”又叫白肌纤维，特点是较粗大、收缩快、力量大，和“慢肌”相对。——译者注

我的颈动脉反手一挥。完了，以我现在的姿势，根本就避不开这一刀。我好像能够预知未来一般，清晰地预感到了那副自己不欲触碰的可怖光景。

所以闪避是毫无意义的，索性见招拆招。我抬起右手肘，迎向刀刃。

这下，对方却“忽”地手腕一转，收回攻势，刀子随之偏离原先的轨道。我的肘击也就显得幅度过大，打了个空。而且，我的正面门户大开，心脏、肺部等所有内脏全都暴露给了对方。

对方墨镜后的双眼显出一丝笑意。

他再次翻转手腕，刀刃垂直向我心脏刺下。

只有一瞬的停顿。

然后速度加倍地挥下战刀。快得根本看不见。这股杀人的意志，远远凌驾于人类感官极限之上。

我甚至来不及呼吸。不过，或许本来就没有呼吸的时间。

但是，眼前的这一幕，在我出生前就已知悉。

刀刃刚刺破我的一件衣服就戛然停顿。因此，我的左手食指和中指也在触及他墨镜的那一刻便不再继续前探。

双方陷入胶着。

我们瞄准彼此的要害，二者的砝码孰轻孰重简直再明显不过，甚至都不需出动天秤。即使只是极为短促的动手时间，也足够让我破坏他墨镜下的那双眼睛。

反之亦然。

我牺牲心脏，便可瞬间坏他眼球。

他舍弃眼球，即能彻底毁我心脏。

所以才说是“陷入胶着”。

相互僵持五个小时，或者五个刹那之后。

“真是杰作啊。”

他扔开刀子，开口说道。

“是戏言吧？”

我缩回手指。

他从我身上退开，我也站起身来。“啪啪”地拂去衣服上的尘土，然后缓缓舒展背脊。

简直像一场事先安排好的闹剧，提前就知道结果会是这样，所以我现在浑身都被一种刚做完暑假作业般的无力感完全支配。

他把歪掉的墨镜扶正后说道：“我叫零崎——零崎人识。你是谁？另一个我……”

这仿佛是向别人打听自己的名字似的，充斥着违和感的一问。这又是旁观者和杀人者的初次接触。而且这天居然是十三号，星期五。

第二章 与友游戏的夜宴（友夜之缘）

0

不祥与不幸都还不够分量。

给我更多绝望，给我更多黑暗，让我一心陷于堕落吧！

1

话说回来，在一个月中，十三号与星期五的重叠概率好像是最高的，每年至少会有一次星期五是十三号，而平均下来则可能达到年均三至四次。不过回头想想，不是基督教徒的我，连新教和天主教都分不清，所以十三号是星期五对我而言也只是用来说明十四号是星期六而已。

就是这么回事。

次日，五月十四号，星期六。我在位于千本大道和中立卖大道交叉处的一间公寓房内醒来，看了一眼时钟，已经是下午三点五十分了。

“……不会吧？”

有点意外……不，是相当吃惊……也不对，是超级震惊。这是打破我个人纪录的懒觉，有多少年没有睡到午后才醒了？而且现在还不只是午后，完全到了下午时段，即从午后算起直至次日零点的三分之一时间……这将成为我人生中决定性的污点，而被我永远铭记吧。

“……不过，早上九点才睡下，也难怪现在才醒啊。”

我睡蒙的头脑终于逐渐恢复思考功能。

好了……

起身。

房间有四叠[1]榻榻米大小，地上直接铺着榻榻米，用一只裸灯泡照明，家装过时得甚至让人怀疑这间公寓在京都还是首都[2]的年代就已存在，真是一个绝妙的古典空间。当然房租也便宜得要死，不过要死也是房东死，而非是我，所以我才不会介怀。

被子叠好后就收纳在壁橱里，也没有厕所和浴室，不过好歹装了洗手池摆摆样子，我就是用它来洗漱，然后更衣。由于我的衣服少到没有选择余地，所以不到五分钟便能完成上述所有准备工作。

打开窗户，让空气进入室内。京都可是一个神奇的地方，黄金周之后就差不多能称作入夏了，感觉就像至今仍在使用体现不出春

① （计算榻榻米的量词）张、块。一叠相当于1.62平方米。——译者注

② 自公元794年桓武天皇迁都平安京到公元1868年东京奠都为止，京都一直都是日本的首都。——译者注

秋，而只有冬夏两季的旧历一样。

这时，有人敲响我的房门，我住的公寓没有装配“内线电话”这种文明利器。

刚好四点整。嗯，看来巫女子果然守时，我略为赞叹。虽说严苛到猪川老师那份上的话，莫说让人难以自适，简直就是大麻烦，但既然自称为人，就该像机械表那样精准守时，在这点上，巫女子有做人的资格。

“来了，马上。”

我放下门闩[①]（这实在太复古了），门打开了。意外的是，门外站着的却不是巫女子。

“打扰。”

访客是住我隔壁的浅野美衣子小姐，是位比我年长的大姐姐，今年二十二岁，从事自由职业，有着奇妙的和风审美取向，现在正穿着一件甚平[②]。顺带说一句，这件全黑底色的甚平背后还独用白色写了“修罗”二字。

美衣子小姐那武士风范的马尾辫太有个性，乍看之下也许不易接近，可聊过之后就会发现她的人品其实很不错。性格略有神秘，但我对她颇有好感，包括这份神秘感在内。

---

① “门闩”是昔日没有门锁时人们封门、防止他人随意开门进入的主要手段之一，因此“我”认为它很复古。——译者注

② “甚平”是一种日本传统服装，通常为男性或儿童在夏天作为家居服而穿，其外形特点由于后文中有描写，故不展开说明。——译者注

“这不是……美衣子小姐吗？早上好。”

“哦，你还在睡觉啊？”

“是啊，稍微睡过头了。”

“这个时间可不能算是‘稍微’过头。”

美衣子小姐的口气有些不以为然，她木讷的神色让我看不透她的真实想法。虽然不至于面无表情，但美衣子小姐的默认表情就是不苟言笑，加上外观变化过少，所以给人的印象也几乎就是面无表情。

“啊，请进，虽然还是那么简陋。”

我边说边让出道来。其实这些客气话毫无客气成分，根本就是陈述事实。但美衣子小姐摇了摇头：“不用，我只是给你来送这个的。”随之递给我一个扁平的盒子，盒子的包装纸上写着大大的“糕点礼盒”。

“……”

“这是八桥，京都名产。”

“我知道……”

“给你，很好吃的。那么……我要去打工了。”

语毕，美衣子小姐潇洒地转过身去，只把背后的“修罗”二字留给了我。

为什么一定是八桥啊？而且为什么要给我这个啊？美衣子小姐凡事都不会多加说明，然而衡量过后，考虑到向寡言的她打听出来龙去脉需要耗费多大精力之后，果然还是将这些意义不明的行为笼统地视为常态才比较方便。于是，我只是向她的背影道谢说了句：“谢谢你送我东西，非常感谢。”

“你是今早才回来的吧，状况如何？”这时美衣子小姐停下脚步，头也不回地问道。

“……”

公寓墙壁太薄了，可真糟心。

不过，要说糟心倒也不尽然。

“不要紧，只是跟朋友一直聊到天亮，没什么见不得光的。”

“朋友……你说的朋友是二月那会儿来过的小姑娘吗？蓝色头发、很黏人的那个？”

“玖渚啊，她是有强迫症的‘家里蹲’……不是她，是另一个朋友，男的。”

美衣子小姐“嗯哼”地点了下头，一副缺乏兴趣的语调。但如果告诉她，我是“在四条大桥底下与身为全社会话题焦点的那个杀人者聊了一夜”，或许就能勾起她的兴致了。不过，她可是美衣子小姐，纵使知道这并非玩笑，大概也只会“哦”一声了事。

仿佛接受了我的说法，美衣子小姐又连续点了几次头表示应允，然后直接顺着木板走廊离开，可能是要赶往打工场所。在起初得知她不只在家里穿着甚平，还会作为外出着装的时候，连我都惊叫出了声。

我关上门，回到房内。

唔唔……嗯，不过，为什么是八桥呢？说起来，这盒八桥，跟我昨天买给智惠的生日礼物一模一样啊，真是巧得吓人，买撞了。

“唉，算了……”

我把两个盒子摞在一起，摆到房间一角。

看看时钟，刚过四点。

大概再过三十分钟，就是四点三十几分。

“这还用说啊。”我随便一躺，自言自语道。

唉，巫女子不是说四点来接我的吗？没错，我虽然会忘事，但不会记岔事。那么，巫女子是在来的路上出了事故还是找不到路？或者她就是如此散漫？反正也就这几种可能性，但无论哪项命中，我现在都无法解决。

“……玩‘八皇后’吧。”

当然，由于房里没有棋盘，我只能在脑中凭空想象。八皇后的规则非常简单明了。在国际象棋的方格盘上放八个皇后棋，要求玩家注意摆法，使皇后们之间无法互相攻击。总之就是一种头脑体操游戏。其实我已经玩过好多次了，所以知道答案，但就凭我差劲的记忆力，玩多少次都能找到乐趣。不，其实也没什么乐趣可言，只是足以消磨时间。

刚开始状态还不错，可从第四个皇后起，难度就提升了。盘面上逐渐发生冲突，皇后们果然同类相斥，至尊后位只能由一人来坐。而思路仅仅是像这样微微一偏，我就忘了刚才把棋子放在何处，这下只好另起一局，重新再来。这游戏必须将头脑划成几份，让其分头思考的刺激感实在让人难耐。

不过话说回来，虽然也很像在平衡木上走动，但它又别具一番游戏性。当棋子摆得越多时，即离正确答案越近，难度就会越大，得分也会越高，而游戏性正是体现在这一点上。另外，如果输了，玩家生气的对象也只有自己本人，这种有悖常理之处亦是它的旨趣所在。

“伊——君！”

我正为第七个皇后的落点犯愁时，敲门声响起。

脑中的棋盘被掀翻了。

皇后们四处散落。

那一瞬间，不只思考停滞，连心脏都一并停止跳动。

现在的时间是四点四十分。

“……”

我起身打开了门。这次总算是巫女子了。粉色吊带衫配红色迷你裙，衣着虽然暴露，但透出健康、清爽之美。她举起一只手，发出“哦哈”一声，满面笑容地说道。

“伊君，Guten Morgen①！早上好！”

“……”

“……”

“……”

“早上好……上好……好……好像多普勒效应②呢。”这时，

① “Guten Morgen”是德语的“早上好”。——译者注

② “多普勒效应”是一种物理现象，此处巫女子指自己说话声渐低很像多普勒效应的表现形式。——译者注

巫女子的笑容也稍稍有些僵硬了，目光假装无意地四处游移，避免与我对视，然后微微偏了偏脑袋问道，“……那个，我瞎猜的哦，伊君似乎跟平时不太一样……你是在生气、嫌弃、抱怨吗？还是在诅咒我啊？啊，说到诅咒倒是比较像伊君。”

“……”

“我们来谈谈吧！好吗？别不说话！伊君你这样不说话，我的下场好像就会很严重，不要呀！”

“手心。”

“嗯嗯？”

“把手心，像这样，盖住脸。”

“……好的。”巫女子依言照做。

我“啪”地拍向她的手。

“呜呃！”巫女子的呼痛声都听不出她是女孩子了。

这下我总算心满意足，回房拿包。呃，八桥放在哪来着……

“呜哇——过分过分——”巫女子说着走了进来，“只是迟到一下，你就使用暴力，太残忍了！跟‘日本司法系统引入陪审员制度，但陪审员全是小巡警’一样！”

在巫女子的观念里，迟到四十分钟好像只是“一下”。

我还没有发出邀请，她就“嗵”一下自顾自地坐到了房间正中，接着十分稀奇似的环顾室内，嘴里还蹦出“哇哇——”的赞叹声。

“呜哇……什么都没有……好厉害啊！”

“因为这种理由被人佩服和夸奖，我也高兴不起来啊……”

“真的没有电视机呀。像那些以前的穷学生，还会囊萤苦读什么的！对了，这个公寓还住了哪些人啊？”

“我想想——一个自由职业的剑术家大姐，一个遁世隐居的老爷子，一对离家出走的兄妹，哥哥十五岁，妹妹十三岁，再加上我，共五个住客租了四间屋子。前阵子还住了一位未来的歌星，最近要在主流市场出道，就去东京了。”

“嗯——哼，挺热闹的呀，有点意外。啊，那现在还有空房是吧？唔——住在这里说不定也别有趣味呢，我也搬过来好了！”

巫女子到底是看中了这栋公寓、这间屋子的什么啊？居然会生出住进来的念头。但我还是给了她适当的意见，劝她打消念头为妙。

“好了，也该出发了。”

“啊不行哟，还太早。”巫女子急急忙忙地说道。

“但再不走就赶不上了啊，我们都延后四十分钟了。”

“不会不会，六点到就好。小智的公寓不远，五点半上路都稳稳的，来得及哦。”

“这样啊。”

“是哦。”巫女子竖起食指说道。

她故作姿态的小模样其实蛮可爱的，但也没必要挑明，所以我也没作回应。要是夸得不巧，导致她自我膨胀起来，可非我所愿。

“那为什么约了四点？”

“啊，这个嘛，哎，有很多原因的——呃呃，巫女子老爱迟到嘛，所以就是以防万一。”

“就是说，巫女子最晚可能会迟到一个半小时吗？”

只是想想就很惊悚。

巫女子“嗯”一声。“怎么了吗？”她又露出一脸打探我想法的表情，轻快地问道。

“……不，没事，我没什么想法，诸如你该为等你的人设想一下、该遵守自己定的时间、要迟到也至少打电话说一声、对棋盘客气点之类的，我完全没有在想。”

“棋盘？”巫女子困惑不解。

她当然听不懂。

我瞧见了放在屋角的八桥，拆开其中一盒，然后整盒放到巫女子面前。

“可以吃吗？”

“吃啊。”

我起身走向厨房台面，本打算给她泡茶，但没有烧水壶。正寻思着改用锅来凑合，可又没有炉子。无计可施了，我就接了一杯自来水，拿给巫女子。

“……”

巫女子盯着这杯液体，似乎参不透它。最后还是决心视而不见，连手都没伸一下。

她“啊呜啊呜”地嚼着八桥点心，一副深入思考的样子，发出

“唔——嗯”声。

“虽然这么问是很那个啦，不过伊君，难道你很穷吗？”

“不，我并不缺钱。”

这话出自住在这种破公寓的租客口中，毫无说服力，但我没有打肿脸充胖子，而是实话实说。至少我的积蓄已经足够应付大学四年的学习和生活费用。钱虽不是我赚来的，但所有权属于我。

“那伊君就是节约家呢，啊，是哲学家才对？”

“我不太懂怎么花钱啊……和购物狂正相反吧。”我边说边把八桥塞入嘴里。

“唔嗯。”巫女子点点头，也不知道她是否真明白了。

“……”

我将端坐于榻榻米上的巫女子从上到下仔细扫描了一番。嗯，她明明没什么不对劲，但屋内多了她，总让我觉得不太自然。也许是不相称，还是说……出现了潜在危机呢？总之有股危险的气息。

我站了起来。

“哎？你去哪里？还有四十分钟哦？”

“四十分钟不过一下而已吧？”

“呜哇！伊君！这是坏人的台词哦！”巫女子故作夸张地向后缩，“不带这么记仇的！”

“开个玩笑，稍微去吃点东西好了。在这个没有任何娱乐设施的房间里坐着也很无趣。”

我把包背在肩上，往门口走去。

“唔唔——才不无聊呢。”巫女子有些不满地嘟囔着跟了上来。

2

智惠住在西大路大道和丸太町[①]一带的单间学生公寓。只看其钢筋水泥打造的建筑外观，不难想象租金与我的公寓差距之大，可能是五倍，甚至十倍。

巫女子好像已经多次造访过此处，熟门熟路地走进一楼大厅，按下相应房号的对讲键。

“Ciao——你们亲爱的巫女子来啰！”

“哦——上来——”

对讲机里传出一个慵懒的声音，紧闭的玻璃门随之向两边打开，是自动化安保系统的电子锁。不过，此类设备也只是看上去煞有介事，其实对有意入侵的人来说，简直形同虚设。

“快过来，速度速度！”巫女子穿过大门，招手催促我，“在六楼哦，六楼，快点啦！”

“六楼又不会跑掉……”

“但它也不会自己过来啊！”

---

① “西大路大道”和“丸太町”都是京都的地点。——译者注

“唔，倒也没错……”我亦步亦趋地跟着巫女子。

“小智住的六楼就是顶楼，而且是转角处的房间，视野很好。”

“哦——嗯，视野很好啊。”

眺望什么的在我那栋公寓里是想都不用想的，不过打开窗户，还是能看见很多树的。

我们等电梯上楼。

“秋春君应该也到了，小实是肯定到了……”

巫女子显得非常高兴，看她这样尽情地释放情感，就连我都一反常态，不禁萌生出了“有朋友真好啊”的想法。算了，别说我了。巫女子肯定是希望多交朋友的。

抵达六楼后，我们走出电梯。巫女子在走廊上一路快跑到最尽头的房门口，然后“这边这边——是这间哟——”地大叫着向我招手。我现在很想问问她是不是根本不在意旁人的眼光。

“叮咚”，巫女子摁响门铃，门很快就开了，一个女生迎了出来。

“欢迎……”

她叼着烟，懒洋洋地跟我们打招呼。她就是智惠吗？怎么形容呢？总之完全不符合我的想象。

“哦，巫女子，很少见你这么准时啊。”

她的蓬头螺丝卷长卷发染成茶色，穿着牛仔裤和薄料子的夹克衫，是相当男性化的着装打扮，个子大概略高于我，身条看着病恹恹的（就是极瘦），就算说她只能活到明天都会有人相信。而她脸上那有些拧巴的表情，跟这副体态还真是般配。

“小实！”巫女子向她敬了个礼，“哈喽——”

看来她不是智惠，而是无伊实。

“哦，”无伊实注意到我也在，满脸稀奇地、毫不客气地打量着我的全身，然后不怀好意地笑了，“像这样跟你说话还是第一次呢，伊君。”

“哈啊。”我不以为意地回应道，“你好。”

无伊实好像很中意我凡事随意的态度，“哈哈哈”地大笑了起来——完全没有女人味的豪迈笑声。

“怪不得，确实有趣啊你……我们应该合得来。”

“是吗？”只靠一句不知是回话还是叹气的“哈啊”声就做出了此番论断，让我很为难啊。“我倒没这种感觉。”我接着回答道。

“不管了，这点小事就随便吧。你们进来再说。秋春那笨瓜还没到，刚打电话一问，居然还在家里。”

“呜哇——秋春君还是老样子，之前也迟到了，还号称是时差问题，迟到王，迟到王——”

巫女子完全忘了自己的事迹，她这种呆萌的性格还真是让人甘拜下风。我也懒得吐槽了，只是默默脱鞋。

智惠家里的过道很短，两侧分别是厨房和浴室，直通到底有一扇门。看来是将空间按生活功能进行分割的单间公寓。领队的无伊实打开了过道末端的那扇房门。门后的房间约有八到九叠榻榻米大小，铺着木质地板，床在窗边，正中的小桌上放了一些蛋糕、点心和成排的空玻璃杯。看来喝酒才是今晚派对的主题，吃倒是次要的。

在那张小桌旁，正孤零零地跪坐着一个女孩子。

这回该是智惠了吧。她的体型比巫女子还要小上一号，梳着双马尾，连衣裙上印有草莓图案。“呜咿！”她举起一只手朝我们招呼道。

不出所料，像是稳重乖巧的姑娘。只是，隐约有种怪脾气。该说是有种不好应付的气质呢，还是说外表单纯但捉摸不透呢？感觉就像是被人询问所有自然数的相加之和一样，看似简单，实则不然。

“……不。”

只是戏言罢了。无论是谁，对初次见面的人其实都有这种印象。就算我和智惠不是头一回见，但彼此并不熟悉，所以才对她产生这种印象吧。

嗯，说到这个，好像是在基础专题课上见过她。我走到那张小桌前，向对面的智惠简单地回了一句“哟”。

智惠轻轻侧头，然后郑重其事地鞠躬行礼。

“谢谢你特地赶来，勉强你参加真是抱歉，请多指教。”沉静、干净的嗓音，而且圆润，毫不干涩 ，“之前就很想和你认识了，如果今天你能玩得开心，我也会很开心的。”她这么对我说道。

智惠的礼数非常周正，让我颇为感动。近来（昨天和今天尤甚）的我一直无缘体会被礼遇的感觉啊。

“啊哈哈，这么快就和大家打成一片了。”巫女子说罢紧挨着我坐下，无伊实则坐到了巫女子的另一边，这下秋春君就要坐在我和智惠中间了。

“哈——”无伊实用手指掐灭香烟，把烟蒂扔进了烟灰缸，“如何？新加入的客人也到了，我们先开始吧。为那个蠢材浪费时间也不值得。”

“啊？这样不好吧，”巫女子对无伊实提出反对意见，“这种活动就是要等全员到齐才行的，对吧，小智？”

“嗯，是的。巫女子说得没错。”智惠点头表示同意，“既然他也快到了，小实就先别急着开始啦，好吗？”

“我倒是无所谓……”说着无伊实瞟了我一眼，“伊君你怎么说？”

“没关系，我比较习惯等人的。”

虽然这绝对不是在说“我经常被晾着干等，习惯了”，不过若为此辩解也没意思，于是我便如此作答。

“是吗？”无伊实闻言侧着头说道，“哦，那就这么办吧。”

说完，她又夹起一根烟，突然“嗯”的一声，眼神又一次扫向我，开口询问：“你怕烟味吗？”

“我不抽烟，不过你请便。”

“啊——哦，没事没事。”她“噗”地把还没点燃的香烟拦腰折断，扔到烟灰缸里，“我不会当着非吸烟者的面抽烟。”

“嗯。”

照这么说，巫女子和智惠也抽烟吗？既然她只问我，那她们估计也会抽吧。有点意外呢。

“讨厌啦，小实！说得好像我也会抽烟一样！你改改说话方式吧！”巫女子哇哇大叫，慌慌张张地抗议，不知所措地看着我和无伊实。不知为何，她好像极度不愿让我知道她会抽烟。

“你抽烟啊。”

“才没有！我只是陪你抽一下而已！”

“啊啊……是是，知道了，抱歉，是我不好。”

无伊实一只手就打发了像小孩子一样为丁点儿小事生气的巫女子，而智惠则兴趣盎然地看着她们。

哦哦，能够看出她们三人之间的角色、地位、权力关系了。

就是“好孩子、坏孩子、普通孩子”。

我又开始好奇秋春君担当的角色和功能了。

最后，这位秋春君于六点三十分现身——即是说，他迟到了三十分钟。

“抱歉抱歉，我以为赶得上，但电车挤爆了啊——”他一边说笑一边登场。

“嗯嗯，不用在意。”

好孩子智惠对这位秋春君微笑相迎。

“挤爆了也不会迟到吧！而且从秋春君家过来根本不用坐电车！”

普通孩子巫女子对这种牵强不已的借口仍不忘吐槽。

“道歉能算数吗？罚个三杯。”

坏孩子无伊实把啤酒塞给秋春君。

“知道知道，哎呀，贵宫你别这么急躁啊，今天是过Birthday呀Birthday，不是May Day呀。嗯？本大爷说得够押韵吧？”

这时，秋春君好像也注意到了我，像个顽劣小鬼似的“嘻嘻”一笑说道：“嘿嘿，葵井，你真把他带来啦？”

随后，他在我边上坐下，向我轻轻点了下头。

“嗯，请多指教。”我也学着他给予回应。

他浅茶色的染发给人轻佻的感觉，街头风格的打扮放在大学生里是常见的类型，但在鹿鸣馆很少有人这么穿搭。从体格看应该是锻炼过，不过我瞧不出具体是哪种运动项目。

“哎，对了，那什么来着……啊，我们也能叫你伊君吗？”

“随意。”

“好的好的，嗯嗯，这家伙不错啊，是吧，葵井？”

秋春君话里有话似的看向巫女子，被抛了话头的巫女子却面露难色，“啊啊，唔嗯”地尴尬回应。从她的反应观察，好像并不认同我是个好家伙。不过毕竟被我耍成那样，也难怪她这么想。

“那么……开始了。”无伊实说道。

她似乎相当于四人中的队长，负责做总结性发言。

“听说——你不喝酒的？” 无伊实又指着我问道。

我点头回应。

“哦——哎呀哎呀，挑食可不行啊，伊君。男人之间打交道，没酒精哪行啊，你说是吗？”

“秋春！你这个混球，别把自己的爱好强加给别人！小心我宰了你！”无伊实目露凶光，狠狠瞪着秋春。

“啊？我上次说的话，你都不记得了？啊啊？”一扫之前那略带懒散闲适的腔调，无伊实用利刃般尖锐刺人的口吻继续说道。

“……”秋春怯生生的，吓得脸都僵了，“啊——这个嘛……”

“啊什么啊！”

“……那个，对不起。”

“跟我道歉有什么用啊，喂？”

秋春君哑口无言，嘴巴一张一合的，仿佛缺氧的金鱼，随即面向我道了歉：“非常抱歉。”

无伊实看起来很满意，点了点头，说了一句“很好”。

“哦，对不住了，伊君。这小子没有恶意，你就原谅他呗，”无伊实又恢复了原先的态度，对我报以一笑，“让你不愉快了？”

“……啊，不，我并没有生气。”

贵宫无伊实，以前是如假包换的不良少女，不对，搞不好甚至都不是“以前”而是进行时，毕竟现在哪还会有人留这种茶色的蓬头螺丝卷发。

请允许我称呼您为大姐头。

趁此期间，巫女子已经倒好了气泡酒，将盛酒的玻璃杯在众人面前排好，只在我面前放了乌龙茶。

“现在，谁来起个头呀？寿星小智来好吗？”

“嗯，有道理，”无伊实催促道，“智惠，麻烦你了。”

“那，我说几句。致我的二十岁生日，和我们的新朋友——”智惠略带羞涩地端起玻璃杯说道。

干杯。

我将杯子微微倾斜。

3

“朋友吧，怎么说呢？哎哟，就那个啊。”零崎讥笑道。

布满他整张右脸的刺青丑陋地扭曲着。

“就那个，那个什么？”

“最后还是问我喽？”我错愕地回道，“我还以为你肯定要发表一番宏论了。”

“哈！你太天真了。想知道自己的意见，就要先听别人的说法吧？喂，你怎么想的？你觉得朋友是什么？”

“也不用想得很复杂啊，朋友就是……一起玩、一起吃饭、一起闲扯，相互傻笑，一起相处时能安下心来，差不多就这样了？”

“哦，就是这样，非常精准[1]，这么想倒是简单，所以朋友就是这么简单，能一起玩、一起吃饭、一起闲扯，相互傻笑，一起相处时能安下心来。正因为是朋友，才办得到这些啊！然后呢，能互相帮助的就是挚友，能接吻的就是恋人，哦——友情真是人生的瑰宝！”零崎笑得有些不怀好意，“那么，这时又有问题了，所谓友情，能持续多久？一年？五年？十年？还是永远？或是只会到明天？”

“你是指友情也会结束吗？”

“我认为任何事都会结束。”

“话是如此。归根到底，若没有‘结束’，那‘开始’便无从论起，‘结束’可以说是基础的必要条件。想要追求什么，就要做好损失三分之一预期收益的觉悟。如果期待回报，就必须具备承担前置风险的心理准备。如果连这都做不到，就别对任何事物抱有希望。”

“啊哈哈，你就是这种凡事不抱希望的类型啊。”

早晚会失去的东西，根本就别去触碰。

早晚会结束的事情，根本就不用开始。

伴有痛苦的快乐，是多余的。

“笑什么，你不是吗？”

假如不会悲伤，便不需要幸福。

假如不会失败，便不需要成功。

---

① “非常精准”在原文中是直接说成英语“exactly”的日式发音。——译者注

包含风险的进化，不需要。

“哎，话虽如此，实际上你说的这些也不会仅凭‘个体意愿’就能实现。”

“没错。”

零崎笑了。

我没有笑。

不去想了。

派对已经进行了三小时。

这三小时也没什么值得说的，毕竟没有人愿意被人看见自己喝醉的样子，更不希望不雅的姿态被人四处宣扬。酒兴上头时当然不管不顾，但酒醒之后便会羞愧难当。醉态与常态，到底哪种才是人的真实状态？虽然很难判断，不过发着酒疯、理性尽失的状态肯定不值得大书特书。用浦岛太郎[①]的话来说是“画都画不出来”。

尽管如此，若还要试着描写其中一小段，那么文风应该如下：

“用氧气和氮气组成的，是什么石头？”

“石英，哈哈哈哈！”

“就跟‘用水冷式重型机关枪[②]连射两百发子弹的是暗杀部

---

① “浦岛太郎”是日本古代传说，故事的主人公浦岛太郎因为奇妙的际遇，去海底龙宫度过了一段梦幻时光，上岸后因未听劝告打开龙宫的礼物而变老。——译者注

② “水冷式重型机关枪”是一款机枪，威力强大，使用时动静也很大，此处是指他们的问答就如理应隐秘行事的暗杀者使用如此高调的热兵器一般乱来。——译者注

队’一样！”

“可恶！你们都不热吗？为什么才五月就这么热啊？因为地球气候变暖，还是温室效应？”

“乱讲！听好，夏天就是会热，你要是有意见就冲我来啊，我奉陪！”

“麦田捕手[①]捕的就是你这货啊，没跑了！”

“有热带夜啊！”

“那哥就是热带鱼！”

诸如此类，闹了三个小时。

现在巫女子和秋春君、智惠三人正在打PS2[②]，好像玩的是赛车游戏。电视里面画风写实的四轮车正挤在环形赛道上跑圈。

唔，尽管还远称不上好景致，但从后方守望着一群这么快乐的人，倒也颇有一番风味。

仿佛也能分享一丝幸福。

可实际留下的是寂寥。

“……哎，不过这也……”

这时，有人拍了我的肩膀。

是无伊实。

---

① “麦田捕手”是借用了名作《麦田捕手》（国内译为《麦田里的守望者》），为美国小说家杰罗姆·大卫·塞林格所著，亦是他唯一一部长篇小说。——译者注

② “PS2”全称Play Station 2，是一款由索尼推出的家用电子游戏机主机，也是一代经典产品。——译者注

她看上去也喝了不少酒，但仍面不改色，堪称海量。大姐头不是浪得虚名。但即使名副其实，她也不会如此自称就是了。

“我们出去一下吧？”无伊实指着玄关口说道，“去便利店。”

“巫女子他们呢？”

“不用管他们……现在他们根本听不见别人说话。”

“也对。”

我点头认同。然后任由无伊实领着出了房间，进入电梯，下到一楼，步出公寓。

“便利店就在附近吗？”

“啊——要稍微走一会儿。正好，醒醒酒。”

“你看起来不像醉了。”

“可能看不出来吧……其实醉得相当厉害，我觉得脑浆被搅得翻天覆地，大脑小脑都互换位置了，现在特别想踢飞那边的招牌。”

“可不要踢着我啊。”

“我尽量。”无伊实轻笑着说，摇头晃脑地，随后抬首望向夜空。

“没什么生日派对的感觉呢，智惠她会高兴吗？现在醉醺醺的还好说，完事后可要寂寞了。”

“是啊……不过怎么也比派对之前要好得多……嗯，没错……无非是找个玩闹的由头嘛，主题没关系的。就……生日之类的……”

“无伊实，你好像很累了。”

“唉……和他们玩当然累。”

我有同感。巫女子平时情绪就相当高涨，一旦摄入酒精更是比原来还闹上四倍。秋春君就不用说了，连智惠都变得极为亢奋。

“这样想想，酒量好也难说利弊呢……因为会很难融入气氛中去。”

“就是这样，唉，但没关系，我还是很开心的。”

“只留那三个醉鬼在房里不要紧吧？”

“又不是小孩了，不要紧的，反而是……像我们现在这样，大晚上走在外面的才危险。”无伊实说道。

对哦，京都的连续拦路杀人事件正进行得如火如荼。

原来如此，无伊实是出于这个原因才特意拉着我出门的啊。虽然乍看之下我既瘦弱又靠不住，但怎么说好歹也是男性。

“不过啊……世道真乱啊……杀人后破坏遗体有什么好玩的啊……”

“唉，人各有志嘛。”

我敷衍过去。要是不小心聊得太深，保不齐会说漏嘴。尽管零崎也没有叫我保密，可这总归不是适合吹嘘的事。

“我完全弄不懂啊，”无伊实接着说，“像我，也是快二十岁的人了，活到现在不能说从没想过要‘杀死’谁。说实话，其实想得还蛮多的，包括现在也是，对某些人啊，恨不得杀之而后快，杀了他们是造福社会。”

“……”

“但拦路杀人算什么呢？以杀人行为本身为乐，我理解不了。”

“在大众认知中，‘憎恨’是拦路杀人者的原始动因，和无伊实你想‘杀死某人’的理由相同。”

“是吗？那就不会拦路杀人了吧？”

“因为适用场景不同。对犯人而言，仅仅擦身而过就足以使他们产生恨意……总的来说，犯人恨的是这个世界，恨这个模糊得宛如空气，但仍时刻将自己包覆在内的世界，所以会表现为拦路杀人。”

“嗯哼……”无伊实点点头。

然而，这番话不过是我的猜测，其实我不知道那家伙到底为何勤于杀人。昨晚也净是在闲扯，不曾触及这些问题。

大概……可能吧……我们想把重要的东西留到最后，就像小孩子似的。

“戏言而已。”我说道。

无伊实“哈”地偏过头。

就这样一路聊到了便利店，无伊实先我一步踏进店里，快速走向饮料区域。

“买酒？”

“不，酒精饮料够多了，买宝矿力。得让他们清醒过来，否则怎么回家。”

“啊，了解。”

无伊实将三瓶两升装的宝矿力放入购物篮，又顺便挑了两三款点心，然后去收银台付账。不知拎包是否属于我的分内事，总之现在全都是我在提着。

离开便利店时，无伊实从口袋里摸出烟，熟练地叼上一支，用设计得非常帅气的Zippo打火机点燃，但又猛然意识到了什么，“啊”地叫出声，忙不迭地伸手就要把烟掐灭。

“我没关系啊……一根而已，而且是在外面。”

“……是吗？”

“虽然边走边抽不太好……不过晚上人不多，注意别让烟灰掉在路上就好。”

“那么……嗯……不，算了，人要遵守自己定下的规则。”

说完，无伊实的手指还是掐灭了烟，然后把抽剩的部分揉作一团塞进口袋。看来她并没有乱扔烟头的习惯，作为时下的大学生，算相当有公德心了。我对此表示出适度的钦佩。

“我多问一句哦……你不烫吗？”

“不会，习惯了。”无伊实笑得近乎难为情，“以前在喜欢的电影里……敌阵的黑手党老大就是这么灭烟的，把雪茄摁在掌心。我觉得很帅，就模仿他……”

“嗯。”

“现在才意识到，帅气的其实是演员……但我已经养成习惯了。唉，不提了……伊君，我想跟你说点正事。”

说到这里，无伊实突然神情严肃，表情切换之快令我有些惊讶。

“要跟上巫女子的节奏，很辛苦吧？”

“……还好，没有太累。”

“这样啊。”无伊实点点头，然后气氛变得更不寻常。她似乎有些踟蹰地开口说道，“你觉得巫女子怎么样？”

“什么怎么样？”

从无伊实的态度来看，她不是随口找个话题来避免冷场，也不想听到搞笑回答。然而我并不明白她的用意何在，思来想去都不知怎样作答……

“嗯，我想想啊，发色是有点红色调调的，身高155厘米左右，体重嘛，不知道有没有50公斤？血型感觉是B型，星座是野兽系的，做动物占卜算出来大概是考拉吧。”

“你觉得我是随口找个话题来避免冷场，想听这种搞笑回答的吗？”

啊，她打开不良模式了。我一边暗想自己怎么那么喜欢踩别人的雷区，一边逃也似的别开视线。

“我没这么想。她是好女孩哦，虽然有点活泼过头，让人觉得心累，唉，不过我认识比她更有活力的女孩子，所以也不会特别反感。”

“哼，真是不得罪人的说法。”

“我不喜欢惹是生非嘛。”

“是吗……”无伊实停顿片刻，然后斜睨着我。

“伊君，你真卑鄙。”

“我有自知之明。”

“自知之明哦……你所谓的自知，我是看不透，但给你个忠告。”

无伊实逼近到我面前一步之遥的地方，跟我面对面站好。我也只得停下脚步。离智惠的公寓大楼还有几十米，巫女子他们肯定还沉浸在赛车游戏中吧。无伊实拢起自己蓬蓬的螺丝卷发，“唰”地瞪着我说道：“我和巫女子从小就认识了。”

“……哦。”

“所以，你要是敢伤害巫女子，我绝饶不了你。”

“……”

我愣住了，无伊实为什么要威胁我啊？莫非是不满我数次戏耍巫女子吗？即使我不认为我的行为值得她如此动怒，她却显得很认真。

“放心吧。虽然我看上去不怎么靠谱，但会温柔对待朋友。”于是我耸肩说道。

闻言，无伊实细长的双眼眨个不停，还“哈哈哈哈哈”地笑了起来，笑了有一阵子。

“改正前言……你只是迟钝而已。”说着她转过身去，向前走去。

这可是性质恶劣的侮辱了。不过在我至今的十九年人生里，这已经是我所听过的评价中最恰如其分的一句了，故此我也没了脾气。

我们回到智惠的房间，果不其然，巫女子他们仍在酣战。意外的是，玩得最好的好像是智惠。顺便说下，巫女子落后了一圈。

“喂！你们，喝宝矿力啊，宝矿力！这群醉鬼！”

无伊实突然爆发了，用宝矿力的瓶子敲着“这群醉鬼”的脑袋。被满满一瓶饮料打头可是相当疼的，但他们的痛觉可能已经麻痹了，居然全不当回事。

喧嚣让我为难。

嘈杂让我厌恶。

吵闹让我烦躁。

但，偶尔为之的话，比如像今天这样一年一次的话，倒也无妨，我心想。

可是，却想错了。

4

已经过了晚上十一点。

“嗯，今天就到这了。秋春，送我。”无伊实起身说道。

“欸——为什么啊？”躺在房间角落滚来滚去的秋春君飘出一丝不满，“你自己回去啦，我还要再歇会儿。你家太远了，跟我是反方向。”

“你是男人吧？起码拿出点送女孩子回家的出息给大家见识见识啊。”

“……知道啦。”

大概是觉得反对也无济于事，秋春君一脸不满地站了起来，然后看向智惠。

“啊，给，你的生日礼物。”说着，他从包中取出个小包裹递了过去。

“啊……”无伊实出声，“对哦，过生日嘛，就该送礼物的啊……”

“咦？什么？什么？贵宫同学你怎么回事啊？”秋春君笑得跟完成了某件大事一样继续说道，“难不成你忘了给好友准备生日礼物吗？啊呀——我简直不敢相信啊——骗人的吧！啊——啊，这可怎么办啊——怎么办啊，无伊实大姐？嗯？嗯？嗯？”

“烦死了啊，混账东西，送上我的笑容就够了！”无伊实赌气似的说完，就朝玄关走去。

“啊！慢着慢着！这就生气啦？你是小孩吗？啊——江本，我们走啦，学校见！Adieu[①]，伊君，下次再一起玩啊！”秋春君轻轻举起手，然后追着往无伊实身边赶去。

---

① “Adieu”是法语的“告辞”，但同时也含有“永别”的意思。——译者注

“拜拜——再来玩哦！”智惠也呆呆地挥手。

待两人离开后，她立刻拿起秋春君送的礼物，解开丝带，仔细地拆开包装纸。

“是什么呢？伊君，你觉得会是什么？”酒似乎醒了大半，虽然脸蛋还有些红扑扑的，分贝也依然高亢，但智惠的言行已经恢复常态了。

“有点期待呢，拆礼物好兴奋哦。”

“不清楚啊……至少不是八桥。”

对了，我带来的八桥已经被我们五人瓜分下肚。

“不过从尺寸来看，像是什么小饰物吧？”

“有道理。啊——是项圈颈绳，好酷哦。”

颈绳上还挂着一个胶囊型的吊坠，里面装着液体。虽说不太像女生用的款式，但如智惠所言很酷。

“嘿嘿嘿，我就想要这样的呢。”智惠的喜悦之情溢于言表，边说边迅速地套上了颈绳。

“怎么样？伊君，这个，适合我吗？”

“很适合哦。”我回答道。

其实我并不懂什么时尚、搭配。

智惠心花怒放地“呀呀”尖叫着，我不再看她，而将目光移到在角落睡得香甜的巫女子。她的睡脸看上去幸福满满，简直让人不忍唤醒。也许她打算今晚就直接住在智惠家。

“哎，伊君 ，我要再次向你道谢。谢谢你今天特意过来。”

智惠突然坐正说道。

“不会，这些小事，不必谢我啊。”

“但是，伊君你不喜欢这种活动吧？”

尽管有些尴尬，智惠还是说出了口，还说得理所当然一样。然后她突然扬起脸，凝视着我此刻的表情。

就好像要彻底看透我，从内而外地看透我。

“……啊，不……”

“你不喜欢和别人打成一片吧？”

“……没什么啊，并没有不喜欢。我还挺享受和大家一起玩闹的哦。”

“骗人。”

“真的。”

“说谎。”

“好吧，是说谎。”

“噗嗤。”

智惠奇怪地笑了一声，但她的眼中并无笑意，反倒是有些寂寥，有些哀伤——只能称之为“不协调”的表情，让我心生困惑。

怎么回事？

友人环绕，共聚为自己庆生，可当事人面露悲伤，原因何在？

也许没有什么原因。

但，假如……有呢？

“巫女子她呀……”智惠的目光落在睡梦中的巫女子身上说

道，“真的……真的是好女孩。”

“嗯，”我坦率地同意了她的观点，“应该是。”

“我很想变得和巫女子一样。”

“嗯。”

“……但是，没能成功。”

“……嗯。”

“唉。”她低下了头，“我二十岁了，却还是无法像巫女子那样，以后肯定也办不到。不管再过几年还是几十年，哪怕到死为止都办不到。”

“没关系吧？人与人本来就不同。”

“……那个，伊君。”智惠又抬起头，“你可曾想过，自己是人类中的残次品？”

“……”

“我，想过。”她笑了。

我第一次见到如此悲伤的笑脸。

“……这，谁都想过。”我不假思索说道。

其实我也不清楚心里有没有过这样的想法，但徒有形式的安慰话还是脱口而出。只是不想再看见她露出那样的神情，我说出了内心中从未显现过的词句。

何等卑鄙！何等滑稽！拙劣不堪！

“这种事，谁都想过的不是吗？人无完人，既有所长，便有所短，这就是人类啊。”

“嗯，这我也明白。不过，我想伊君你知道我不是这个意思。该怎么表达呢？我想说的是更具决定性、致命性的那个层面的意思——可谓致命伤吧。”

砰，咚。

她的话，让我产生了剧烈的动摇。

“我想说的是这个意思。”

“……”

这就是理由吗？

我之所以无法读懂江本智惠的内心，原因就在于此。

也就是说，她从很久以前起……

“还有着另一个我哦，”她指着自己的右肩后方说，“就在附近。即使无伊实、秋春君、巫女子，还有伊君你，即使我们大家都在一起欢闹，我背后的那个我一边注视着一切，一边生出‘不过如此’的感觉。她高高在上地俯视着兴高采烈的我，不带任何感情，只是想着‘简直毫无意义’，用那轻蔑的眼神凝视着我。”

“……”

“真的不过如此吗？”智惠自言自语道，“可是啊，虽说我到死也没法像巫女子一样……但，有没有可能，就算是我这种人，只要死了，也许还是可以成为巫女子的？等到来生，我想变成她，像她那样天真烂漫地笑着。啊！还不止，我还想在生气的时候肆意发怒，还想在悲伤的时候尽情哭泣，想快快乐乐地度过人生。”

“我啊……我不想转世重生，我只想快点死。”这次，我道出了自己的心声。

智惠温柔地笑了：“我想也是。”

巫女子醒来时，已是一小时后。

她“呜”地呻吟着，晃着头，好像还是很困。

“怎么说？我该回去了，你要住下吗？”

“不不，回家……”巫女子有些呆滞恍惚地站起来，“没事，酒劲退了，再等我十秒。”

“好，我送你。”

我很想表现自己还是有点骨气的一面，但估计巫女子没能理解。这也难怪，毕竟无伊实走的时候她正在熟睡。

“那么，小智，拜拜。”

“嗯，再见哦。”智惠轻轻挥手。

我拿起包走向玄关，然后在门口处坐下、穿鞋。这双鞋的系带部分很复杂，虽然脱起来容易，但要穿上就得经历一番折腾，因此是双颇费时间、颇为麻烦的鞋。至于巫女子，果然她的双腿还不怎么听使唤，慌慌张张又节奏散乱的脚步声从我背后的房门内传来，不过听上去也没严重到需要担心的地步。我离开玄关走到外面，巫女子很快也来到了走廊。

“呜——”巫女子摁着脑袋，“头好痛……天旋地转的。就像

‘便利店发生杀人事件，但凶手穿着直排滑轮鞋[①]’一样……”

“完全听不懂你在说什么。还是住在这里比较好吧？不必勉强回家。”

“没事……我要回家。”巫女子踩着不稳的步子，在走廊里晃晃悠悠地走在我的前面。

“真是的。”我耸耸肩，默默叹了口气，然后跟了上去。

“问你哦，今天玩得开心吗？”出了公寓，巫女子回头向我问道。

“还可以，不过近期就不用再叫我了。”

“别这么说嘛。下次还要一起啊！大家一起！对了，伊君什么时候生日？”

“三月。”

“啊呜——”巫女子计划落空。

“我是四月……呜——早知道，就再早点邀你了……”

“巫女子你家在哪？我送你回去。”

“在堀川……堀川和御池大道[②]那里。不过要先去伊君家啊。”

“为什么？”

---

① 此处巫女子用以类比自己不该在朋友的生日会上喝这么多酒以至于睡着和头疼。——译者注

② “堀川”是京都地名，位于整个京都的中轴线上，“御池大道”则是京都市主要的东西向道路之一。——译者注

“拿小混动啊。”

啊，这么说来，她好像是骑混动摩托车来我公寓的。

“你还能骑吗？”

“能的。”

显而易见骑不了吧，但既然本人都说没问题，那这也不是我可以多嘴的了。“啊，好的。”我应了一句。若是有什么意外，到时叫个出租车也能解决。

穿过西大路大道，走上中立卖大道，正向东拐时，不知为何从某处响起了大卫·鲍威的曲子。我吓了一跳，还以为是街边有流动演出，结果是巫女子的手机来电铃声。

“嗯？”巫女子从小挎包里取出手机。

“喂喂——我是巫女子——活力四射的芦之湖[1]女孩！嗯？哎？小智？”

似乎是智惠打来的。

“嗯，嗯……嗯，现在和我在一起，就在我旁边呢。没什么啊。好的，那换他听哦。”

说完，巫女子将拿着手机的手伸到我面前。

“是小智，她要跟你说话。”

“跟我？为什么啊？”

“不知道呢。”

---

① “芦之湖”是箱根景点，其日语读音和“步行者”相同，此处巫女子指自己目前正在走路。——译者注

“……”

呃，难道在她家落下东西了吗？我歪着头，满腹狐疑，接过巫女子的手机。

这只手机比我的小巧，总觉得有些握不惯。

“喂？”

“……”

“喂喂？”

“……伊君。”

说话声又低又轻，像是有所畏惧。虽说声音在通话中可能打些折扣，但和之前在屋里交谈时相比明显不对头。

“智惠？”

“……唔嗯。”

“怎么了？是我忘拿东西了吗？不过我带着包呢。”

“嗯，不是的……那个……我刚才有话忘了跟你说……”

忘了说？

“哦，要说什么？”

“……还是算了，那……就这样。”

她还没等我回话，就骤然挂断了。

“嘟——嘟——嘟——嘟——”

听到第四声催挂音后，我把手机从耳边拿开，盯着它三秒左右，不知所谓地歪了歪脑袋，然后转过身。

“谢谢。”我说着，将电话还给巫女子。

“没事，”巫女子接过电话，“小智有什么事吗？”

“这个……有什么事呢……”

巫女子一脸困惑地侧了下头。其实我才是更加一头雾水的那个。智惠莫非是想跟我说什么？既然如此，为何欲言又止？

“什么呀？到底怎样啦？难道是秘密？小智和伊君有秘密要聊？”

“这怎么可能啊……对了，巫女子，”我转念一想，指着巫女子右肩后方凭空画了个圈问道，“那边……有谁在吗？”

“嗯？”

巫女子大为惊诧，眉头都锁了起来。

这是正常反应。

“就是想问问你，觉不觉得有人正在那里轻蔑地注视着你吗？有吗？”

“没有吧……为什么问这个？”

“没什么，没有就算了。”

“唔——要……要是那种地方真有人，该多吓人啊……”正说着，巫女子却仿佛灵光一现般突然将手一拍，“但是呢，这里啊……”她指着自己的胸口，“这里，倒是有一个人在哟。”

“哦，”我应付似的点点头，心想：巫女子说这话的时候笑得如此娇羞，那个位置想必是她男友。

大约十分钟后，我们抵达了我的公寓。附近的停车场上只有一辆车，所以物主想必是巫女子。

"呜哇，伟士牌[1]！"

而且还是白色的复古设计款。

这臭丫头居然把伟士牌叫作小混动[2]？不，虽然也不算乱叫，可是伟士牌就是伟士牌，也只能是伟士牌。"小混动"这个称呼的性质，就如同她对我的评价一样都属于侮辱，而且还不是我所受的那点侮辱可比的，这甚至能算是撼动伟士牌的存在的、屈辱至极的侮辱！每个人都有甘愿搏命守护、不容相让的信念，都有重要到愿意为之付出整个世界的坚持，而伟士牌于我恰恰具有如此地位。

就在我正恼火地转向巫女子、打算冲她怒吼的时候……

"……"

巫女子睡着了。

"……我无话可说。"

站着居然也能睡着。不对，她从刚才起就相当安静，搞不好还是边走边睡的。哦哦，所以我正在见证人类的极限。我试着"啪啪"地轻拍她的脸颊，她却没有要醒来的意思，这让我萌生出一股扯她脸的冲动，但如果这一幕被人看见，我可就百口莫辩了……思及此处，我还是控制住了自己。

"可也不能把她扔在这里不管吧。"

---

① "伟士牌"，拼写为Vespa，著名的意大利踏板摩托车品牌，设计风格偏重优雅，男星格里高利·派克在经典电影《罗马假日》中骑的就是伟士牌。——译者注

② "小混动"即前文译注中提及过的Roadpal，尽管是拥有发动机的混合动力型轻便摩托，但价格低廉，和自行车差不多，所以有种"便宜货"的蔑称感，因此用以称呼"我"喜爱的名牌摩托时，会让"我"感觉受到侮辱。——译者注

那么，方法有二。

给予，或者掠夺。

我一鼓作气背起巫女子。她一路上都在发出“呜噜呜噜”的呻吟声，好似在闹别扭，但始终没有醒来。而且由于个子娇小，所以体重也轻。还是说，女生都是这样吗？

我就这样背着巫女子进了公寓楼，然后登上楼梯，抵达二楼，走廊的木地板被我踩得“咯吱”作响。等到自家门口时，我改变了方向，朝邻屋走去。

我轻叩房门。

“哦，稍等。”屋内传来应门声，美衣子小姐很快就出现了。和白天不同，现在她正穿着一件红色的甚平。这件的话，我记得背后写的是“恶逆”。

“嗯？”美衣子小姐一脸狐疑地扫了一眼我背上的女孩，略一沉吟，说道，“你还没成年啊。当然，我会替你瞒着，但出于好意，还是劝你自首。日本警察很优秀，你没法轻易逃掉的。”

“啊，不是这样，美衣子小姐，你误会了。她……她是我大学同学，好像喝得烂醉，能让她借住一晚吗？”

“……嗯哼？”美衣子小姐捂着下巴，稍微想了想，“睡你房间不就是了，何必特意来拜托我？”

“这个嘛，你也看到了，她是女孩子嘛，而且好像还有男朋友，不方便在我那边过夜吧？”

“也是，那么……好说。‘见义不为，无勇也[①]’，做人理应相互帮助。不过你欠我一份人情，需他日归还。”

“好的，下次再陪你逛古董店可以吗？”

“嗯，你很上道嘛。这小女孩怎么称呼？”

“她叫巫女子……呃，好像是姓青井[②]来着……”

“青井巫女子，哼，古怪的名字。”

就这样，美衣子小姐答应帮我照顾巫女子。有个靠得住的邻家大姐幸甚！

“那么，我告辞了。”

“嗯，好好睡一觉，以后最好别再贪睡到下午，太不像话。”

“啊？可是我从不会睡到下午啊？”

“……是吗？那没事了，别在意，晚安。”

“晚安。”我鞠躬行礼，然后回到自己房间，铺好被窝，火速钻了进去。

“睡了。”

至此，今天，五月十四日，星期六，结束……不对，现在已经过了零点零分零秒，已经是星期日了。那么，要再过二十四小时，即到达下一个零点时才算过完今天，进入十六日。而再下一个零点

---

① “见义不为，无勇也”出自《论语·为政》，意为：见到应该挺身而出的事情却袖手旁观，就是怯懦。属于儒家倡导的人格规范之一。——译者注

② 巫女子的姓氏“葵井”（音aoii）和“青井”（音aoi）读音相近，而“青井”和“蓝色”（音aoi）同音。——译者注

就是十七日。

零点。

零崎。

那个人间失格的家伙，正在杀害第七个人吗？还是在肢解第八个人呢？只是残次品的我放任思绪蔓延。而后，坠入梦乡。

第三章

察识他人的时期（察刃器）

江本智惠

EMOTO TOMOE

同班同学

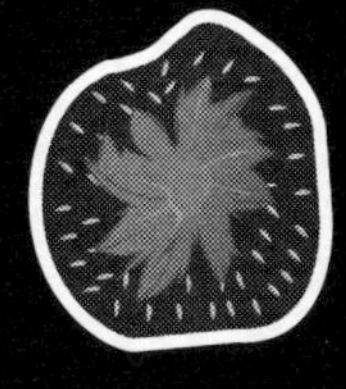

0

讨厌。

我已不愿继续思考。

1

被一阵敲门声唤醒时，已经过了八点。

我双手梳起额前的头发，爬了起来。

“嗯——”打开门，只见巫女子正站在门外，但没有像平时那样热情地问候我，反而面带歉意或者说有些羞愧。

“我吵醒你了吗？”她温婉有礼地说道。

“不会，反正我也差不多要起来了。”我伸着懒腰，“早安，巫女子。”

“嗯，早安，伊君……那个，昨天抱歉啦，我……好像睡着了。”

“哦，别放在心上。你记得向美衣子小姐道谢就好。”

“啊，嗯。”不知为何，巫女子犹豫了一下才点头。

“她人很好吧？”

“嗯嗯，是的，很好，还是说很帅才对？她就是那个‘自由职业的剑术家大姐’吗？”

“她看着像十三岁的妹妹吗？”

“唔——不像，”她有些尴尬地别开视线，沉默了一会儿，又继续问道，“是剑术家的缘故吗？她穿得很特别呢，有点像和服，不过更像在祭典上穿的那种。”

“你指的是甚平吧。”

“甚平？那是什么？是在说甚平鲛①吗？”巫女子歪头表示困惑。她大概真没听说过甚平。

“啊——嗯。你见过甚平鲛的背部吗？美衣子小姐那种衣服背后的纹路就和甚平鲛的背脊一样，所以叫它甚平。”

“唔唔——伊君你真博才多学呢！”巫女子钦佩不已，“下次我要讲给小智他们听哟。”

嗯。要是智惠没我这么坏心眼，应该会告诉她真正的由来吧。可我为什么总是说毫无意义的谎话呢？也许有必要做个检讨了。

“不过，”巫女子话锋一转，“伊君，你和她——我是说浅野小姐，关系很好吗？”

“她多次把我从饿死的边缘救回来，不过我也在她差点被古董

---

① 原文中巫女子所理解的“甚平鲛”，其实就是鲸鲨。——译者注

压死的时候出手相救，所以我们算互不相欠的生死之交。你昨天吃的八桥也是美衣子小姐给的。”

“哦——我不太爱吃八桥。” 巫女子略带异样的表情说道。

“嗯？啊，哦。”

“太甜了。”

“哦哦，美衣子小姐嗜甜。”

“我不喜欢！”

巫女子不知为何有些情绪。我不理解，既不知道她不悦的理由，也不懂她想说什么。

“无所谓了。哎，巫女子，你接下来有计划吗？”

“啊，呃，嗯，这个，”她说着便从小挎包里取出一个粉色包装的礼物，“这个是给小智准备的生日礼物，但昨天没能给她，太失策了，应该喝醉前就给她的。本来想好要在气氛最高涨的时候送出去，结果自己却玩得忘乎所以了……”

“嗯，那你现在去送呗，她应该在家吧。”

“嗯嗯，我是这么打算的，”巫女子终于恢复了平日里的笑脸，“谢谢！那么回见！下次还要一起玩哦！”

“不好说呢。”

“为什么又讲这种话呢？！一起玩啦！”

“开玩笑的。无所谓啊，到时候你叫我吧，只要我有空就行。”

只是说个客套话而已，但巫女子听了笑逐颜开，让我心中好生愧疚。

然而，倘若我现在故技重施来一句“开玩笑的”，估计巫女子不是生气就是哭泣，搞不好还两个一起来，所以还是直接回答“再见，下次见”了事。

“唔嗯！”巫女子很有干劲地点点头，开心地转过身。

“巫女子。”我这时突然想起一些事，便开口叫住了她。

“嗯？什么事，伊君？”

“你的车，要叫它‘伟士牌’啊，不许用小混动之类的蔑称！”

“呜哇！伊君你居然命令人！太难得了！就像‘在穿便服也OK的高升学率名校里，学生们却都穿校服’一样！”

“你听懂没？懂还是不懂？”

“哇哇——伊君跟小实一样可怕……”

巫女子好像真有些战战兢兢的，可能是我言行欠妥。但不把话说重一些她是不会听进去的。

“知道了……以后会注意的……”她边说边顺着走廊离开了。

可就在走到尽头处时，她又转回身来：“那么，既然如此，那我也有话对伊君你说！”

“嗯？什么？”

巫女子用力呼吸，憋足了气。

“我姓葵井！不是青井！都叫你不要忘记了！”

我很想回答“我知道啊”，但忽然记起自己昨晚告诉美衣子小姐的是“青井巫女子”。原来如此。美衣子小姐正好是那种一旦形成认知就很难变更的类型（我曾告诉她莎士比亚是一款麦当劳奶昔，而她至今仍对此深信不疑），估计从早上就不停叫着“青井青井青井”。不过一般来说，也不至于叫个不停。

其实在我看来，青井也好，葵井也罢，听上去都差不多，但日本人是对姓氏怀有荣誉感的民族。这一点上堪比意大利人①，所以我的观点或许相当无礼，我还是要反省下。

“知道了……会记住的，我保证。”

“嗯嗯，好。然后就是……”她转回去一些，半侧着身子，说道，“我，没有男朋友。”

她蓦地沉静了下来，然后逃也似的下了楼。

“……啊？”

这一刻的我，脸上肯定写满了纠结。

呃……

怎么回事？

这也是从美衣子小姐那里听来的？我记得自己确实提起过“巫女子有男友，所以不方便住我房里”，等等。但是……美衣子小姐开口说了句“我可没理由跟她汇报”。

“呜哇！”美衣子小姐不知何时站到了我身边。

“居然在走廊上大叫。像这种日趋破败的公寓，别说每户都听得见，连房子都要被震塌了。”

“哈……我要去打工了，你可得好好管管你同学的教养。”

---

① 意大利人有重视家族与姓氏的传统，可以为了捍卫家族荣誉奋不顾身。——译者注

说完，美衣子小姐也走开了，一路上把走廊地板踏得“咚咚”直响，蓝色甚平的背后似乎散发着“激怒”，让人不由地背脊发凉。她好像和巫女子合不来，两人的名字也颇为相似。

不过，这样一来，刚才关于名字的话题果然事出有异。

“莫非那时巫女子是醒着的……”

即使站着入睡还存在可行性，但边走边睡到底还是脱离现实了。人类的极限不会如此轻易得见。那么，巫女子当时其实没睡着吧，只是“昏昏沉沉”和“十分清醒”的区别而已，所以才知道我说错了她的名字以及提到她有男朋友。

唔嗯，是因为懒得跑回家吗？

可直说不就行了，何必装睡？世界上总有些行为举止匪夷所思的人啊……我边想边回到房间。

2

好了。

对我而言，故事是从某日傍晚开始真正变得无聊的。

当时我正独自在家阅读——书是从学校图书馆借来的，厚厚一本。突然，一阵粗暴的敲门声响起。尽管自己宝贵的安静时光惨遭破坏令我生厌，但我对诸如此类的状况也已习惯，倒也不会怒火中烧。“可能是那个笃信地狱主义的十五岁哥哥又想来借钱了。”我暗自思忖着，打开房门。

“……哎呀？”

只见一位素未谋面的大叔和一位从没见过的大姐。

两人之中，又数这位大叔尤为奇特。他的年纪多半已经过了三十五岁，个子很高，但更加醒目的是那双长腿，还梳着大背头。不仅如此，明明天气炎热，他却还穿着黑西服套装、打着领带，同时不忘戴墨镜，简直不可置信，令人不得不在意起他这身不合常理的打扮。如果他是外国人，我甚至会把他当成前来消除我记忆的MIB①。

那位大姐则稍微正常一些，穿着普通的窄裙套装，留着黑色直发，倒也不失为一位美女。只是眼神非同寻常。明明是初次见面，却毫不留情，那两道眼神何止要将我射穿，简直快把我生剜。

大姐上前一步，说道：“我们是警方人员。”同时展示了她的证件。

“我叫佐佐沙咲，任职于京都府警察局搜查一科。”

名字拗口得让人舌头都快打结②了。

她父母起名时的脑回路一定非常清奇。

“哦，幸会。”总之先鞠躬行礼。

看见我的回应，这位沙咲小姐略为诧异。说不定对他们的身份

---

① “MIB”出处为科幻喜剧电影《黑衣人》中的黑衣人（Men in Black），即星际战警，拥有消除他人记忆的设备。——译者注

② “佐佐沙咲”的名字读音为sasa sasaki，因此让“我”觉得难念。——译者注

表现出一丝惊讶会更恰当，就像现在的沙咲小姐这样。毕竟他们两人从事的职业基本上一眼就能辨认出来，能散发出此等气场的，在我的印象中除了警察别无他人。

大叔“嗤嗤”地闷声笑着，和沙咲小姐一样拿出了警察手册。

“我是和她同部门的斑鸠数一，方便让我们进去吗？”

这可以说是强制要求，征询意见不过徒具形式而已。我还只是没成年的小鬼，受到强迫时会下意识地想要抵抗，但数一先生浑身散发出的魄力，感觉即使对小孩子他也不会客气。

“啊……好的，请进。不过里面很窄。” 我招呼他们二人进屋。

诚实如我，尽管早已言明住所情况，但他们在身处实地后依然被房间的狭小所震惊。不过二人还是尽量摆出冷静的态度——真是敬业。如果我有这样的部下，简直想给他们发奖金。不过我不是什么上司，自然也给不了他们任何东西。

“请坐。”我说着，引二人坐下，然后去倒了水，将杯子并排放在他们面前。他们一如昨天的巫女子，彻底无视了水杯的存在。

“我就直说了，”沙咲小姐紧盯着我，开口道，“江本智惠同学死了。”

“……啊，”我也给自己倒了杯水，坐到他们对面，“这样啊？”

“……什么‘这样啊’……”沙咲小姐终于没能继续绷住扑克脸，“你就这一句话？”

“啊，不是，我不太善于表现情绪，请别介意。其实我心里是极度震惊的。”

实际上，不只是性格的关系。

同时也是由于我已逐渐适应。

适应这类事情。

不过，震惊也是真的。一半是因为智惠被杀一事；一半是因为在门外识破这二人身份时，我就已能断定他们此行是为打探零崎的消息。

一半安心，一半惊愕。

几近矛盾的两种心情，在我心中如漩涡般交织旋转、愈转愈深。

“啊——既然警察都参与进来，就说明事有蹊跷吧？智惠不是正常死亡吧？而且搜查一科，应该是专门负责……”

说起由搜查一科[①]负责调查的案件，就是……

“正是如此。”沙咲小姐点头，表情严肃，不容置喙。

“那，是不是……比如说，被那个拦路杀人者所害？”

听到我的问题，沙咲小姐摇头：“不，并不是。”

“啊，是吗？”

我紧绷的神经一下子得到缓释，稍稍松了口气。虽然对自己会做出这种反应的理由倍感困惑，但我很快就转换了思考内容。

“那么，她是怎么死的？”

---

① 在日本的警察组织中，搜查一科负责刑事案件。——译者注

“今天上午，有人在江本同学的房间内发现了她本人的遗体。她死于绞杀。”

是被绞杀的啊。我点了点头。

江本智惠被杀死了……

自然而然地，我感到内心渐渐冰冷。

我的身边究竟已有多少人死去？我，又是自何时起不再计算逝者人数的？而初次遭遇他人之死时，我尚未记事。

“不过光看时间的话，这次间隔了一个月呢……创下新纪录了呢。”

“啊？”

沙咲小姐不解地侧头，但迥然有别于巫女子的娇憨可爱，属于纯粹知性的感觉。不过出生至今，我从没见过有人能做出兼具知性与可爱的姿态，无论男女。

“请问，你在说什么？”

“没什么，自言自语而已。我经常这么做，都被叫成‘现年十九岁而且会穿衣会走路的自言自语家’了。”

“原来如此，”沙咲小姐居然再次对我的说法全盘接受，真是不长记性。

但我冷不丁地感觉到，数一先生正凝神注视着我，而且不知已经盯了我多久。

“……”

嘿……我懂了。

他大概就是为此才戴了墨镜，由沙咲小姐向我问话，而他则负责观察我的反应和举动。这个谎言的布局可真高明。“那家伙”肯定会将此归为杰作。

因为我是真正意义上的嫌疑人之一。

“那也难怪……毕竟我们昨天整晚都待在一起。”

“请问，你说什么？”

“啊，不，只是随口说说，再普通不过了。”我稍微坐直了半身，这点程度并不会让我紧张，但适当集中精神似乎还是有必要的。

“你刚才说智惠被杀害了……到底是谁干的？”

“目前尚在调查中。其实我们也正是为此而来的。”沙咲小姐回答。

我心想，你们的来意已经如此明显，当然用不着特地挑明。但我最终还是没有吐槽。

“昨天晚上六点到零点期间，你在江本同学的房间里吗？”她又继续问道。

“没错。”

“我需要确认一下当时在场全员的姓名，能请你告诉我吗？”

“呃——嗯，”加油啊，我的记忆力，“有江本智惠同学、贵宫无伊实同学，然后是青井……啊不，葵井巫女子同学、宇佐美秋春同学，还有我。”

“你确定吗？”

“是的，我确定。”

“你是和葵井同学一起造访江本同学家的，这一情况属实吗？”

“嗯，葵井同学先到我家……也就是这里，然后我们再一起去了江本同学的公寓，六点左右到的。”

“准确时间呢？六点之前，还是之后？”

“……六点前。”

沙咲小姐接连不断地提问，毫无停顿空隙，已远超我记忆的转速上限，令我一阵晕眩。

“当时已经集合的人员有……”

“请稍等，”我打断沙咲小姐，“让我缓一下好吗？你的问题接二连三的，都堆在一起。我刚才也说过其实我自己非常混乱。”

“啊啊，这真是抱歉了。”沙咲小姐嘴上这么说，但完全看不出她在反省。

接下来的一小时内，我都在承受沙咲小姐的盘问攻击，把昨晚的情况交代得巨细无遗，包括派对上的谈话；派对的整体氛围；和无伊实一起去了便利店一起回来；秋春君和无伊实是十一点左右走的；秋春君在准备离开时送了项圈颈绳给智惠当作礼物；然后我和智惠交谈；我带着巫女子离开；在西大路和中立卖一带接到了智惠的电话；抵达我的公寓时巫女子已经入睡（是否真睡着了姑且不论），所以我便将她托给美衣子小姐照顾后再睡下；今早巫女子来跟我打招呼；之后我读了一整天书等事。

单是应付沙咲小姐就够我受的，更何况她背后还坐着一位数一先生，他墨镜之下的如炬目光正越过沙咲向我施压。明明只是坐着说话而已，我却觉得自己在浪费体力做无用功。而且沙咲小姐最后还说了句让人沮丧的话：“好，和我们的调查基本一致。”

这女人，够狠。

整套问话结束后，沙咲小姐轻叹一声便陷入冥思苦想，但佯装痕迹实在过重就是了。如果说巫女子是表里如一的性子，那么沙咲小姐根本就不存在所谓的内在本质，他人所见的外在表现实质上都是她的全部。

寻常手段是应付不了她的。

“关于那通电话，”沙咲小姐用食指点着脑袋继续问道，“真的什么都没对你说吗？葵井同学说，江本同学曾要求把手机转由你接听，那按说你们应该有过一番交谈。”

“不……她是有话想说，但始终没有吐露，说了一句‘还是算了’就挂断了电话。”

“真的吗？”

“是的。”

“来电的真的是江本同学吗？”

“是的，对认识的人，我不会听错他们的声音。”

沙咲小姐和背后的数一先生对了下眼神，看来是问话结束、该适时收工了。不过我怎么会眼睁睁地由着他们任意来去?

“那个——沙咲小姐，我可以提个问题吗？”

“……哈？”她的扑克表情又垮了一次。这也自然，毕竟是被首次见面的后生（而且是男性）直呼名字而非姓氏，吓一跳也在所难免。

“是说……有个事，我比较在意。”

“唉——”沙咲小姐又看了一眼数一先生，后者轻轻点头，应该是表示应允。于是，沙咲小姐回答说，“你问吧。”

这么爽快就答应，不可能是因为同情我遭遇了同学被害案件，而是认为可以借由我的提问反过来勘察我的内心想法，可谓用心险恶，不过我是无所谓啦。

“嗯……最早发现江本遇害的，是葵井同学吗？”

“是的。”沙咲小姐冷冷答道，再无进一步解释，看来是打算只回答提问，而且只回答表面部分，并不会知无不言，言无不尽。

果然是这么回事。没错，她去送昨天没能交给对方的生日礼物。然而没人应门，电话也无人接听。虽然配备了自动门、自动锁什么的，但其实有的是办法搞定，只要跟着其他住户走进公寓即可。那些花架子号称“坚如磐石”，实在名不副实。

哼……巫女子。

那一刻，她心里到底什么感觉？

这个感性丰富的女孩，在那一刻的感觉。

“当时陪她一起去会比较好吗？”

不过这种想法并无道理可言。

而且我也没有自信能够帮到她。就算一起去了又能怎样？我不是什么强大的男性，遇到这种场合大概只会给她添乱添堵。

“没有其他问题了吧？”

“啊，还有，就是那个，江本同学的被害时间……”

“初步判断是在十四日晚上十一点到十五日凌晨三点期间。”

“那岂不是……”鉴于我和巫女子在智惠的公寓待到零点，那么作案时间就能锁定在零点至三点的三个小时内，“……那，是绞杀致死吗？不是用刀子的？”我继续道。

“我是这么说过。”沙咲小姐眯起的双眼仿佛在质问我“为何提到刀子”，而我当然不能回答说是因为自己认识用刀子的杀人者。

“用绳子？”

“是细条状的布。估计是当场死亡，来不及感受痛苦。”

这是沙咲小姐头一次表露出人情味，估计是顾及我的感受。然而，“智惠痛苦与否”对我而言已经不是重点。

痛苦也好，不痛苦也罢，她都已经死去，她的死亡已是事实。

何谓死亡，我其实是理解的。

人并不惧死亡。

人害怕的，是消亡。

痛苦充其量是附属品。

绝望也不过是装饰物。

“……请问，你们都已经问过其他人了吗？”

“其他人是指？”分明知道我想问什么，沙咲小姐却把问题回抛给我。

“指昨天在江本同学家的那些人，也就是宇佐美同学、贵宫同学、葵井同学。”

我对答案并不抱有期待，因为沙咲小姐多半不会告诉我，但她居然即刻给予了肯定的答复。

“初步问话已经全部完成，除了这里。因为你的住所比较难找，所以我们才这么晚来。”

“……江本同学被害时，大家都在做什么呢？”

再一步，小心翼翼地向前迈出。

沙咲小姐略一撇嘴，浮现出一丝若隐若现的笑意：“宇佐美同学和贵宫同学在四条河和河源附近的卡拉OK店唱了通宵，至于葵井同学，我想不用再单独说明。”

对哦，巫女子就在我的隔壁，由美衣子小姐照看。原来如此，我略为安心下来。如果沙咲小姐的回答属实，那么目前嫌疑最大的三个人都有不在场证明。鉴于秋春君和无伊实是熟人相互作证，虽然可信度待考，但好歹算是证明，遭受的怀疑也会有所减轻。

就在此时，我能感觉到数一先生的视线愈加逼人。

“……啧。”

这副做派真难看。

直到现在，我才把眼光从他们二位身上移开。

可恶……他们察觉到了，察觉到我安下心来。而安心感一旦被看透，就意味着我终于松懈、有机可乘。

太窝火了。对警察果真不能大意，即使在我面前的不是他们二位。

可恶……他们到底看出多少?

“你的问题，”沙咲小姐语调平稳地问道，“只有这些了吗?”

“啊，不是……那么，最后一个。”

失败，真是失败。

相比之下，数一先生的瞪视根本微不足道。

可我却被这份微不足道搅得阵脚大乱。

本来不必问的问题。

本来不该问的问题。

现在还是问出了口。

“犯人是谁呢?”

这是开场时就问过、也得到了回答的问题。

可我又重问了一遍。

“正在调查。”她的眼神似乎另有深意，她的微笑犹如捕获猎物，她边起身边回答我。

“抱歉打扰你这么久，我们也该告辞了，不过可能还会再来问你话的。”她将自己的名片放在地上，“如果想起什么，请跟我联系。”

我伸手取过名片，上面标有京都府立警署的电话号和一个手机号码。

“走了。大学生，你保重吧。”数一先生撇嘴一笑，说完离开了房间。

居然是这么回事啊……障眼法吗？亏我还自命旁观者，简直妄自尊大、失策至极。对这两位警官的实际分工，我是彻底看走眼了。

总之数一先生负责逼迫我，沙咲小姐负责对付我。

而且沙咲小姐最后还故意放松防备，诱使我主动进攻。

太大胆了，太乱来了。

“啊，对了，”沙咲小姐说得宛如现在才想起来似的，“关于你的不在场情况，已暂时由住在隔壁的浅野美衣子小姐证明。听她说有人在公寓走廊上走动时地板会发出声响，因此可得知你并没有外出过。”

随后，她扬起一个优雅的笑容，说了声“告辞”。

我几乎惨败。

不，甚至连惨败都够不上。

到最后甚至还被对方在伤口上撒盐。

畜生。

虽非是因为远离祖国太久而对国内现状不够了解所致，可我还是小看了日本警察。我怎能真当自己是什么人物？自我膨胀也该有个限度。

自从遇到那个赤红色的承包人后，我还是头一回受到这种屈辱。

我咬紧下唇，然后出声，从背后叫住了正要走的数一先生。

“数一先生。”

他“嗯”地回头。

“话说，数一先生要是能帅一点就很像松田优作[①]了呢。”

“……就是因为不够帅，所以才不是松田优作嘛。”

数一先生的回答直指要害，我的最后挣扎也以落空告终。接着，他们二位便离开了我的房间，我收拾完杯子，“咕咚”一下躺倒在地。

决定性的挫败感。

时隔一个月再次重温挫败感，但如此强烈的挫败感已有一年未体验了。不过现下，我完全无须在意挫败感，毕竟已有一条人命烟消云散。

“……智惠。”我喃喃自语道。脑中浮现的依然是昨天的对话。

---

① “松田优作”是英年早逝的日本著名男演员，气质硬朗，身手矫捷，代表作有《人证》等，其子松田龙平、松田翔太也是日本优秀演员，在中国亦有相当知名度。——译者注

“你可曾想过，自己是人类中的残次品？”

这句话……这句话是禁语吧，智惠。

像我们这种人啊，只要继续保持懵懂，还是能正常过活的。

只要没有这份自知，便不妨碍我们产生“生活幸福”的错觉。

我们就好比失去了引擎又没有了机翼的飞机，只得如无声的乌鸦一般在空中滑翔——仅此而已。

所以你这句话一旦问出口，就全完了。

那并不是否定，而是一种漠视的概念。

“就是因为问了这句话……才会被杀的啊。”我身为过来人，当时不该只说场面上的安慰话啊，“……如果有了这种想法……就算是像我们这种人也多少会……不，该说‘如果没有这种想法’吗？”

这些事，对于早就怀有那种想法的我来说，根本无济于事，因此对早就怀有那种念头的智惠来说，也同样毫无意义。

我闭上眼睛。

我睁开眼睛。

“好，唯心理论到此为止。”

我猛地弹起身来。

好了。

接下来该怎么办呢？虽然没什么必做的事，想做的事倒有一堆。这种情况，在我的人生中尚属罕见。

首先，我取出手机，对照通话记录，准备给巫女子打个电话。

不过号码输到一半，我便停下动作。

“这才是不知道天高地厚呢。”

没有更绝妙的戏言了。

若现在打给巫女子，到底能说什么？不管怎么看，也都只是些不负责任的空话吧。

还是晚些再打电话给她。

目前并不存在适合跟她说的话。

“这样一来……”

这样一来，还是先做该做的事吧。

我把刚才的拨号删除，拨通了唯一一个背诵得出的号码。“有挺长时间没和那家伙聊过了。”我无谓地想着，将手机贴上了耳朵。电话很快就接通了。

“你——好呀！阿伊！久违——今天也爱着人家吗？”

她比巫女子还要亢奋百倍，加之限制解除，她的情绪高亢程度已经再无上限了。若放任不管，恐怕可以一路高涨，就像巴别塔那样直插云霄。

“怎么了怎么了？阿伊主动打电话来真是太稀奇了！这一刻简直就跟国家保护动物一样稀奇！跟姬路城[①]一样稀奇！你是在声东击西吧！人家我都想拍照留念了啊！不过不把声音收录进来就没意

---

① “姬路城”是一座位于日本兵库县姬路市姬山的古城堡，被称为“日本第一名城”，也是世界文化遗产。——译者注

思了呢！所以开始录音了！”

“录音还是算了。”我尽力维持冷静地答道。

无伊实曾问我“要跟上巫女子的情绪，很辛苦吧”，但事实就跟我当时的回答一致，既然我都能够跟上玖渚的情绪，那和巫女子相处就不会特别艰难。

如果说巫女子是天真烂漫，那么玖渚友就跟蒸汽、闪电、水花一样毫无定性、无法把握。

“小友，最近不忙吗？”

“才没有哟！反而很忙！非常busy！人家的处理能力快爆了！要紧急加装内存条！还必须做磁盘碎片整理！马上要死机了！啊，死了！死了死了！是现在进行时！重启就拜托你了！”

“是因为京都的连环拦路杀人事件吗？”

“宾果！好厉害！阿伊就像真姬！或者就像赤红色的承包人一样！呀哈哈！Return of the ESP！And forever！（感觉来了！超越永恒！）最强人类！This is the end！（就此终结！）”

“抱歉，小友，冷静点。”

“唔嗯？怎么了？哎，无所谓啦。对，就是那个京都连环拦路杀人事件哟！但是呢——不称心呀！遇到了难关！真正的难关！犯人肯定是德雷德·琼斯[1]变的！哇哈哈——”

---

① “德雷德”，指特警判官德雷德（Dredd），是同名漫画与电影中的主人公，性格冷酷、以暴制暴。——译者注

“做个交易吧，玖渚友，”我说道，“我给你那个杀人者的情报，你告诉我和某件杀人事件有关的事。”

“……嗯？”玖渚似乎在考虑。

我为什么握有那个杀人者的情报？以及，我又为什么想知道某件杀人事件的相关事宜？到底是什么原因呢？不过，玖渚友不会过问的。

我相信玖渚。

玖渚也信任我。

不存在任何额外的说明、多余的解释、无谓的台词、无用的质问、烦人的话语——这正是玖渚最大的优点。

“唔——嗯，阿伊，人家不爽‘交易’的说法呢。”

“那么，讨价还价。”

“更讨厌了。”

“相互帮忙怎么样？”

“还差一点。”

“同流合污。”

“这倒是没错，但哪里不对？”

“那么，相互补足可以吗？”

“唔嗯，这还差不多。”

玖渚好像很高兴：“那么，我同意哟。”

其实，我目前还未下定决心。

是要给予，还是掠夺。

3

跟玖渚在电话里聊完之后，我便去隔壁找美衣子小姐。

敲响房门，听到“哦”的应门声，约等上几秒，门便开了。美衣子小姐还是照例身着甚平。其实我个人认为，既然她喜欢和风打扮，那穿漂亮和服的效果会更好，而且也很适合她。

“有何贵干？”

“啊，我是来向你道谢的。听说你为我做了不在场证明，谢谢。”

“我是实话实话，不用在意。”

“不，毕竟是我的缘故，才把美衣子小姐你给扯进这种情况里来的。”

“无所谓，常有的事了……不过你的人生也真是麻烦不断，”她说这话时，比起担忧，倒还是感觉惊讶更多，“诸事都在走背运。那小妹妹呢？按那两位官家人员的说法，好像跟那个小妹妹也有关系。”

“啊，这个嘛……会逐渐明朗的吧。”

“这样啊，那你要怎么谢我？”美衣子小姐点头说道。

“请你喝茶。”

美衣子小姐口中的“喝茶”当然不是请她去咖啡店[1]，而是字面意义上的“茶店”。是因为我们在京都吗？反正这是美衣子小姐的专用说法。

“配团子？”

“还要配冰镇的小圆子红豆汤。”

“地点呢？”

“祇园的大原女家[2]。”

只见美衣子小姐两眼闪闪放光。

“你等一会儿，我马上准备好。”说完便把房门一关。

美衣子小姐基本上还是体谅他人的，因此一起外出时她都会换上普通的衣服。这么看来，在我的熟人圈里倒是少有的类型。

“久等。”一分钟后她再次出现，并把车钥匙递给了我。我将钥匙在手掌上转了一圈，然后牢牢握住。

4

时间到了晚上八点。

陪同美衣子小姐“用茶”完毕，我走在河源町大道——被四条

---

① 日语中的“咖啡店”也可叫作“喫茶店”，此处是解释美衣子小姐“喝茶”是真的喝“茶”而非喝“咖啡”。——译者注

② “大原女家”是京都的一家和式甜点店。——译者注

和御池所截的那部分道路上。她已经自行开着菲亚特回家了。

临别前，她抛下了最后一句："别把我当成打发时间的玩伴和车夫啊。"

唔，果然被识破了，毕竟美衣子小姐是相当敏锐的。不过在识破动机的前提下还愿意应邀陪同，这个人果然不错呢。当然，也可能只是因为她爱吃甜食而已。

我停下脚步，转身走进旁边的卡拉OK店。

"欢迎光临，您就一位吗？"店员招呼道。

"啊，那个，我的朋友已经到了。"

"请问那位朋友怎么称呼？"

"零崎人识。"

"嗯——朋友贵姓零崎，是吧？"店员操作电脑进行查询，脸上挂着营业期间的待客笑容。

"那么，请您前往24号包间。"

向店员道谢后，我乘上厢式电梯，很快就到了24号包间所在的2楼。我在走廊上边走边寻找房号，这时——

"哒哒哒哒哒哒哒、哒哒哒哒哒哒哒、哒哒哒哒哒哒哒哒哒哒哒哒哒！哒哒哒！哒哒哒哒哒哒哒、哒哒哒哒哒哒哒、哒哒哒哒哒哒哒哒哒哒哒哒哒！哒哒哒！哒！啊！啊——啊！"

惊天地泣鬼神的歌声传来。我心想居然有人这么"唱歌"，却发现魔音的源头果不其然就在24号包间。我轻轻耸肩，直接拉开房门。

“哦？”唱得起劲的零崎注意到我，轻轻竖起手指说道，“你好啊，残次品。”

我没有回应，径自进入包间，坐到了沙发上。

“你好啊，人间失格。”

零崎放下麦克风，并用遥控器关掉了伴奏。

“再唱一会儿也没关系啊，你都出钱了。”

“啊——不用。其实我不怎么喜欢唱歌，模仿原唱更烦，也就打发时间而已。”

他一屁股在我对面坐下，“呼”地长吁了一口气：“才一天不见——怎么说——总觉得已经隔了很久啊。”

“是的。”我点点头。

虽说我正在点头赞同，但实际上心里很意外。因为直到刚才，我还不认为零崎会在这里出现。我们约好要见面，就是前天……不，昨天早上约的吧，定在这家卡拉OK。然而我不认为他会来，他也没想过我会来吧。结果，我因此而赴约。结果，他因此而等我。

和我之前说过的“习惯等待”殊途同归，此刻的相聚也是于矛盾之中诞生出的必然与合理。

接下来，我们便如初次见面的那晚一样，开始说起无关紧要的话题，像是无聊的哲学、无趣的领悟、无谓的人生观。或者稍微发散一些，聊聊音乐（比如猜测人气音乐排行榜的原始出处等）、文学（比如能够打动读者的创作技法等）……就这样漫无目的地聊着，仿佛在相互确认着什么。

大约过了四个小时。

“哎，零崎，杀人是什么感觉？”

零崎“嗯”地歪头纳闷，没有任何感慨之情。

“什么感觉不感觉的……没有。没什么特别的。”

“什么都没有吗？心情愉快、深受触动、通体舒畅之类的，居然没有？”

“你傻吗？要是有那种体验不就成变态了啊？”

零崎竟然做出了这样的回答。可你自己明明就是个犯罪者，还在胡说八道些什么啊！姑且还是等等他后续的说辞。

“啊——所以说，我嘛，的确做过一些过分的事，但是并不以此为乐。差别虽然很微妙，但是我本人说了也不算数啊，这种事最后还是要由大众来定性的，我也只好认了。我的脑子可思考不了太复杂的问题。”

“原来如此……或许确实是这样没错。那我换个问题。对你而言，你的行为本身意味着什么？”

“什么都不是。”

这句话似乎包含两层意思。即不具任何价值，因此不费任何代价。

“我也还你一个问题呗，残次品。对你来说，死又是什么？”

“你特意这么一问，我倒是答不上来了。不过非要说的话……

嗯，就像电池用尽了吧。”

“电池？电池是说——3号电池之类的东西？”

“嗯，就是那种感觉，电池耗尽电力。放在人身上就该说是生命力……话说，在这套举例里，你相当于绝缘体。”

“也太不给面子了啊。”零崎轻轻笑了。

他的脸上是真正愉快的笑容。

我笑的时候也是这样吗？

“嗯，我的提问方式可能含糊了些。这么问吧。你知道我的心情吗？”

“嗯？好奇怪的问题，确实像是你会问出来的。说到这个嘛，这个……不知道呢。”

“不知道吗？”

“是啊。首先我不知道别人的心情，不管他们做过什么，又是什么样的人；其次，我弄不懂自己的心情，也不知道你心里混沌的漩涡到底是怎么来的。综上，我只能回答你‘我不知道你的心情’。”

“原来如此，道理上说得通啊，”说完，零崎又补充了一句，“顺带一提，我并没有特别想要做那种事。”

他的语气仿佛真是顺带提及一般。

“什么意思？”

“问我什么意思，那又要变成概念讨论啦。总之就是，啊——打个比方，”说到这里，他慢慢提起包间里的电话，“不好意思，我要两碗拉面。”

店员不久便送来了拉面。

“吃啊，我请客，”零崎用筷子抄起面条，继续说道，“这是进食。”

“嗯，不说也知道。”

“食欲、睡眠欲、性欲是人类的三大欲求，那么好，我为什么要吃饭呢？”

“为了摄取营养。”

“是的，人不摄取营养就会死。所以吃饭会伴随着快乐，睡觉就很舒服，性欲就更不用说了。生活或生存中的必要行为必定都带有令人愉悦的要素。”

“嗯，这个道理很好懂，所以呢？”

“别这么急着要结论啊，所以所以的，你是芥川龙之介吗？”

“欸？这不是太宰治[1]的习惯吗？”

“是芥川，太宰把这一点当成芥川的趣事给说了出来。”

尽管我对此颇有想法，但不管是哪位文豪的逸闻，拿来吐槽我是什么意思？但我还是耐心地继续等待零崎的下文。

仿佛吊人胃口似的，零崎还稍微停顿了一会儿，再继续道：“我们可以先将‘进食’视为一种概念。假设有一个人，他已经对

---

① “芥川龙之介”和“太宰治”均为日本文学史上的大文豪，其中太宰治的代表作《人间失格》正是本书副标题“人间失格”的出处，而该著作中的名句“生而为人，我很抱歉”也在本书中被引用。——译者注

这个概念着了魔——就是说，他沉迷于食物给予味觉神经的刺激感、食物进入口腔时带来的快感、口中大嚼食物时产生的享乐感、食物被嚼碎混合成团块或流质后通过喉咙下咽所造成的喜悦感，还有近乎要弄坏饱腹神经的饱足感，各种幸福感支配了他的整个大脑。这时就已经无关营养，而是他在体会到‘进食事项’自身的魅力后迷上了它，迷得七荤八素。”

他说完又笑了。

“我们就想象有这么个人，反正就是个大胖子。对这个人谈及营养，完全就是没有意义的废话。因为就他的情况而言，手段已经代替了目的，而原本的目的则会退化，充其量也不过是附属品。那么问题来了，我们还能说他是在进食吗？不不，都不用你回答了，答案绝对是否定的。他的进食行为其实并非进食，而是在进食‘进食’这一概念。”

“同理，你的意思是伤害他人也是人类的一种本能吗？有点牵强啊。”我耸耸肩接着说道，“把食欲和破坏欲相提并论实在有违道德。不过，你说这是你的本能，因此没有那些偷换概念、本末倒置的要素是吗？”

“啊——叫我怎么回答，太难了。不对，太微妙了。说多少次都一样，我的目的不是杀人这一行为本身，当然也不是后续的破坏工作。”

“所以到底是什么呢？你这让人捉摸不透的家伙。”

“反正没你那么高深莫测。不过说我难以捉摸，倒也没错。”

接着，零崎对他的杀人行为进行了一番解释。他边说边从背心口袋里摸出一把看起来非常危险的刀具。

“这个叫匕首，双刃的，像这样握在手里使用的。刀锋所过之处，就会有一条生命消散。这就是伤害行为，没什么好多说的，但我并不想让对方疼痛或受苦，所以下手反而利落又温柔。事先声明，这可不是在炫耀。你懂的吧，‘自以为是’是人类最没品的行为，而‘对坏事沾沾自喜’又是‘最没品’的平方，所以我纯粹是自曝弱点。不开玩笑。之前和你对峙的时候也是，你这镜子那面的家伙。”

“唔嗯，原来如此。”

“就是这样。打个比方，我又要跟你上演一出你死我活的戏码。当然，理论上你也有杀死我的可能性，但你杀我一次的工夫就已经够我杀你九十九次了，你甚至都来不及觉得疼……不过实际上，我们各自都只有一条命，也许还是会发生黑天鹅事件，也就是出现意外。总之，我只能以这样的方式存在。我可以断言，那八个人都不是因为我‘别无选择’。”

八个人。才两天，就又增加两人。也难怪，毕竟在我活着的同时零崎也活着，有所行动也很正常，虽然这种看法太想当然了。

“这么说来，我是傻瓜吗？大概是吧。干了这事之后我又得不到任何好处。不对，还算是有收获，比如搜刮钱包什么的。”

京都连环拦路杀人事件中有一项怪异之处，那便是“受害者的财物被盗”一事。这在猎奇杀人、异常杀人事件中相当罕见，但背后的理由其实很简单，仅仅因为流浪汉零崎需要生活费。

这个包间的费用应该也是用受害者的钱来支付的。这么一想，就连眼前的拉面都留下了罪孽深重的印象。

我就这样边思考边吸食着面条。

“可是钱嘛，靠工作也能赚到，所以它不是我的目的。干这事要付出多大劳动啊，还不如打一天工呢！但我还是会做出一样的选择，打工也就是假设。”

“原来是这样，所以‘对零崎人识而言，风险本身已是回报’吧。”

“对，目的和手段相互可逆，或者说合而为一了。行为本身就是目的，目的就是这项行为，目的达成即是行为结束。这个假设真不赖。”

“但是这和‘迷失了目的’有什么区别？比如说，有个爱看书的家伙，进他房间一看，会发现书海淹没了整间屋子，可他还要继续买。虽说买书是个人自由，但是呢，房间里的书已经多到他这辈子都读不完了哦，他却想要更多更多。”

“唔嗯，啊——啊啊——我懂了我懂了，你在说处理能力的极限是吧。超出处理能力上限，目的和手段就融合了。跟石川五右卫门[①]的名言似的。‘绝色啊绝色，这片春日美景！世人谓之一目千

---

① “石川五右卫门”是日本战国时期劫富济贫的侠盗，活跃于织田信长至丰臣秀吉时代。此处的诗句相传是他在观赏京都的南禅寺美景时吟出的名句，零崎取其将“美景的价值”与“金钱”融合之意。——译者注

金，却是低估啊低估，我五右卫门看它值万两金银！’唔——嗯，啊，大概就是这样。” 零崎不胜感慨地叹道，并将背脊完全靠上沙发，继续开口，“不过啊，同类，即使事实如此，也和我没什么关系。理由就是刚才的假设完全不对。‘风险等于回报’的荒谬等式到底还是无法成立的，只是在诡辩罢了。”

“嗯哼，那你的说法又是什么？”

“接下来就会稍微接近大众观点了，”零崎探出上半身说道，“那时候我只是个小鬼。你也是从小鬼过来的吧？我也一样。要说是怎样的小鬼呢……倒也没有特别另类。挨揍了也会疼，看到别人被打也会难过，反正是拥有这些正常感觉的。也想逗邻居们开心，也会心怀感谢，也会无条件地喜欢上谁，就是这样的小鬼……只是，比如说一旦坐下了，而且没有读书、看电视，仅仅就是坐着、支着手肘，放飞思绪而已。每每这时，我便会不自觉地思考一些寻常孩子不会想的问题。而当我第一次意识到自己的思考内容时，真是吓得够呛，自己居然会自然而然地、满不在乎地思考和斟酌这些骇人的东西！这种人居然会是自己！这简直是最可怕的了。”

“自己觉察出来的是吗？可这哪里接近大众了？反而离谱得很。所以说，你是天生的杀人者？”

“都说了别急着下结论。虽然我曾这么想过，可绝对不是这样。同时，我还怀疑过也许是继承了杀手家族的基因和伤人的冲动，但也并非如此。接下来要讲的才算……其实我啊，是在轨道上奔跑。”

"轨道上？这又是什么？"

"是比喻呀，多常见的比喻啊！'在轨道上奔跑的人生'，有这个说法对吧？比方说，中学毕业升入高中，再上大学，自食其力，谈个恋爱，步入社会，出人头地……这就是一种人生轨道。而我也一样啊，不过我是跑在杀人者的轨道上。"

"怎么看你那都是脱轨的人生吧。"

"你好意思说我哦？不过算了，我说的轨道不局限在'被人类社会所规划好'的轨道上，也可以包括个人设计的轨道啊。假设有个男孩，在小学时代因为崇拜铃木一郎[①]而以棒球选手为目标，那么在那一瞬间，他便给自己铺设好了人生轨道。"

"我理解你的意思了。如果按这个说法，那么所有人都是跑在轨道上的……除非在中途出局。"

但只要没有受到致命伤就不会。

但只要没有脱离路线、没有彻底翻车就不会。

"是的，虽然不清楚是谁替我铺的人生轨道。可能是我本人所为，也可能是别人。但不管是谁干的，我都在这条轨道上跑过头了。而且还没有受到致命伤，加上跑得太快太远，所以已经无法停止。刹车的念头更是从未有过。"

"啊……原来连接点是这里啊。"

也就是说，现在正在"途中"。不仅如此，起跑时的自己和奔

① "铃木一郎"，日本著名棒球运动员，曾加盟美国职业棒球队并取得出色成绩，人称"一郎"。——译者注

跑中的自己，也绝不可能是同一个自己了。

“确实。该说是‘被过去的诅咒所束缚’吗？它还会像温水一样渐渐瓦解你，像荆棘一样慢慢折磨你……在别人铺设的轨道上跑固然没意思，但在自己设定的轨道上跑到一半不想继续下去时，同样也会觉得无聊。不过事到如今当然停不下来，因为会牵扯太多。”

“而且还怪不得别人，所以更胸闷了，是吗？”

“是，尤其像我这种另类人群。”

“这点上，你还是放弃吧。就算你没脱离常轨，也是脱离常规的。”

“哦？还真敢说。明明你自己也没什么可夸的。”

“我好歹是个正经大学生嘛……跟你可不一样。”

“说这种空话干吗？就跟对着镜子问‘你是谁’似的。”

正是如此，我点头。

“总之，我没有自己在犯罪的自觉，因为这不是目的。反正一句话概括——我在‘扼杀自己的杀人本能’。”

“过于唯心色彩了，听不太明白呢……能说得再现实一点吗？”

“办不到啊，因为我在陈述想法。如果套到现实中描述，那就——‘我杀害并破坏了他们的遗体’乘以八次，结束。”

“说得也是……”我叹口气，抬头看着包间的天花板。零崎的言论带给我新的发现，但没有任何参考价值。

“唔嗯——我还以为犯罪者最了解犯罪者的心情呢……”

但细想一下，不了解也是正常的，毕竟零崎的杀人方法和智惠的死亡方式迥然相异。虽然我压根不认为沙咲小姐已经对我和盘托出，但是智惠死于绞杀、凶器是细布条这两点大致属实。而零崎犯下的罪行则全都是运用刀具行凶，二者间的共同点只有“杀人致死”这一项而已，其他的通通不同。

零崎的行为具有随机性。

但杀死智惠的凶手就是为了杀死智惠。

动机多半是怨恨。

它源自浑浊黏腻、令人恶心的人际关系，一如腐烂变质的食物。

“啊？此话怎讲？”

“怎么讲吗……嗯，是这样，我有个大学同学被杀了。”

“被杀了？你的同学吗？”

“对，我不是刚说过嘛。尽管一开始觉得犯人是你，可怎么想都不太对，因为我同学是被布条勒死的。”

“啊——我没这种兴趣。”零崎一边苦笑道“饶了我吧”，一边把手“呼呼”地摆个不停。

“我想也是，只不过以为杀人者会了解杀人者。”

“你误会了，不过这很像你才会有的误解。杀人的一般都是人，不是‘杀人者’。然后呢，就像人不懂‘杀人者’的想法一样，‘杀人者’也不明白人的心情啊，彼此就像鸭嘴兽和始祖鸟那样。”

虽然我不明白人和杀人者之中哪一方是鸭嘴兽，哪一方是始祖鸟，但是事实诚如零崎所言。像他这种人终究是性质恶劣、异于常人的，而且正是因为数量稀少才会被归为恶劣、异常。

“然后呢？是什么样的案子？”

零崎嘴上这么问道，但看起来有些兴致索然。我认为也没什么需要瞒着他的，便把从沙咲小姐那里听来的情况说了大概，还有巫女子的事、智惠的事、无伊实的事、秋春君的事、生日派对的事。零崎时而点头应和，时而心情复杂似的摇头，还有一瞬间露出了困惑不解的表情，最后“哼”地低喃一声。

“原来如此……原来如此啊。就是这种感觉，就是这种原因吧，之后呢？”

“什么之后？”

“就是之后呀。”

零崎想也不想就瞪了我一眼，而我没有回答。就这样，我们差不多有一小时都没作声，是零崎开口打破了沉默：“好——我知道了。”说完便站起身来。

“我们走。”

“嗯？去哪里？”

“江本家。”

零崎的语调非常轻松，完全就是要去铁杆好友家玩耍的派头，话一说完便踏出了包间。“现状正如所料。”我如此盘算着，也从沙发上站了起来。

包间里只留着没吃完的拉面。

5

我们正沿着四条大道往西走。“不过，那个葵井啊，”零崎漫不经心地说道，“我觉得她肯定是喜欢上你了吧？”

“啊？”我对零崎的跳跃式思维感到震惊。

现在已经过了零点，日期进入十六号，星期一。即便是东西向主干道的四条大道，此刻也鲜有车辆来往。偶尔会与一队队的大学生们擦肩而过（都是喝完酒往家赶吧），但人行道上的人数稀少。

仔细想来，明天还有课呢，就排在第一堂，而且是语言学课（会点名）。我琢磨着今晚得熬通宵了。

“呃——你说什么？”

“我说，那个葵井啊，”零崎有些烦躁地皱皱眉，“听完你的叙述，我只能认为那个小姑娘喜欢你。”

“没有的事，要怎么听才能想出这档蠢事啊？不符合你的风格。巫女子大概是有男朋友的。”

“没有吧？”

“啊，是吗？”这么一说，她好像是说过这事，好像说过哦？“唔——嗯，但我认为事情并不是这样的。她看起来是对我颇有好感没错，不过那就像喜欢小动物一样，而且还是蠹蜥之类的爬行类，觉得它们好可爱什么的。”

“鬣蜥个头啦，”零崎哈哈大笑着说，“那我就是变色龙了。”

但笑了一会之后，他又恢复了认真的口吻。

“举个例子，那个葵井知道你家地址吧，你不觉得奇怪吗？通常说来，谁会去调查自己不喜欢的人住哪啊？”

“根本不用调查，地址簿上都写了。”

“问题就在这里。你自己不也说了，你一进大学就出去旅行了。所以那个什么课，是叫基础专题课吗？进入同班也好、上课也好，总之你都晚到了一个星期左右哦。既然做地址簿的时候你都不在学校，那上面又怎么会有你的地址呢？”

“……啊。”

切中盲点了。而且我也不记得把地址告诉过学校的人，那么地址簿上便不可能记录了这栋老旧公寓，整个鹿鸣馆大学里都没人知道我住哪。

“可巫女子说自己是在地址簿上看到的啊，怎么回事？她记错了吗？但怎么会记错？那就是说她撒谎了吗？”

“撒谎吗？是借口吧。她八成是跟踪过你，所以才知道的。”

“如果是跟踪，我会发现的。”

“也是。反正她就是用了些不太合法的手段搞到了你的住址，但又不能明说，于是就把地址簿的说辞给搬了出来。”

“嗯。”

“来，你想想啊，哪有女孩子会为了弄清‘无关紧要的人’住哪而做到这份上？男性还有可能会这么干，可她是女孩子哦。”零崎笑得贱贱的。

“哎！你说得好像很懂的样子。”

“嗯，算是天生的吧，这也是一种天赋。”

“不过我还是觉得不可能，我可以断定。”

“哎哟，这么有信心？根据呢？”

“因为巫女子好像很讨厌我。”

“哈？”零崎毫不掩饰地流露出“你这呆瓜在说什么呢？”的表情回击道，“喂喂，你还记得自己说过什么吗？刚才还自称葵井对你很有好感，现在又要叽叽咕咕扯些别的？”

“不，这不矛盾，只是刚才我既没有以二元论模式，也没有用布尔迪厄[①]的理论去看待世事而已……还是说明一下好了，总之假设现在有一辆车在路上行驶，时速五十公里。”

“哦，你要问这辆车是快是慢吗？”

“嗯，你觉得速度如何？”

“慢啊，这个时间点完全可以开得再快些。”

“那么，再想象把它的油门踩到底。我不太了解汽车性能的极限，就当这辆车风门全开，飙到时速二百公里吧，这算快吗？”

---

① “皮埃尔·布尔迪厄”是当代法国最具国际性影响的思想大师之一，他提出的“场域理论”是社会心理学的主要理论之一。——译者注

“很快，我不会抱怨它慢。”

“最后，再设想一下不踩油门的状态，这次又如何？”

“什么啊？”零崎双手一摊，“动都不动的车，哪来什么快的慢的。”

“如果硬要说呢？”

“慢吧，不会动的东西，肯定不能说快。”

“没错。那让我们回答一开始的问题，时速五十公里是快是慢？如果是我会这么表述——比起‘慢’，要快上五十公里；而比起‘快’，要慢上一百五十公里。”

零崎似乎接受了我的说法，点了点头，文有刺青的半边脸微微扭曲：“然后呢？从你的观点出发，葵井对你是什么态度？”

“嗯，粗略估计，大概‘喜欢有七十，讨厌有五十’。”

“但，这不能算作‘喜欢有二十’啊。”

正是如此。对人类的感情而言，通过四则运算等方式在事后总结出来的理由本就不适用，况且数字的替换和增加还相对简单，而感情可变性太强，所以非常麻烦。也正因此，若要用于观测便只能取其平均值，别无他法。

“既然如此，那你呢？”

“嗯？”

“说你呢，你对葵井的喜欢和讨厌有多少？”

“喜欢是零，讨厌也是零。”

“呜哇……”零崎倒抽凉气，露出了略显缩瑟的声音，接着说道，“好残忍……你太没人性了吧。”

“我可不想从杀人者嘴里听到这些。”

“烦死了，旁观者。”

喜欢是零，讨厌也是零。

一言蔽之，漠不关心。

零崎发表评价的时候，虽然表现得有些夸张，但也包含了一定的真实成分。

因为我确实是冷酷、无情的人，仿佛仅仅活着就足以杀人。

确实如零崎所言一般，没有人性。

然而，不去考虑一些普遍性的概念，仅从我个人层面出发——那么，我对无关人士完全无法抱有积极的感情。

“实在是……”

“……实在是。”

“杰作啊。”零崎笑了。

“是戏言吧。”我没有笑。

“哎，你除了会学习，就没有喜欢上什么人吗？”

“唔——嗯，不太清楚。”

“好歹也是自己的事啊？”

“就因为是自己的事啊。”

“哦，明白了。因为你是旁观者嘛，比起自己还是更了解别人，正所谓‘自己不可能成为自己的观察者’……呃——那什么来着，有个说法，是叫不确定性原理？还是量子力学？二重身的猫[1]吗？”

“二重身那个，名字错了。”

“啊……所以是谁？毕竟属于数学领域，所以肯定是个德国人[2]……”

零崎的偏见真是够强的，说完后他似乎又搜肠刮肚了一番，不过最后仍未想起到底是谁家的猫，便扯着自己的左脸骂骂咧咧，“可恶！”但这样一闹，他仿佛又畅快多了，便接着说道，“所以，我有结论了——你是个目中无人的家伙。”

“这个结论应该是下对了，只不过……”

只不过……

我到底想接什么话？是要说某人的名字吗？当然如此。可是，要说谁的名字呢？我也不知道。

“……终究还是戏言罢了。”

“……我说，这个，算借口吧，你是打算逃了吗？”

等上许久，结果却只得到这种回答。零崎虚脱般地上身一垮，“呼——”地吁气。尽管不比巫女子，但零崎也是反应相当夸张的

---

① “不确定性原理”由德国物理学家海森堡提出，内容为：一个运动粒子的位置和动量不可被同时确定。“二重身的猫”是零崎将“二重身现象”和“薛定谔的猫”混为一谈，“二重身现象”泛指一个和某活人长得一样的灵体突然凭空出现在现实世界中，属超自然现象的一种；“薛定谔的猫”是著名思想实验之一，在量子力学、平行宇宙与哲学领域均引起很大反响。——译者注

② 德国近现代历史上曾经诞生了许多伟大数学家，如近代数学奠基人之一高斯等，因此零崎会有这样先入为主的看法，认为说到数学家就是德国人。——译者注

类型。

“唉，反正我也差不多是这样的人……或者应该说，我跟你一样。”

我们抵达了西大路和四条大道的交叉口，往南便可以看见坂急西院车站。当然，因为末班车已经开走，附近空空荡荡的。再往北转，一直走到丸太町大道，就是智惠的公寓了。

“果然该坐出租车吧？现在才走了一半。”

“太浪费钱了。而且我也没钱，还是说你要请客？”

“不，在京都没有学生会坐出租车。”

“唔……我又不是学生，不了解的。”

这时，我无意间回想起沙咲小姐那锐利的目光，一个问题在我脑中一闪而过。

“你有被京都的警察们通缉吗？” 我对身旁的杀人者提问道。

“我觉得没有。因为没人来跟我搭话或跟踪我，不过我倒是跟踪过他们。”零崎洋洋得意地说。打扮得如此招摇（甚至在脸上刺青，要是在东京还好说，京都可就只此一人了）居然尚未被捕。但细细想来，招摇与否和被捕或许并没有什么关系。

“接下来要去江本家了。”

“什么？”

“你啊，说真的，其实都猜得差不多了吧？关于这个案子啊、犯人啊，等等。”

“猜……吗？”我鹦鹉学舌般重复了零崎的话。

猜测……但就现状而言，能称之为“猜得差不多了”吗？

“辜负你的期待啦！虽然不太好意思，不过现在‘我不清楚’才是实话。毕竟我又不是在推理小说或电视剧里登场的名——”

名侦探。

赤红的承包人。

“——名侦探。”

“说得也是。”没想到零崎这么轻易就罢休了。

“但并非因为谜团有多么难解。嗯，这也是实话。逝者死于绞杀，作案地点就在屋内，推断的死亡时间也很明确，嫌犯们的不在场证明都成立，那么只要再收集一点材料，或者……”

现在，材料已有玖渚帮忙收集。而从现在起，我自己也要去搜罗某些东西了。

“不是偶发性的入室抢劫杀人吗？”

“可能性是有的，不过警察们似乎并不这么认为。”

不论沙咲小姐，还是数一先生，他们的气场都不是常人能及的。这样的角色不会为区区抢劫杀人而奔走调查，虽然这只是我的直觉判断。

“哼——”零崎略感乏味似的眯起了双眼，“那你也犯不着调查这么多吧。嗯，是涉及什么必然性问题或者现实问题吗？”

“倒也不是。嫌烦就不必陪我了，像平时一样出去杀人好了。”

“没事，不用，今晚没那个心情。”零崎老老实实地回答道。可其实我只想打趣几句，他又接着说，“而且也是我提出说要去的。”

聊着聊着，我们终于抵达智惠的公寓。警方人员似乎已撤离现场，现在这里就如同来时路上的车站附近般空无一人。我们穿过自动门，进入一楼大堂。

轮到我了。

“啊，对哦，这里需要自动锁的钥匙卡啊……”

“怎么办？”

“这么办。”

我踏前一步，随便按了某户的对讲键。

“你好？”

“那个——我是住302号房的，我的卡打不开门，能麻烦你帮忙开一下吗？不好意思啊。”

“好的，没问题——”

“咔嗒”一声，玻璃门应声开启。

“谢谢。”我诚心实意地向这位素不相识的陌生人道了谢，然后和零崎一起迅速入内。

“你小子，能面不改色地撒谎呢。”

“天性如此吧。”

乘上电梯，到达六楼。我一边在走廊上前行，一边自口袋中取出白色的薄型手套戴上。

“……冒昧请教一下，你提前准备了手套，就是想……”

“嗯，就是想这样干的。”

零崎“啊哈——”地赞叹道，同时也从背心里掏出可以包裹住全部手指的手套，换下了正戴在手上的半指手套。对他那类人而言，这些属于随身携带的常备品。

之后，我们来到了智惠家门口，扭动门把手，果不其然，门是锁着的。

“……所以，这关怎么过？”

“不知道，还没考虑过。怎么才能过呢？”

“……啊，这样哦？”

没料到我会这么说，零崎一时有些反应不及。随后，他从背心里摸出一柄纤细的刀具，可能用锥子来表述会更形象。他将这柄刀具插入锁孔，“咔嚓咔嚓”地左右转动它，不久便传来“咔嗒”一声，仿佛锁里有什么东西正好相互嵌上了。于是，他抽出细刀耍了一下，又把它收回背心里。

零崎拉动门把：“开了。”

“安全防备太马虎了。”

“这锁也真不牢靠，都不知道会不会遇上杀人者呢。”

我们相互耸肩，进入屋内。

短短的过道夹在厨房和浴室中间，我们很快便走到了头。打开最里面的房门，里面和我周六来访时几乎一样。虽然物品的位置稍有变化，大概是警方在现场勘查、取证时造成的。

接着，在房间的中间地带，有一个用白色胶带贴出的人形轮廓。

“欸——”零崎饶有兴趣地说道，“真的会贴这种人形呢，像电视剧和漫画一样呢。什么啊，这个江本，身材跟我差不多嘛。”

“好像是。”

智惠在女性中也属于比较娇小的，而零崎作为男性可算袖珍款。虽说他俩的身材并不完全一致，但至少换穿对方的衣服不成问题。

“对了，我喜欢高个子的女生。”

“是吗？”

“嗯，可高个子女生却讨厌矮个子的男生。真难办。”

“但你杀的六个人里，没有身材高挑的女性呢。”

“谁会杀自己喜欢的类型啊，笨蛋。”零崎怒气冲冲地答道，让人觉得背后的故事也不简单。

言归正传。

我重新看向地面上的胶带。智惠被某人勒住了脖子，然后就倒在这里，停止了呼吸。胶带勾勒的就是这一幕吧……但表现不出真实感。

想到此处，我又看向旁边，零崎居然在默祷。他闭着眼，双手合十于胸前。

“……”

我犹豫了一下，也依样照做了。

默祷完毕，我们重新检查胶带周围。

“……嗯。”

白色胶带人形的右手处，用黑色胶带画出了一个小圈，但室内太暗（正因如此，才不能开灯，否则会暴露有人潜入），看不清晰。

应该是警方人员在勘查现场期间所做的检查标识。

“……是有什么东西掉在这里吗？”

“不，你仔细看，”零崎在我身边蹲下，“这里写了什么。”

“可恶，要是能亮一点……”

“再等一下就能适应当前暗度了。”

零崎的建议见效缓慢，但现在也只得如此。

终于，眼睛开始习惯在黑暗中视物。

短毛的地毯上，写着红色的字。

“这是……Y分之X……吗？”我们一齐说道。

先是一个手写体的X，在它下方画有一道斜杠，斜杠后再接着一个手写体的Y。字迹歪歪扭扭的，识别起来很费功夫，可此外也没有其他解读方法了。

“X/Y是什么？”

“谁知道……”

“红色的字，莫非是所谓的血书？”

“不，像用油性笔写的。”我一边说着，一边站起身子。遗体的右手附近留有文字。那么，它们便是世间所说的死亡讯息吧。

“不过也未必是右手哦。只靠胶带没法区分遗体是趴着还是仰着。”

“啊，对了。零崎，我们且当这些字是智惠写的好了，但除非她当时是面部朝下、伏倒在地的，否则可写不了字。”

“……嗯，也是。也有可能是犯人写的。还有这个X/Y到底是什么意思？数学吗？但又不是某种公式，没法展开去算啊。”

“说不定正写到一半。”

“哈，我投降，完全想象不出后面会跟进哪些演算。”零崎边说边走到房间的一角，背靠墙壁“扑通”坐下，然后深深打了个呵欠，“好困，你弄明白什么了吗？”

“光看到死亡讯息就已经是收获了。接下来……”

我环顾房间，并没有发现打斗的痕迹，也没有任何物品遭到破坏，乍看之下甚至都没有丢失什么。

“确实不像抢劫杀人哪……”

所以，果然是出于怨恨。可是两天前才刚满二十岁的小女孩，又怎么会和别人结下杀身之仇呢？

我不停思考着，并在室内四处搜查。当然警方已经彻查完毕，但亲眼见证案发现场对想象力来说是必要的补强环节，也是为了以后做准备。

“你又在忙什么啊？”

零崎在一旁看着我的举动，从他的口吻和态度来看，想必是不会来搭手的。不过我本来就没对他抱有期待。水里不会冒出金银斧子，我可不认为凡事都会刚巧遂我心意。

“想不到你对这种情况还挺熟悉的嘛。”

“因为有过经验。”

“那是多了不得的经验啊，居然能让一个才二十岁前后的家伙人格坏得这么厉害，我反正想象不出来。”

“我可不想被杀人者评价成这样，不过也不用再多说了。的确，我的人生算不上正经……不对，还是挺正经的，不正经的是我本人。”

“嗯哼……我啊，不怎么喜欢自己，”零崎看着我的背影，淡淡地说道，“但是一看见你，就觉得你还不如我。”

“这是我的台词好吗？我已经相当脱离常规了，但还不至于像你那么离谱。想到这一点，我就觉得自己还算有救。”

“是吗？”

“可不是吗？”

“你说……人，为什么会死？”

“因为被你杀了。”

“话是没错，但我没问你这个。呃——叫什么来着？细胞凋亡？进化论？遗传基因？癌细胞？自杀危险因子？反正就是诸如此类的、表示身体机能已达极限的死亡原因啦。”

“这么说来，我曾听说人类的寿命上限就是一百一十岁左右，和年代、地域无关。”

“嗯。”

“主要还是生物多样性导致的。但实际上，长寿也挺无奈的吧。我认为哪怕能活上两百年、三百年，也没有什么意义。像我现在只有十九岁零两个月，不过说真的，我已经觉得活腻了。”

“厌倦了？”

“不，是逐渐无法忍耐了。虽然现在还稳得住，可照此下去……嗯，再过两三年吧，我对现实的处理能力可能就会达到极限。”

“哈哈，但这不就……怎么说，不就和十四岁时的心态是一个道理吗？觉得自己过几年可能会自杀之类的。”

“还真想过，不过没有这个气性，所以做不到。”

“弱鸡。”

“大概吧。嗯嗯，我曾希望变成鸟[1]。”

“就算真能变身，你应该也不会想变成鸡，毕竟它们又不会飞。”

“开个玩笑，但我确实是这么想的。毕竟没人能活了十年、二十年却从未思考死亡与神明，除非是稀里糊涂到了极点。”

“你指上帝和死神吗？”

“是的。只不过通常情况下，在想这种问题之前就已经学习过‘生’的相关概念了。生对死而言不可或缺，为了能够思考死亡，首先必须要理解生存。有句俗话叫‘无论你想杀谁，首先他得是个

---

① 日语里“鸡”和“鸟”读音相同，“我”在此处开了个同音玩笑，化解零崎的“嘲讽”。——译者注

活人’，因此我无论如何努力都不可能杀死约翰·列侬[①]。”

也不可能杀死江本智惠了。

“所以，零崎，什么是活着？”

“就是心脏还在跳呗？”零崎说得非常轻率，这八成不是他的真心话。

“不是哦，”我回答道，“进行生存所需的必要行为并不等同于活着。先不细论这点，假如说，有个人对‘死’的相关学习要早于‘生’，那他会成为一个怎样的人呢？不，他还能被叫作人吗？身为生物却想着死亡，还未开始已惦记着结束，我们该如何称呼这种存在呢？”

“当然是死神了，不然的话，啊……”

零崎眼神“嗖”地一变，用探寻的眼光期盼着我。然后，仿佛很难启齿一般抬手指向我，却是无言。诚然，至此已无须赘言。

“这到底也只是唯心论呢。”

我仿佛在下结论。

其实又是个借口。

“……虽然刚才也问过你做到这份上有什么意义……哦，这份上是指非法入侵。可你明明一直都是旁观者，现在却主动闯进来调查案件，是有某种理由吗？”

---

① “约翰·列侬”是英国著名的音乐家、社会活动家，原本是20世纪最伟大的摇滚乐队之一“披头士”的成员，乐队解散之后他个人依然活跃，但遭狂热粉丝枪杀而英年早逝，享年40岁。——译者注

“有啊。”我回答。虽然想否认的，结果却不假思索地说出了肯定的话语。到底哪句才是实话，连我自己都已无法辨别。

“啊哈……你不是对葵井既不喜欢也不讨厌吗？那你还能有什么动机？另外三个人跟你不过略有交集而已……啊，我明白了！”

零崎说着说着似乎悟出了什么，“啪”地一拍手。

“是因为江本智惠吧？”

智惠，迎来自己的生日，但次日便被残忍杀害的可怜少女。

若仅限于此，我是不会介怀的。

即使地球另一端，挨饿的孩子们受袭惨死，也无法令我为之触动；即使遥远的异国发生大地震，数以万计的人们逝去，也无法令我产生感慨；即使自己所居住的城市里出现了拦路杀人者，我也觉得事不关己。这样的我，若为新认识的友人之死而感到悲伤、哀悼、愤怒，便实在矛盾。而我的精神，还没有宽容到足以包容这份矛盾。

但即使如此，仍有例外。

“我啊……是想和江本智惠，再稍微地多聊一会儿的。”

“……”

“理由仅此而已，真的。”

“是吗？”零崎点头道，“不管怎样，堪称杰作，的确。”

零崎说得不错，对我而言，确实不存在非做不可的必然性，这些行为虽未与我的性格完全不符，但确实已有违于我的行事风格和准则。

算是蠢事吧。不过，至少不是错事。

“呼啊——”零崎又打了一个呵欠。

“……要是觉得无聊，你先回去好了。”

他这样真的很碍事。

可他轻轻摇了摇头：“没关系……而且我走了，你怎么锁门啊？”

“其实我掌握了不用钥匙也能锁门的技术。”

“净掌握些没用的东西……”

当然，这是说笑。

之后零崎便一直闭目养神，我仿佛有种看到自己睡脸的奇异感，宛如身处另一世界。我搜索着智惠的房间，时间已经到了凌晨四点，然而并没有什么有助于把握真相的发现。

“……可是。”

这种事，或许并不重要。实际上，在后半程的调查中，我甚至不再有寻找与调查的意愿，只是俯视着房间正中的胶带人形，任由时间徒然流逝。

然后开始回想，回想星期六晚上，在此处度过的时光——荒唐滑稽，毫无条理可言。

全程都只充斥着喧闹、欢闹的那段时光。

请允许我采用浪漫一点的说法——我之所以会做这些，或许就相当于对智惠的哀悼。尽管这不像我会给出的解释，但这种浪漫的想法，我觉得倒也不坏。

至少我现在是这么认为的。

“好了，走吧 。”

“满意了？”

“嗯。”

“好。”

离开公寓，我便和零崎分开了。

没说再见，亦没有约定再见。

第四章　沙漠之鹰（破戒应力）

0

毫无意义。

我知道。

我明白。

我懂得。

真的吗？

1

五月十八号，星期三。

第二堂课结束，迎来午休时间。在第二堂课有排课的日子里，我肯定不会吃午餐（因为食堂太挤了），于是便向上基础专题课程的教室走去。

基础专题课程。

同班同学。

葵井巫女子、贵宫无伊实、宇佐美秋春，以及江本智惠……

自星期一起，我就没在大学里见到他们四人中的任何一个。这恐怕不是单纯的偶然，而是他们都没来学校。智惠自然是来不了的，而另外三人明明没有死去、没有被杀，那么没来上学或许是因为智惠的事，当然也可能只是黄金周假期的惰性仍延续至今所致。

在那之后，事情全无进展。二位刑警——沙咲小姐和数一先生没有再次到访我的公寓，巫女子他们三个亦不曾与我联络，玖渚那边我尚需继续等待，至于零崎就更不用说了，我们再未见面。

而且，由于不订报纸、不看新闻，我既无法得知智惠那件事会被报道成哪样，又不清楚这三天来是否发生了新的拦路杀人事件。

也不会特别想要知道。

现在也只是在等待着。

因为，习惯等待。

“……好热啊……我大概是蛞蝓。”

我轻声自语着，在校舍间走动。从明乐馆到羊羊馆距离不足百米。即便如此，这段路程却是艰辛异常。我们常说“热得像蒸笼”，其字面意思当然是好理解的，但从未料想它居然能在现实中出现。这是盆地所特有的、既湿且稠的热法，神户和休斯顿都不会热得如此令人厌恶。我一边拼命忍受着酷热，一边举步前进。在一鼓作气直接爬楼梯上到羊羊馆二楼后，终于可以喘口气了。

就在这时，我发现有自己认识的人。

话虽如此，我却并非因为是熟人才注意到她，而是她的打扮花哨到有些刺眼，在校园里穿荧光粉红色的运动装着实突兀，令人“即使不愿，也会看见”。

还有那头茶色的蓬头螺丝卷发。

如果她就这样直接蹲坐在便利店门口，简直就像是一幅画似的。

贵宫无伊实。

她正在和一个看似同年级的男学生说话，不便打扰，我打算直接从他们身边走过去。

“哦……这不是伊君吗？”无伊实扬声招呼。

“哟！”那名男生也亲切地向我问好。他染着浅茶色的头发，挂着颇为轻佻的笑容。啊……是谁来着？我的熟人里可没有这么爽朗的冲浪型小哥，也许是基础专题课程的同学吧。

“好久不见……”无伊实露出浅笑说道，“……呃……啊——真难开口，那之后你怎么样？”

“还是正常地上下学啊。”

“是吗……没事，唉，伊君你就是这样的人哪。”无伊实苦笑道，那张笑脸透露出勉强和疲惫，不过这也难怪。

“无伊实呢？过得如何？都没在学校看见你。”

“啊——一言难尽……”

她仿佛不知如何开口，想必是因为不习惯在他人面前示弱。虽说我不是她的同类，但也能够理解这种心情。

“啊——我接下来要去准备陈述报告，差不多该走了哦，回见。”那名男生向我和无伊实匆匆道别，便朝着楼梯跑去了。

“这家伙还真忙啊……”看着他的背影，无伊实小声嘀咕，“平时不怎么认真，等轮到自己出场，哪怕只是课堂上的事，他也超级看重面子的。今天的基础专题课程就是这样，嘿嘿，要坐在特等席上看啦。”

“嗯，那么，果然他也是我们的同学啊。”

“……”

无伊实沉默了数秒，然后脖子僵硬地转向我，动作迟缓卡顿得像没上油的旧机器似的，感觉都能听到“咔咔咔”声。

“难道你忘了……”

“嗯？啊，是这样，巫女子没告诉你们吗？我记性很差，认不出同班同学，不过听到名字还有可能想起来就是了。”

但无伊实还是没告诉我那位男生的名字，只是猛盯着我，看起来完全惊呆了，好不容易才开了口。

“……他叫宇佐美秋春。”

“啊。”

原来如此。

太惊人了。

“……那小子给人的印象有这么薄弱吗……”

“这个嘛，肯定没无伊实来得强烈，毕竟他没有穿粉红色的运动装啊。”尽管我很想这么说，但还是制止了自己。无伊实要是生气的话大概会揍人，而且还不是打一两拳就算完的，可不能像对待巫女子那样戏耍无伊实，不然我的肉身绝对扛不住。

“这要归咎于我的记忆力。”

“你要真这么觉得，那就想想办法啊……”

“不过，要说是给人印象深浅的问题倒也没错呢。秋春君又不像巫女子那么活泼，然后我认识的怪人又多……啊！说得好像我认识很多人一样，纠正一下，我只认识怪人，所以对普通人就怎么都留不下印象了。”

“普通人吗？”不知为何，无伊实发出了略带邪恶的笑声。

“怎么了？我说了什么奇怪的话吗？”

“不不不……你啊，意外地不怎么会看人。”

“嗯？”

“秋春的性格比你想象得更无情哦，”她边看着秋春君离开的方向，边语带微妙地继续说道，“嗯，你很快就会知道的……很快。”

她的低语有些意味深长。之后，宛如用遥控器切换频道一样，换了一副表情，转向了我。

“正好……我也有话对你说。去休息室聊聊吧……”

她一说完，便径自往休息室走去，甚至不让我回话。走上没几步，再右转就是学生休息室。因为时值午休，我原以为里面会坐满了人，但透过玻璃张望进去，却发现今天不知为何还剩下很多空位。休息室门上晃晃悠悠挂着一块牌子，用红色写了“禁止入内”

几个哥特体的大字。这其实是几年前某些学生布置的恶作剧，现在已经没人会把它当真，也因此它甚至都没被收走。

进入室内，无伊实率先坐下。

休息室里烟雾缭绕的，一闻到这股味道，她即刻将手伸入了衣服的内侧口袋里，不过总算在最后一刻打消了欲望。遵守原则固然很好，可是啊，这里到处充斥着烟味，就算她自己拒不抽烟，对我而言也无甚区别。但若是我这么劝她，她肯定也会说“人要遵守自己定下的事”并拒绝我的建议，因此我一言不发地就座。

“那，想说什么？”

“别装傻了，现在我非得找你谈的也就那件事吧？”

“智惠的事吗？”

“巫女子啦。”

无伊实伸出双臂趴在桌上，视线从下往上瞪视着我。我也不是毫无戒心的人，面对这样的眼神，我暗自防备。

“那次之后，你见过巫女子吗？”

“那次是哪次？”

“都叫你别装傻了！警察应该也去你家了吧？”

“啊……”我想起了沙咲小姐和数一先生的二人组，但其实并不怎么愿意想起来。

“也去你家了哦？”

“是啊，两个讨厌的家伙。”

“一男一女？”

"没错，那个像是从《X档案》[1]里跑出来的男人和想要去地牢跟人见面的女人。我光是听见'警察'这两个字就很反感，更何况是那样两个……先不说这个了，"无伊实端正坐姿，"昨天，是智惠的葬礼。你没有来。"看得出来，她略微有些责备我。

"……不如说，没人告诉过我啊。"

"巫女子也没来，只有我和秋春参加了。"

"呼……唉，她也很无奈吧，可能是受惊吓了。"

"'可能是受惊吓了'，嗯？说得还真是事不关己啊。"

因为确实不关我事啊，但我到底不敢把这种想法诉之于口。毕竟有些话可以说，有些不能。

"智惠被杀了，你难道一点都不震惊吗？"

"刚听说的时候嘛，当然会啊，相当震惊。但等过了三天，也就不再那么惊讶了。可以说是整理了心情吧，因为过去已经全都变成回忆了。"

"我作为智惠的朋友，真的很想生气……但，你说得对，"总觉得无伊实的语气中带着自虐感，"人心真的……很容易就能重建，尤其像我这种粗神经的人，才三天就恢复到足够上学了。可起初却受到很大的刺激，直到刚才还在一起玩的人……"

---

① "《X档案》"是一部有名的美国科幻题材电视系列剧，无伊实指数一先生与剧集男主角FBI探员穆德相似；而"去地牢跟人见面的女人"疑似指电影《沉默的羔羊》中去地牢会见汉尼拔的女主角FBI探员克拉丽丝，无伊实认为她和沙咲小姐很像。——译者注

无伊实突然打了一个响指。

随后，她陷入了沉默。现在的气氛已不能用不愉快来形容，简直如坐针毡，有一种沉痛感在我们之间流动。

“秋春君……看他刚才的样子，也恢复了不少吧。”

“是这样吗？”

“……看上去是。”

“看上去好就行吧。”

无伊实的态度好像别有深意，就像说出“秋春的性格比你想象得更无情哦”这句话时的意味。

她究竟在说什么啊？

不过，在我参透她的语意之前，她又话锋一转。

“你是最后一个听到智惠声音的人吧？”

“……是。虽说是在电话里，不过，的确如此。你是从巫女子那里得知的吗？还是刑警说的？”

“是巫女子，”无伊实点头说道，“昨天智惠的葬礼结束之后，我去了巫女子家……但我觉得，她还得再花上一些时间才能恢复。”

“这样啊。”

“……你什么感觉都没有吗？”

“啊？你指什么？”

“所以说我是在问你，听到巫女子很消沉之后，你就什么感觉都没有吗？”

“……大家怎么总爱抓着这种事不放。”

听到“大家”这个词，无伊实略微讶异，但随后又“哈——啊”地叹着气，伸了个懒腰。

“真迟钝……”

“你说什么？我没听清。”

“不，没说什么。唉，我的确是操心过度了吧……本来也不是爱管闲事的性格，而且我一开始就反对过了……”

“嗯？”

“没什么。对了，求你件事……很简单的，我没有任何企图。你能去一趟巫女子家吗？”无伊实说着，从运动装的口袋里拿出便条纸，递给了我。上头用平假名写了“葵井巫女子”，下面则是她的地址和电话号码。

“字体圆滚滚的，笔迹非常少女风呢。这是谁写的？”

“我。”

“啊……”

“干吗？一副‘啊啊理解理解，没错你确实给人这种感觉’的嘴脸。”

“不，没有，我不是这个意思，嗯……”

我避开无伊实的视线，看向那张便条纸，确认巫女子的地址。似乎是在堀川和御池一带。这么说来她好像提起过……但又感觉从未听说过似的。记不太清了。

“她家离学校是有点远呢，所以才会骑伟士牌往返啊。”

“不，她都坐公交，因为学校禁止骑摩托车上下学。”

“是这样吗？”

多说一句，我是步行的。虽然有自行车，但基本不怎么骑。倒也不是特别钟情于走路，只不过觉得它是最适合我的出行方式。

“那么，要我去巫女子家做什么？”

“她现在很低落，我想由你去鼓励她一下，说些‘一味消沉下去也于事无补’‘打起精神来’之类的话，反正就像这样和她聊些普通的。”

“聊些普通的吗？可这些话还是无伊实你来说比较好吧？啊，对哦，你昨天就去说过了。不过你是她的好朋友，你说了都没用，那我肯定也……”

“太复杂的事我也说不来，只要你能去一趟就好，真的，这样就够了。去见见巫女子吧，对她说几句鼓励的话，之后……反正看气氛行事。”

就算你叫我看气氛，我也不懂啊！

不过因为找不到什么充分的拒绝理由，而这件事本身也不难，我便应了下来：“好的。今天上完课之后就去看望她。”

这时，第三堂课的上课铃响了，无伊实满脸“完蛋了”的表情。我脸上虽然没有表露出那样的神情，心里却和她同样绝望。

捍卫时间的地狱狂犬[1]——猪川老师。

---

① “地狱狂犬”是指希腊神话中的地狱三头犬——刻耳柏洛斯，又常被称为地狱犬、三头犬，是著名的魔兽。——译者注

“啊——啊……打铃了。”

“现在过去也会算作缺课。不对，根本就不会让我们进教室……”

“没辙了……直接逃课吧，虽然观赏不到秋春的英姿还挺遗憾的。”

无伊实迅速决策，我却仍在脑中拼命挣扎、模拟着各种情况，不过时间已经趁我琢磨的当口儿一去不返，我也只得放弃，叹气了事。

“现在做什么？去吃饭吗？”

“现在食堂应该还很挤。”

“啊，对哦……还是继续在这里聊一会儿？”

“好，那问你几个问题行吗？”我认为这是个好机会，“智惠有被什么人怨恨吗？”

无伊实的表情立刻变得难看，仿佛是在冥思苦想。不对，该说是在谨慎地对已知事实进行重新确认，在某个瞬间显得有些迷惑，但最后还是做出否定的断言。

“不是强辩，但她是让人没法去恨的女孩子。”

“让人没法……去恨她。相当别扭的说法呢，像中学生做的英语翻译。”

“但我认为……事实确实如此。我虽然到高中才和智惠成为朋友，但这些事还是明白的。”

“……那个，我稍微岔开一下，无伊实你们几个之间，是什么样的关系？你以前好像说过和巫女子是从小就在一起的。”

“我和巫女子是发小，秋春、智惠都是在念高中时认识的。”

“嗯？哎？奇怪。”

“哪里怪了？”

“四月出生的巫女子今年十九岁，智惠却二十岁了……”

“啊，那个啊，智惠中学留过一级。”

“哦哦……”

不是复读重考，也不是海外归来，而是留级——我居然没想过还有这个选项，自己实在粗心。

“因为长期住院……半年左右没去上学，还经常请其他假，课时达不到升级标准。好像是得了重病，嗯，她说那时差点死了。”

差点死了。

死。

意识到死。

“呼——嗯……”我尽量装出平静的姿态，点头应和，虽然不知道这种反应是否合理，“原来如此……是这么回事啊。”

这便是江本智惠的源点吗？

我以不会被无伊实发现的幅度频频点头。

“所以直到高中才凑齐我们四个，秋春和智惠他们初次见面好像也是在高中。”

“明白了。你继续说吧。”

“哦，好。就是说……智惠很擅长适应环境。啊，不对，也不是这样……硬说的话……大概和伊君你很像吧，”无伊实指了我两次说道，“有个词叫作‘绝对领域’。她超级会看那种空间的边界在哪，形容起来就是她可以非常自然地对别人接近到一定距离，但绝不会越线踏入绝对领域以内，绝对不会触碰别人重视的事物，也不会让别人触及自己的核心。就这样若即若离、不远不近的，像一流的剑术家似的。”

“……”

“剑术家”这个词，有点让我联想到美衣子小姐。

“智惠她，虽然是我的朋友……但我感觉她从未对我敞开心扉。不仅如此，我还觉得自己也许对她毫无帮助。”

“没有这回事。”

这些言语对无伊实而言也许没有意义，我也不认为有什么意义。毕竟，无论无伊实的推测是否正确，至少已相当接近事实了。

但是，无伊实，你不该有这种误解的。这个误解对智惠太过无礼，无礼到残酷。如果你真是智惠的朋友，便不该说出这种话。

智惠她，一点都不像我。

只能说，我们各自所奔跑的轨道类型有些相似而已。可就本质而言，我们是不同的。

无伊实啊，那个本质和我相似的家伙是杀人者哦……

“——所以像智惠这样的人，别说被人记恨了，甚至都不会惹人生气才对。这点我可以断言。”

“不过这样一来，到底是谁杀了智惠？”

“谁知道，难道是那个拦路杀人者？”

“那个杀人者是用刀子作案的，嗯，没错。”

“……是不是都无所谓，反正就是有人杀了智惠。那帮刑警看上去很优秀啊，自然会替我们找到犯人的，而我们却没有任何能做的……”

无伊实说得心平气和，可表情却凶悍可怖。

这些话，肯定是违心的话。

重要的朋友惨遭杀害，而自己还丝毫插不上手，窝囊极了。不过，无伊实也的确无计可施。她应该没有说谎，是真心想不到究竟是谁杀了智惠，对那个本该让她发泄满腔愤怒的犯人毫无头绪。

呼。

“……都在干什么呢，这帮人？”无伊实扭头看向休息室外来来往往的学生们，“真是的，这帮人都在干什么呀？”

“这帮人？”

“这帮人，就是指在这里的所有人啰。真没趣……不就是活着而已嘛，只不过还没死而已，只不过还活着而已。”

只不过还活着而已。

她重复说了好几遍之后，又恢复了趴在桌子上的姿势。

“大家，都有想做的事吗？像人生的目的啦、将来的目标啦之类的，真的有吧？”

“有吧？不过人各有志，就算没有也无所谓。”

“但我想说的不是这个，你没懂啊。嗯……我说的不是这么复杂的事，就比如她们好了。”

无伊实说着，指了指坐在室内另一边的女生小团体。她们给人的感觉颇为时髦，已经洗去了新生的土气，估计是二三年级的学生。虽然听不见她们在聊什么，但即使能够听见，也肯定都是些我不懂的话题。总之，她们相互拍着肩膀，欢声嬉笑，聊得非常热烈。

“就当我现在手里有把突击卡宾枪，M4A1吧。瞄准她们……突突突突突突……然后会怎么样？”

我往她们那边看了一眼，仍是一片欢声笑语。可在我的想象中，她们却都已经血肉模糊、肢体碎裂，甚至被轰飞到窗外去了。

“这个嘛，会死吧。”

“是啊，会死……但是……她们被打死的时候会想些什么呢？会后悔吗？我觉得，是不会的。”

无伊实有些轻蔑地瞟着她们，她们却并未发现，还沉浸在自己的谈笑之中。过于浑然忘我，以至于根本就没有看到我们。

“应该不会后悔。大概也没有什么未尽之事。这也理所当然，她们本来就没有想做的事，甚至连目的都没有，只是活着而已。所以就算死了，也不会‘想要留下什么’。”

“……”

“当然，这也不是在说人生很无聊。人生还是挺快乐的。不过她们拼命的是……是琢磨怎么消磨明天的空闲时间，每每回神都发现自己在琢磨这些。明天要怎么解决？后天呢？如何才能打发掉二十四个小时……就这样拼命思考，像个笨蛋一样想方设法把日程表填满。可这算什么事？有意义吗？哪怕明天的清晨不再来临又能怎样？反正活着也就只顾消磨时间……既然只是活着而已，那么，死了也就死了吧……我，是这么想的……抱歉，说了一些没头没脑的话。”

“不会，非常有趣。”

我是真心这么认为的。

而且无伊实也是这么思考的。

可智惠她，到底是怎么想的呢？

当自己被杀死的那一刻，她到底在想什么？这对尚未踏足智惠内心世界的无伊实来说，将成为一个永远的谜。不过，若由我这个旁观者阐述个人见解，仅作猜测，那么我认为，正如这群嬉闹的女生们一样，智惠她，应该是没有什么值得后悔的。

“食堂差不多该有空位了，”无伊实看了眼时间，从座椅上站起来，“去吃饭吧，僚友馆大概有位置。”

“不了……抱歉，你自己去吧，我不怎么饿。”

无伊实稍稍侧头，说了声“是吗”，便走开了。但几步之后，她又停下，回头问道：“……话说，你，怎么知道巫女子的生日在四月，现在十九岁？”

“巫女子自己说的。”

“我换个问法，为什么你还记得？你的记忆力不是很差吗？不可能记得住这种事吧？”

真是没礼貌的问题呢。不过我连秋春君的脸都忘了，所以她会抱有这种疑惑或许也很正常。

“这有些原因……不过我不能细说。”

“嗯哼？”无伊实有些出乎意料，但没有进一步逼问我。

“我还有最后一个问题，无伊实，你知道‘X/Y’吗？”

“嗯？就是用Y去除X吧？”

“是吧。”

“我觉得也没其他解释了。”

“嗯，你说得对，谢谢。”

“什么啊？这个。”

“这是智惠留下的死亡讯息，但我不懂什么意思。”

听到我说死亡讯息，无伊实脸上出现一抹讶异，却并未追问。她略微思考了一会儿之后：“嗯……那么，再见，巫女子就拜托你了。”说完，她向我举手示意，走出了休息室。

我挥挥手，目送无伊实离开，然后仍旧留在室内，放空整个大脑发了一会儿呆，但被烟味熏得喉咙疼，终于决定走出休息室。这时我将手伸入口袋，却摸到一张纸片。取出一看，是刚才无伊实给我的、写有巫女子地址的便条纸。

“……真没办法……”

不过，或许我也该将此视作一个机会。

好在基础专题课程之后的那堂课不会点名，我考虑了三秒左右，决定给自己停课。

我想，我死的时候，何止是不带悔恨，简直会感到安心吧。

就这样想着，走着，我离开了休息室。途中，有数次与那些仅是活着而已的人们擦肩而过。

2

巫女子居住的公寓在堀川和御池一带，比智惠的还要豪华气派几个档次，对学生而言实在是美观得过于奢侈，甚至透出一股堪称庄严的感觉。

“那么……”

我是乘坐公交车从学校赶来的，抵达这栋公寓时已经过了两点。然而，现在时间是三点半。也就是说，只要是基于逻辑与客观的角度来观察并思考这一事实，便能计算出一直杵在该栋公寓门口的我，已浪费了整整一个半小时。

“……要说阿伊到底在干什么呢？就是他要去拜访一个独居的妙龄女孩的家，并且正为此感到害怕哟。”

为了重新把握现状，我试着对自己做了一番解说，但并没有什么意义，反而徒增傻气。不过，回想起来，眼下已经决定要做“某事”，却在执行前毫无障碍地犹豫不决那么长时间，这种情况或许还是头一次。如果拜访的是熟不拘礼的好友，便不用拘泥太多，但我与巫女子认识才几天（实际是上个月就认识了），她又是女孩子，即使我不怎么在意，突然登门还是有可能会让她不愉快。

“啊——我真是逊到家了……”

话说回来，我基本上是凡事处于被动状态的人，不擅长像现在这样去获取主动权。

但即使如此，一个半小时的犹豫期也实在过分了，我总觉得自己的样子越来越愚蠢不堪，最后终于痛下决心踏入公寓。和智惠那边不同，这里没有安装自动锁，因此也不需要钥匙卡。但相对地布置了监控摄像头，监视着整个一楼大厅。比起略施小计就能通过的自动锁，我认为毫无通融可言的摄像头更具防范效果。当然，安保能力最强的还是得像玖渚所居住的怪物公寓那样配备警备人员。

我看了一下无伊实给的便条纸。

四楼，三号房。

进入电梯，摁下标有“4”的楼层键，很快便到达指定楼层。我在窄窄的走廊上前行，发现电梯前和走廊两端都各有一枚摄像头。嗯——这戒备怎么看都森严过头了吧？连便利店都没装这么多监控设备，难道有大明星隐居在这里吗？京都而已……不，正因为是京都，所以才住过来的吗？

脑中还想着各种有的没的，我本人却已到达巫女子的家门前。既然人都来了，继续迟疑也没用，于是我摁响门铃，片刻都不耽搁。是比较普通的铃铛声，不久房间里便传来了一些响动。唉，女孩子的准备工作是要花时间的嘛，我做好了打持久战的心理准备，靠在墙上，将体重往背后的墙体上分散。

“来了来了……马上就开门哦——”

哎？

哎哎？也太快了吧？照理说是该让人高兴的，我却莫名有种不祥的预感。加之我作为旁观者时，拥有“糟糕预感百分百应验”的光辉战绩……糟糕，要出状况了。

“小实，你居然会这么慢哦——碰上什么事情了吗？”

“咔嗒”。

是门锁打开的声音。门开了。

“……”

“……”

我是没顾上反应，而巫女子是做不出反应。

彻底死机了。

同时按下那三个热启动组合键[①]也毫无反应。

“啊……啊……啊……啊啊啊啊……啊。”

巫女子的脸色由红转白，又由白转红。

“Ciao，你好。”总之先试着跟她打个招呼吧。

“呜呀啊啊啊啊啊啊啊啊啊啊啊啊啊啊！”巫女子发出了几乎刺破我耳膜的哀嚎，同时伴着一声巨响，门被重重关上，力道之猛简直让人担心会把门框也撞得变形。一瞬间，世界都大幅扭曲，之后，又变为一片寂静，仿佛什么都没有发生过。

“……”

---

① “三个热启动组合键”指同时摁下Ctrl、Alt、Delete三个键。——译者注

总之，那声惨叫关乎我的清誉。但监控摄像头能够证明我的无辜，所以还算可控。

“唉……这也不能怪她……”那张脸明显是刚起床，头发乱糟糟的，最要命的是兔子印花睡衣正前襟低敞……以这副姿态出现在异性面前，别说巫女子，换任何人估计都会是刚才那种反应。

“为什么！”门后传来快要哭出来的声音，不，根据气氛来看，也许已经在哭了。

“为什么为什么为什么？为什么伊君会在这里？不是小实要来吗？就像‘外行侦探浅黄蝉丸[①]，当场解决密室斩首杀人事件，不过犯人是现行犯’一样！我的脑袋！想不明白！为什么！骗人骗人骗人！是幻觉！骗人的！是做梦！做噩梦了！”

啊——她吓坏了。

至于我，虽然也不能说有多冷静，但对方狼狈得如此惊天动地，我就得要保持住理性了。原来如此，最开始是无伊实说好了要过来探望的，但她那个懒鬼不良大姐头把这项任务转给了我，而且好像还没有告诉巫女子。

好，理清头绪了。

接下来，开始执行我的策略。

“太奇怪了！伊君怎么可能认识这里啊？！这是幻觉！是恶意整人！”

① “浅黄蝉丸”是巫女子临时自创的侦探，这个荒诞的类比是在形容即使知道了真相，现状也已经无法补救。——译者注

“啊——这些事情之后会向你说明的，所以你先让我进去吧，站着说话也不是办法。”

“回去！快点回去了！啊，等等，非常抱歉，不要回去！我得整理房间，还得做些准备，所以就等一下！求你了！还有，忘了刚才看到的！”

“已经被看过一次了，再看也无所谓了吧，让我进去吧。”

“绝对不要！”

巫女子说完这句坚定拒绝的台词后，好像就朝里面跑开了，在走廊都可以听见她“啪嗒啪嗒”的奔跑声。这还不够，房内还传出了类似格斗音效的声音，想必是在打扫。我再一次将后背靠在了墙上，心想她明明没必要这么费心的。三十分钟以后，我终于得以进入巫女子的房间，而此时已经过了四点。

房间本身和智惠家的区别不大，但家具数量明显比智惠家多了太多，巫女子应该是那种占有欲很强的女性。房内绝对算不上凌乱不堪，但给人留下杂乱的印象则是在所难免的。

“你等下哦，我去倒茶。”

巫女子穿着粉色的吊带衫和五分裤。就暴露程度而言，连刚才的睡衣都比现在严实得多，看不懂换这身有什么必要。头发也梳理整齐了，和应门时简直判若两人。

小矮桌上摆着茶杯，当然杯中的不是自来水，而是看样子就很好喝的麦茶，还放了三粒冰块，肯定非常沁凉。

“那个那个，所以啊，伊君，什么事？”巫女子轻手轻脚地在我对面坐下，开口问道。可能是仍在介意自己的失态，她的举止很不自然。如果现在的她走在新京极大道上，肯定会被特殊警队给叫住问话的。“那个，小实就快到了！已经比约定时间迟了，好慢哦小实，怎么回事呢？”

“啊——我就是替她来的。”我边说边摆动手掌，安慰着慌乱的巫女子。巫女子“呜哇”地惊叫，然后露出了既生气又害羞，还有些高兴的笑容，几种情绪混合在一起，使这个笑容有些暧昧含糊，让人吃不太准。

“啊——小实真是的……”

“哦，没关系，我不会待上多久的，放心。本来听说你很低落，但现在看起来还挺精神的，我也不用担心了。”

“啊……”听到“低落”这个词，巫女子有所反应，低下了头。我怀疑自己的发言大概又未顾及对方心情，但也没有良策，因为我只会用这种说话方式。

是啊，对巫女子来说，自己的朋友被杀死了。不仅如此，第一个发现遇害友人遗体的正是自己。朋友那不再动弹的、不再有任何生命体征的遗体灼痛了她的双眼。并且，这一幕至今仍深烙在她的脑海里……根本不是用冷静或低落就能概括的。

“所以，伊君你是担心我为什么不去上学，这才过来的吗？”

“嗯，啊，就是这样。”

虽然与事实略有出入，但这点误差，不妨无视。

这次，巫女子露出了纯属喜悦的笑容。

“谢谢你！超开心！伊君你能来看我，我超级开心的！”

“这点小事，没什么好谢的……我又没带探望礼。”

去拜访别人时，尤其对方还是病人时，两手空空或许是有违常理的。但直到自己开口说出来，我才意识到这点。

“没事的，我又没有生什么病，就是，那个，如果去学校……就会想起小智，就算不愿意，也还是会……”

“可就算待在家里，不也没法忘了她吗？”

“这个，你说得对……”巫女子有气无力地哈哈笑了几声，然后说道，“嗯，但是见到伊君之后，我觉得又有精神了，没问题了，明天开始我会好好去上学的。”

“我觉得你也不用勉强去学校。有警察来过这里吗？”

“嗯——来过几次呢。一个高大的男人和有点可怕的女人，两个人一组过来的。没办法，谁叫巫女子我是最早发现案子的人呀，而且这又是杀人事件。”

“……是谁杀死了智惠呢？”我不禁自言自语般地说道，并不像在刻意询问，但是用了能够让巫女子听见的音量。

“……不知道啊……”如我所料，巫女子的声音很微弱。

“小智她真的绝对、绝对不会遭人怨恨。”

“无伊实也说了这一点。但是，这个嘛……在现实中，真的能够做到不被人恨吗？说实话，我秉持怀疑态度。”

“呃？”

“巫女子，你和智惠是朋友，所以才会这么想。可关于她到底是否遭到忌恨，其实是有待考证的。比如说……有人误解了智惠，于是对她心生恨意。”

巫女子陷入了沉默，似乎不堪忍受。看她略显沉痛的表情，我不禁道歉。虽然她表现得很坚强，但实际上还不能谈论智惠的事情吧。

“……我果然不该来的啊。”

“欸？为什么？”

这次我倒是只想自言自语一番，但她似乎还是听见了，慌忙地抬起头：“才没有这种事，伊君能来看望我，我好高兴啊！”

“不……可你一直在顾虑着我，还故作精神不是吗？”

这种时候，果然还是像无伊实这样不需客套、直言心声的朋友在场比较合适。尽管如此，巫女子还是又说了一遍“才没有这种事”。

“因为，故作精神也好，谎话也好，重复几次就会变成真的哦。没关系的。伊君居然会来，我是真的好开心，就算你是被小实强迫才来的。”

“也没有什么不情愿的啊……我对自己不想做的事会干脆地拒绝，勉强不了。”

“真的吗？”

“假的，就这么说说看而已。其实我很容易被人推着走。”

“这才像伊君。”巫女子笑着点头。

我仿佛叹息般地吁了口气，“唔”地伸展胳膊。

“玩笑就先开到这里……说实话，你怎么样？差不多可以从震惊中平复过来了吗？”

“嗯，没事了。只是啊……”巫女子说着，看向我的右后方。我也顺着她的视线看了一眼，发现那里杂乱地堆放着一些报纸和杂志。

“那个，是我小学时候的事了，我可以讲吗？”

“可以啊，你说什么我都会听的。”

“那时候，我上小学三年级。我们上课的那栋教学楼正在施工改建，大卡车呀，挖掘机呀，经常在学校进进出出的。有一天差点就出了事故，装满沙土的大卡车撞进了一年级的教室。”

“这……已经是重大事故了吧……可没法只当成未遂啊。”

“嗯，教学楼的墙壁被撞坏，沙土流到教室里，把一年级的学生都埋住了，场面真的好混乱。不过我们还只是小孩子嘛，反而觉得很好玩，小实特别兴奋，在沙堆上玩冲浪。”

“啊——”那女人小时候还真像是干得出这种事的。

“然后呢，第二天，我很早就起床去翻报纸。毕竟，自己的学校如果登报了，不是会觉得很有面子吗？当然，我不该对事故报道感到自豪，可无论如何，‘登报’本身就是会让人高兴呀。”

“嗯，毕竟是小孩子嘛。”

“但是……没有登哦。”巫女子难得有些自虐地叹息道，“这对我来说可是件大事呢。但是，这种事情放在全国来看根本就没什么了不起的。其实那份报纸的头版写了什么，我已经不记得了……

只是被‘你真的很微不足道’的感受所冲击着。我认为‘很厉害’的事物，在别人眼里根本不值一提……这种感觉让我非常难过。”

“……”

“现在其实……也是这种感觉。”

说着，巫女子指了指那堆报纸和杂志。

原来是这样，我暗想道。

京都连续杀人事件充满了刺激感，是媒体争相追踪的对象。而像独居的学生在家中被杀这类案件，说得难听点就是“不起眼”的新闻，当然不可能被持续报道，只会在登报后隔上一天时间才再次盼来后续，而且还只占版面上的小小一格。

我理所当然地不再说话。巫女子也是。这份令人无所适从的沉默持续了一会儿，然后被巫女子开口打破，只不过破口的方向颇为莫名。

“伊君，你后来和浅野小姐去逛古董了吧？”

“哈？”我愣住了，“哎？什么意思？”

“啊……啊，对不起！问了奇怪的问题！对不起啊！我其实没打算问这种事的！”

“这倒无所谓……”

为什么巫女子知道我会和美衣子小姐一起逛古董？美衣子小姐是不会告诉她这种私事的。这么说来，我好像是和美衣子小姐约定过，好像是的……啊，对了，我想起来了。所以，巫女子那时候是醒着的啰。

“莫非你很介意？”

“欸？什……什么？”

我以逛古董作为美衣子小姐收留巫女子的谢礼，本以为巫女子是对此感到过意不去才会开口询问的，但巫女子的态度却比我想象的焦躁，真是心思难猜的女孩子啊。

“啊，你不用在意的，不要紧，反正是常有的事。”

“常有的事？”

“嗯，美衣子小姐其实很喜欢购物。她没给你展示壁柜里的东西吗？明明房间那么小，她还是不停地买古董。不过等欣赏完毕之后，她好像就会出手卖掉，还说是因为艺术不该被独占之类的。”

话虽如此，她的开价总是高于买入价，还一副要卖不卖的样子，也是很不简单呢。

“总之，我就是个拎包的。说到底我毕竟是男生嘛，基本的力气还是有的，而她才不管你是邻居还是谁，都要人尽其用。虽然我对古董兴趣不大，但也并不讨厌，所以如果她拜托我，我就上场帮忙了。”

“嗯哼……这样的吗？那么，你经常……和浅野小姐一起……出门……是吗？”

为什么巫女子说得断断续续的，很不连贯？

“倒也没有经常啊。不过她对京都很熟，自称是从高中退学后就一直在这里独居了。逛古董店时也顺便带我看过几次寺庙，像晴明神社啊、哲学之道[1]啊，你也知道吗？”

“唔嗯，嗯，听说过名字，但不怎么感兴趣。”

“哎？之前你不是说很熟悉京都的吗？”

对神社和寺庙不感兴趣怎能号称熟悉京都，我对此感到怀疑。巫女子却说着“啊，不是，这个，原因很多呢”，明显打算蒙混过去。

“为什么这些小细节却记得很牢呢……唉，不说那些了，反正伊君和浅野小姐关系很好，对吗？”

巫女子之前好像问过我类似问题，相当执着于这一点呢。她和美衣子小姐之间到底发生了什么？才相处一晚而已，按说也没法产生什么过节。而且她又为什么老是要把我和美衣子小姐联系在一起，真搞不懂。

“嗯，还行吧。她是个有趣的人，与其说是关系好，不如说她很关照我。我有时会问她借车，是菲亚特500，菲亚特500哦！”

“唔——哦，那么，挺好啊。”

巫女子似乎完全缺乏对车的兴趣（说到底也只是开混合摩托车的），对我的发言并不搭腔，又说起了那些不明所以的话。

“伊君，你像现在这样坐在其他女孩子房间里，真的没问题吗？”

---

① “晴明神社”是在日本古代大阴阳师安倍晴明去世后，由一条天皇下令将晴明宅邸遗迹改造而成的。“哲学之道”是京都左京区一条2公里长的溪边小道。——译者注

“嗯？嗯。啊——这是在下逐客令？”

“都说不是了！伊君，你，那个，会和浅野小姐一起出门的对吧？所以说，就是……啊啊！真是的！伊君你这个木头人！”巫女子满脸通红，拍着桌面冲我大吼。我则陷入混乱，实在想不通自己到底做了什么能让她激动至此。尽管无理可循，但唯一确定的是，我的存在惹怒了巫女子。

“虽然不太清楚怎么回事，但是抱歉。”总之先道歉再说吧。

“呜——”巫女子咕哝道，“那我换个说法哦……伊君你会和浅野小姐一起去购物吧？”

“嗯，这件事我已经说过好几次了。”

“那么，也可以和巫女子我一起出去吗？购物什么的。”

尽管我完全无法理解巫女子说出这番话的理由，但她的脸上溢满了真挚，甚至只有“必死的决心”方能形容，这让我打消了以问代答的念头。

“……这个，无所谓啊。我也没有拒绝的理由。”

“真的？绝不反悔哦？不是随便找个台阶下吧？”巫女子态度坚决地探出上半身，紧紧咬着下唇，像一个张口就要嚎啕大哭的孩子，情感外露得简直看不出是十九岁的大学生。

“你真的很在意这件事……发生什么了？”

“回答我呀！”

“……嗯，大概吧。现在就约好也没问题，比如本周六之类的。”

“真的？你说真的哦？”

“我基本上是不会说谎的。”

“所以你说的绝对是真的哦？”

“如果你有什么想买的……”

“那约好了！要记住啦，否则我会生气的哦！”

“……唔嗯。”

在巫女子的压力之下，我被迫答应了奇怪的约定。毕竟不是很难办到的事，答应了也就答应了。至此，巫女子总算恢复了平静，一口气喝干了杯中的麦茶，“哈啊”地舒出一口气，然后向我道了歉。

“我，偶尔会特别激动……都不知道自己在说些什么。”

“偶尔？你说偶尔？”

“啊——呜呜，是经常啦。”巫女子难为情地垂下了头。

呼。

巫女子虽然还未完全从智惠被杀的打击中恢复，但似乎也没有消沉到会为了追随智惠而自杀的地步，大体上还是原来的她。虽然某些言行略显奇异，不过还在允许范围以内。那么问题不大，至少到周六时分，她基本可以痊愈。

“好，时间也差不多了，我该走了。”我起身说道。

“哎？要回去了吗？对不起啊，我惹你生气了吗？”

“我一来就说过不会待很久啊。好啦，很快又会见面的。”

“啊，那个！”巫女子叫住了正要动身的我，“那个……那个，伊君——”

“怎么了？”

“那个……”

巫女子看起来好像是在思考，又仿佛是在迷茫；好像是漫不经心，又仿佛是深陷其中。

随后她说道：“小智她，最后想说的是什么呢？”

最后的那通电话，有话要向我传达的智惠。

“谁知道呢？我也不明白。那天，我才第一次和智惠说话，怎么可能了解她的想法？而且说到底，我都不懂她为什么指名要我听电话。不过，巫女子，其实你已经猜到了吧？”

“我……”巫女子闻言，垂下了头，宛如无力支撑一般。

“我不知道，一点都不。”

“……”

“因为小智她……总是什么都不说。”

什么都不说。

不会敞开心扉，始终保持距离。

“我和小智之间，总是像隔着一堵绝对不会破的玻璃。重要的事情，内心的事情，小智她，什么都不会跟我说的。”

“……”

可是，这样的智惠，却为什么要对我说话呢？

“……真是戏言。”

“哎？什么？”

“以你现在的状态，是没法好好回答任何问题的，所以我也不会多问。但是，只有一个问题，你能回答我吗？”

“呃……”巫女子露出不得要领的表情，“什……什么问题呢？”

“你觉得X/Y是什么？”

“……”

“不知道。”巫女子考虑了一会儿回答道。

啊啊，这样啊，不过也是呢。

我点点头：“那么，学校见，抱歉今天打扰你了。”然后我便离开了巫女子的房间，出了公寓。“好，接下去做什么呢？”我盘算着。

这里是堀川和御池的交叉地带。

离我的公寓还有相当一段距离，不过走上三十分钟也差不多足够，因此坐公交车就显得有些浪费，我决定直接步行回家。

却不曾想，赤红色的最强人类正在我的房间里，守株待兔。

3

我在公寓附近的千本大道和出水大道交叉处遇上了正信步前行的美衣子小姐。她注意到我，便快步向我走来，按她的一贯行为来看，这实在是非常罕见。

“哟。”

“你好，去打工吗？”

“不，我要去一趟比叡山。”

“啊啊，铃无小姐在那里吧。”

美衣子小姐点了点头。

铃无小姐全名铃无音音，美衣子小姐的挚友，在滋贺县比叡山的延历寺打工，人称“暴力音音”或者“Black Out铃无”，脑子疯狂得很彻底，是个帅气女郎型的姐姐。明明还很年轻，却异常喜欢说教，我也见过她，但每次都必定被她训斥。除此之外，她的性格还有很多问题，不过我整体上仍对她抱有好感，就像对美衣子小姐那样。

“她好像有事找我商量，所以我要去一趟，明天就会回来。看家就拜托你了，要是有谁来找我，问清对方姓名即可，之后稍微接待一下。如果目测对方来者不善，那不予理会也无妨。”

“啊，嗯，我是没什么问题。”

“另外，你有客人。”

“客人？找我的？”

“嗯。”美衣子小姐点头表示肯定，“当我察觉时，对方已自行进入你的房间，真是相当了得……不，是极为了得的身手。虽然不知来者何人，但似乎是女性，但感觉也不像有什么目的，我便放着没管，由她去了。”

女性……谁会在这个时候来我家？本来我认识的人就不多，若再在其中锁定女性，则人数就更少。不过，我还是先按这个模式去考虑。

“身高大约是到这里吗？那就是刑警小姐了。”

“不，来者不是那个刑警。谁受得了让那种家伙进来待着。”美衣子小姐自信地断言道，“我一旦记住他人的气息就不会忘记。而你口中的那个‘刑警’，我也是见过一面的。对了……有辆车停在公寓附近，应该是来者的座驾，你看到也许就明白了。”

语毕，美衣子小姐一声“告辞”，便朝停车场走去。今天穿着的甚平，背后是“平稳”二字。嗯，能见到铃无小姐，美衣子小姐似乎心情很好。

话说回来，铃无小姐找美衣子小姐到底所为何事？由于她很少主动邀人，这才令我有些在意，而且“商量”又是怎么回事？即使会参与别人的问题，但将自己的问题分享给他人，铃无小姐应该是不甚乐意的。

“有点担心啊。”

然而，眼下我所面临的问题，是正等在房间里的那名“客人”。

既然不是沙咲小姐，那又会是谁？无伊实或者巫女子吗？可这二位的可能性都很低。但要说是玖渚这个“家里蹲”，从物理学上看就不可能，因为她的绝对值是零，她是不会离开原点的……

这样想着，我在中立卖大道上拐弯。

就停在那里。

“呜哇……”

看到车，真的就豁然开朗了。

一辆深红色的眼镜蛇[①]公然停在路边，完全不惧交通法，红得令人目眩。它与京都的街道毫不相衬，是一台堪称“怪物”的超强机械。

“呜哇啊……这下是真心不想回去了……”

说真的，索性直接逃到玖渚的公寓去吧。不过一旦暴露，我将受到更为残忍的对待，甚至不用耗费想象，因为这正是我的切身经验。于是，我放弃了，拖着沉重的脚步回到公寓。

爬上楼梯，到达自家门前，门锁已被打开，但这并不值得为之惊讶。毕竟，声音模仿、开锁、读心这三项绝技对那个人而言就如同呼吸一样简单自然。我拉开门，只见承包人身着一袭色鲜如血的酒红色套装，坐在窗框上，跷起二郎腿，一副理所当然的样子。

一副理所毅然的样子。

一副理所超然的样子。

等在那里。

“哀川小姐，您好。”

“我说过的吧，别叫我的姓氏。”

“润小姐，您好。”

“这还差不多。”哀川小姐嘲讽地笑着，点了点头。

哀川润。

人类最强的承包人，也是个怪人。一个月前，我们因那座岛而

---

① “眼镜蛇”是指美国福特公司生产的眼镜蛇跑车，它是一款竞速跑车，安装有福特的V8发动机，以动力强劲而著称。——译者注

相识。当时，她扔下了“有缘再会”的帅气台词后便离开了，结果第二天就自行跑来大学找我玩。自那时起，直到她出于工作需要离开京都为止，我不眠不休地被她肆意使唤了长达一周。因此，出于我的个人经验，她是与治愈系完全相反的危险人物代表，我尽量不与她再有深入接触。

其实，若仅出于客观角度——极度客观地说，哀川小姐是一位非常野性帅气、简直让人心怀憧憬的魅惑型美人，但她性格古怪，脾气很大，就各种意义而言都让人颇难接近。

“嗯——”哀川小姐仔细打量着我，仿佛有所探究。

“你都不怎么吃惊哪。”她说道。

“不，我很惊讶，润小姐居然回京都了呢。”

“有点工作。哎，这些以后再聊吧……啊啊，原来如此。毕竟公寓旁停着这么显眼的车，肯定猜得到是我了。”

“不，不是您想的那样，而是别人，是隔壁邻居告诉我的。”

“呵，为避免被人发现，我还算挺注意了。这可真是……”哀川小姐的表情有一瞬间变得如刀刃般锐利，但也仅仅一瞬，很快便又恢复了略带嘲讽的微笑说道，“也无所谓。”

我脱了鞋子，进入房间，径直走到厨房台面前，用杯子接了自来水，然后一边说着“请用”，一边递给哀川小姐。“Thank you.”哀川小姐喝下半杯水，将杯子置于窗框上。

唔——嗯，被她若无其事地化解了……我真想尽情吓她一次试试，就算一次也好。

“发生什么了？为什么又回到京都？”

“都说了这些事以后再聊。我们还是来叙叙旧吧。话说回来，你住得不错嘛，环境一流啊。”

“润小姐，您这是从哪看出来的啊？”

“我指的不是你认为的意思，你懂的吧？哎，算了。对了，你最近都在做些什么呢？”

“没做什么啊，我只是普通的大学生，又不像润小姐您这样忙碌。”

“普通的大学生哦？”说着，哀川小姐“嗤嗤”地笑，笑容有些古怪。

“有什么不对的吗？”

“没什么不对的啊，只要你没有掺和到同学被杀的案件里，也没有和杀人者加深友情，就是一个正常的、普通的大学生了。”

“……”

“哦哦，终于吓到了，姐姐我真开心。”说完，哀川小姐从窗框上跳了下来，大大咧咧盘腿坐到榻榻米上。穿着短裙做这种惊险动作，虽然不清楚其中到底有多少故意而为的成分，但无论怎样我还是希望她能有所收敛。

“您怎么知道的？”

“你觉得呢？”

她邪笑着，貌似非常愉快。不过我完全看不出在这副喜乐样貌背后究竟藏有什么秘密，因此仅是这样与她当面交谈就已在耗费体力。况且她还是读心术的高手，我的情绪在她面前一览无余。如果用打扑克做类比，那么只有我的牌是全部摊开的。所以说，她是一个难以应付、久攻不下的对手。

不过，只要不涉及利益关系，她人还是很好的，也是我喜欢的类型。

“我不懂啊，完全弄不懂。总的来说，我怎么可能知道润小姐的想法啊？”

“动动脑子，很快就会想到的……虽然我是一匹独狼，但朋友多得很，在京都有各路熟人哟。”

“这是好事呢。就连我都觉得，能拥有很多朋友真是非常美妙。是的，我也对此有所认识了。所以，润小姐您现在所说的朋友是指谁呢？比如？”

“比如佐佐沙咲。”

“……”

“比如斑鸠数一。”

“……”

“还有玖渚友。”

说着，她从黑色的包包中取出一封信。

“喏，是你家可爱的小友给你的。”

“给我的？”

“对，她说是‘约好的东西’。”

我收下信。

原来如此。

抵达我的公寓前，哀川小姐先顺路去了一趟城咲。不同于我这个一无所长的平凡大学生，玖渚友（即使是她那种性格）是电脑方面的高手和专家，与哀川小姐的往来还相当深。

我按哀川小姐所言，开始思考。她是因工作之需而来京都的，而且这项任务需借玖渚之力。我则因调查智惠的案件而求助于玖渚，于是玖渚就托前来拜访自己的哀川小姐来我这里跑一趟吗？不对……还有漏洞。因为玖渚没有必要拜托哀川小姐这点小事，哀川小姐也不见得会应允。

既然这样，那……我的脑海中浮现出了一个极为不妙的剧本，而且还不是一个纯属虚构的故事。即是说，哀川小姐她……

“好了，付钱，跑腿费是你肚子里的情报，关于那个京都拦路杀人者。”

她不是跑腿的，而是要账的……

“润小姐，您来京都是为……”

“没错，我来给那个脑子坏掉的混账东西讲讲世间的道义。”

哀川小姐的职业是“承包人”。

工作内容基本上包罗万象，说白了就是“万事通”。哀川小姐更是无所不通的全能型的承包人，而非单一领域的专家。比方说遛狗也好，解决密室杀人事件也好，收拾肢解了十个人的杀人者也好，一旦受托，只要对方出价合适，她就会接下委托。不过，应该也不会有那种掏出厚厚一叠万元大钞却只为遛狗的怪人。总之，哀川小姐不问合法与否，只管代人实现他们自身“力所不及”的事宜，这便是这位赤红色承包人的营生。

话虽如此……

“京都这起连环杀人事件的受害者，在昨天已增至十二人。你长居国外，不一定清楚，但实际上这个数量是空前绝后的，根本不该发生在日本，尤其还是在非首都地区，而且犯人的真面目完全不明。事已至此，国家权力部门也不得不拿出点行动来了。”

“所以……润小姐也来京都出差了是吗？”

“正是如此。”哀川小姐点头。

“除了我，还有国安啦、杀手啦之类的，反正各色人马都出动了，说实话我也不了解详情，很遗憾，毕竟我和同行没什么交情。总而言之，我这次的工作就是阻止那个神经病杀人者继续犯案。”

“委托人是沙咲小姐吗？”

“无可奉告。是叫作保密义务呢，还是职业道德？反正是业务机密。”哀川小姐笑着，十分幽默地两手一摊，“嗯，不过啊……和鸦濡羽岛的那场大乱相比，还是现在这个活比较有干头，没错。”

“比较有干头。”面对十二人死亡的疯狂凶杀案，居然说得出这种话。对手是面目成谜的杀人者，哀川小姐不仅毫无惧色，甚至还如游山玩水般从容不迫。

我再一次切实体会到这名赤红色承包人是何等危险。

而且这次，这份危险中还包含有针对我的部分。

“然后呢，是听玖渚妹妹说的……小哥你知道些什么，对吧？方便告诉你最喜欢的姐姐我吗？”

哀川小姐发出了哄猫声，手指如抚弄猫咪般朝我脸上抚来。可问题不是哄猫声，而是这位此刻发声的非虎即豹，我这只小猫咪着实经受不起。

可恶，混蛋玖渚。

什么互补啊，蓝发八婆。

还真能毫不犹豫就把我卖了……

“怎么了？话都不说一句，眼神乱飘，摆出了抗拒的态度嘛。难道是不想跟我讲吗？嗯？你要毁约吗？说好要拿来交换那封信上写着的东西，是吧？”

“不，但是，您看，毕竟我约定的交换对象是玖渚嘛，要是把情报给了润小姐，就成了那个……背叛？悖德？叛离？造反？不管了，反正就像出卖别人一样，我有点做不出来。”

“啊啊？”哀川小姐的声音骤然拔高，如果视线可以杀人，那我已经死了。但是想象一下她的后手，我觉得还是尽量趁现在就死掉比较好。

“你的意思是，能告诉玖渚却不能告诉我？呵——我都不知道原来你是这么冷漠的人哦。行——吧，行——吧，好伤心哦！玖渚说什么你都听，但我说什么都是白搭，你这点反抗心理可总算暴露出来了啊。”

“啊，不是，不是这样的，啊对了，跟玖渚说什么都是无害的，可润小姐您是马上要采取行动的人啊。和这种事产生直接关系什么的……哎呀，有悖我的作风嘛。”

“你说我是有害的？”

“难道不是吗？”

或许是对此多少还有些自觉，哀川小姐未再反驳，而是“唔嗯”一声陷入思考。在一定程度和范围以内，她还是个讲理的人，但若超出该范围，结果可想而知。

换言之，她会被彻底激怒。

“反正玖渚知道以后也会转述给我听的，那家伙的嘴巴可是非常松呢。所以我现在不就是打算主动把这步省了，直接问你吗？”

“啊——那个，您说得不错，但我也有我的情况啊。”

“嗯？啊——啊——啊——啊——啊——理解理解，什么嘛，既然这样，那你早说就是了。”说着，她又露出邪恶至极的微笑，温柔地向我招招手，此举止中不遗一处地散发着令人心痒的妖艳和诱惑。

“啊，您理解什么了，是吗？”

“别管啦，过来就是了，我会如你所愿，好好欺负你的。”

见我没有行动，哀川小姐便四肢匍匐，缓缓爬到我身边来，从下抬眼往上看向我，眼神充满挑战。或者该说，充满挑逗。她宛如娇不胜力般偎到我身上抱住了我，双手圈在我的后背，然后倏地猛力收紧——指甲深深抠住我背后的皮肉。

“嗯？怎么样？”

“润小姐，超吓人的。”

“对了，我的食指正要穿过你的肋骨缝隙、刺入你的肝脏哦。”

“……”

“不要这么僵硬嘛，不利于健康呢，肉也会变难吃①。对了……我只是有点兴趣，所以随便问问呢，你觉得，我和那个杀人者，谁更可怕？”说着，她伸出舌头，轻舔着我脖子右侧的颈动脉处。那份直接诉诸灵敏触觉的快感，以及喉咙可能会被咬断的恐惧感，两者一并袭来，直捣我的脑髓。

可恶。

这样看来，的确是杀人者更好些。

“润小姐，就算是我，也差不多要反抗了啊。”

“你试试？要是你敢，那我就不只是欺负你了。”

“……”

“其实你选哪个都无所谓。我呢，已经决定要撬开你的嘴，让你交代杀人者的相关情报了，这是确定事项。但看在你是朋友的分上，我再问你一声，希望我温柔一点吗？还是说，想要痛一点的？”

“呃，啊……这个，有区别吗？”

哀川小姐依然维持着抱姿，反倒是救了我一命，因为现在的姿势让我不用面对哀川小姐的脸，而且她也看不见我的。可尽管如

---

① 有一种说法是，如果宰杀家禽时，家禽处于惊恐、痛苦状态，则会影响到肉质的美味。——译者注

此，我直冒的冷汗和狂跳的心脏却仍暴露了内心的惊惧。

“你觉得有什么区别呢？”

她“啊呜”一口，咬住了我的颈部。我的生命，现在确实被她叼在嘴里。

她两边的尖牙温柔地刺入我的皮肤，既像逗弄，又像撩动。她没有松开口唇，而是在舌上蓄满唾液，湿润地舔弄着我的皮肤，身体贴得更紧，手指在我的背后游移。

“我投降！”我奋力将她从我身上扯开，“我不会再抵抗了！请您原谅！”

一下子被扯开的哀川小姐又一脸讥讽地笑了，但笑容里带着纯真少女般的烂漫感。

“别当真嘛，只是开个小玩笑。”

“这个玩笑太恶劣了啊……不行，对心脏不太好……”

“哈哈哈，好啦好啦，这下我放心了，你也是个健康的男孩子嘛。”

“请饶了我吧，真的……”

我喝干了杯子里的水，强迫自己冷静下来。虽然心跳很快就恢复常速，但冷汗就没法随心控制了。

果然，这个人不是我能对付得了的……

早知道就不该想那么远，直接跑去玖渚那里避难再说。

“真是，戏言啊……”

之后，我毫无遗漏地向哀川小姐详述——或者说是被哀川小姐逼供出了零崎人识的情报。虽然本打算巧妙地糊弄一下，避过核心部分，但这招对读心高手哀川小姐并不起作用。这时，我只能一味被恐吓、被唬住，间或还穿插有她的威胁和利诱，最后将我与她资质上的差距以及我欠缺自主性的事实彻底暴露给她。

零崎人识其人的容貌、体格、当时的着装、说话方式、我们相遇的经过、交谈的内容，还包括我们一起潜入智惠的公寓的经历……凡是在我记忆内的，全都被刨了出来。

我和零崎也不算是朋友，只是同类和互为镜子彼端的关系而已，我们没有交换过任何约定，他也没有要求我保密。

即便如此。

我对自己如此没有骨气、随意摇摆，到底还是感到萎靡……

“哼……”审问完毕后，哀川小姐脸上的笑意消失了。她认真思考了一会儿，“那家伙……姓零崎是吗？上雨下令的零，左山右奇的崎？”

“是啊，至少他是这么自报家门的。”

“零崎人识吗……啊——啊，真是讨厌的名字啊……”哀川小姐似乎是真心觉得麻烦，满脸厌倦地说道。她还是头一次露出这种表情，让我觉得有点新鲜。

“‘讨厌的名字’，是什么意思？”

“不对，不对不对……说讨厌可能不太准确。可是，谁叫他姓‘零崎’呢，那可是相当罕见的姓氏，是吧？”

“啊，不过，这也未必是真名哦。他头脑很聪明，不会犯傻把真名告诉初次见面的人吧？”

“我不是在意真名假名，就算是假名，偏偏选了‘零崎’，光这点就已经不正常了，再进一步假设，如果这是真名，那……”

哀川小姐愈发深入地思考了起来。她一旦开始琢磨问题，便会陷入个人世界，这时若正好在她身边，即会产生自己是个透明人的错觉……不，透明人至少还是存在的，自己却只是空气，甚至还不如透明人。

“因为图好玩就使用‘杀之名’的蠢材，不存在吧……‘零崎’嘛，排位还在‘薄野’之上呢，虽说不如‘匂宫’和‘暗口’……我反倒希望这是假名。不，最理想的当然还是碰巧同姓而已……但肯定不可能吧。我的人生中就没有出现过这么有利于我的巧合……怪不得了，哪怕是玖渚或者曾属于‘集团’的家伙们都束手无策。”

“……‘零崎’这个姓氏好像很糟啊。”

“是很糟哦，性质极度恶劣。举例说明吧，对我们而言，如果被人说‘你像零崎似的’，那简直就是最大的屈辱了，就是糟糕到这种地步呢。我也不太想继续说明了。说真的，哪怕只是‘围绕零崎一贼做过说明’这点关系，我都不愿意沾上……唉，不过麻烦的毕竟还是零崎这个姓氏，而不是自称零崎的那个家伙嘛，所以应该不会影响到当下的情况，大概只是个偶发性要素吧……总之先不管了……那家伙真的是这起连环杀人事件的犯人吗？”

“嗯，他是这么说的。”

“但这到底也只是他自己说的，你没有目击过杀人过程之类的吧？”

“啊，确实如此。”我点头道。

“哼，那么，可以认为，这家伙也说不准就是个‘嘴上瞎扯’的妄想症加谎话精啰？”

“有这个可能，非常可能。唉，虽然我并不认为他在撒谎。”

“是吗？可是啊，他脸上有刺青吧？而且还只文了右边脸颊，连芝加哥都没人这么干啊。外形如此抢眼，居然能够完全躲过警方，没被抓到任何把柄？”

“这倒是……”

我当然也考虑过这种可能性，但仅凭他的说辞，确实缺乏否认该可能性的要素，而且说实话，这些事怎样都好。

不管真相如何，对我来说，什么都不会改变。也许他并不是那个杀人者。可是啊……

“那家伙肯定就是杀人者，”我面向哀川小姐说道，“哀川小姐的话，你肯定知道吧？我并没有过着很正经的人生，在神户、休斯敦，以及在这里都一样，就连在‘那座岛’上时，我也差点被杀了，尽管远远不及哀川小姐，但也算一路见识过不少地狱了。”

即使现在，我也并未置身天堂。

“虽然我没看过他杀人，但我之前差点被他杀了，他只用一把短刀，却像是挥着长刀……不，像拿着轻机枪一样，让人胆寒。”

“嗯哼……”哀川小姐频频点头，似乎是听进去了，“……无论怎样，重点是那个自称拦路杀人者的家伙现在就在这个京都……唔嗯，掌握这些便足够了。”

“足够了？”

“是，和其他情报组合之后，姑且有头绪了。但毕竟只是‘姑且’级别的，之后还得我自己动起来才能快速进展。我可不会接手那些目标物毫无还手之力的无聊工作，哎，就是这样。不过啊，”哀川小姐点点头，又把话题转向我，“我的事就先说到这，你又是在搞什么？我问过玖渚和沙咲了……你好像在管什么既平凡又无聊的闲事哦？”

“我是被卷入的。”

“被卷入，然后有兴趣啦？都擅自潜入受害人的房间了，还好意思装旁观者？”

好吧，说得在理。

“这算什么？”哀川小姐讶然地看着我，“你也够让人看不懂的……怎么说呢？是缺失个人坚持啊、风格啊之类的东西吗？说一套做一套的。”

“这种错位感正是我的魅力了。”

“魅力在哪？客观看待一下自己好吗？”

“我不是这个意思……”

“说是旁观者，其实你根本就是贯穿全场的幕后推手吧。哼，无所谓，随你高兴好了，反正做什么是你的自由，我不会多说，而且这件事本身也和我无关。”

“好冷淡啊。”

“也没什么冷不冷淡的。学着点啊，你这个未成年的家伙。自己的事情自己做，但既然做了就要坚持到底。我之前也说过吧，半吊子最差劲了。啊，还有，”哀川小姐表现得像现在突然想起一般，其实她根本就不可能忘记，“玖渚妹妹有话要带给你。”

她指了指放在我身边的信封。

“她说什么？”

“不——许花心哦，如果只进展到亲亲脸蛋，那还可以原谅你。阿伊，爱你哟，啾啾。”

哀川小姐说这些话时，使用了玖渚的声音和语气，还笑得坏坏的。

“她啊……”

“……”我抬手示意，表示收到。

4

就时间层面来看，已差不多是晚饭点了，于是我向哀川小姐提出邀约，但她急着动身追捕零崎，便快速离开了。

“您觉得X/Y是什么意思？”在她临走时，我问道。

“你都已经知道了，就别再找别人确认啊。” 而她却一脸无趣地回答道。

确实，她说得对，我深以为然。

目送哀川小姐离去的背影，我叹息了。

零崎人识。

哀川润。

大概不出两天，哀川小姐就能找到零崎。我所提供的情报其实微不足道，但在她看来已足够充分。她所到达的是我无法想象的境界，而她甚至还能够将之毁灭。哀川润，如此超然。她的思维何其优秀、何须赘言。

然后，他们二人会发生冲突吧。最强人类和人间失格，两人将正面交锋，而届时的结果其实早已明确。如果零崎人识是杀人者，那么哀川润便专杀狂人。只不过能力更突出而已——这等东西，哀川润仅凭存在感便能彻底抹杀，而这样的绝对性，哀川润要多少有多少。她就是这样一个超越一切的、达到至高之境的赤红色承包人，我无论如何都不想与她为敌。但即使与她为伍是次优选择，我也并不乐意成为她的同伴。唯一让人略感安慰的是，她有容易发怒的坏性格而非完人，可这也算不上能有机可乘的软肋。

“你能逃得掉吗，零崎？”

我略感担心，但深感同情。不过，没有作深入思考。对发生在此处世界以外的事，我不感兴趣，即使那是发生在镜中彼处的我身上。于是，我要开始思考此处世界的事了。我伸手取过那封来自玖渚的信。

第五章 残酷与薄情（黑白）

0

喜欢你，喜欢你，最喜欢你了，我爱你。

1

五月二十一号，星期六，清早醒来。

“该起床了。”

总觉得做了个噩梦。梦里我好像差点被杀，但似乎又像是要去杀人。伤害对方的欲望支配了我全身，可我又任由对方伤害自己。我四处逃跑，最后却仍被追上，着实令人惊愕。而明明被逼入绝境，我的情绪却异常高亢。彻彻底底的噩梦。

正因不愿回想，才是噩梦；正因是噩梦，才令人不快。

我从被窝里爬出来，看了眼时间，早上五点五十分。跟巫女子约在早上十点，因此还有将近四小时的余裕。我无事可做，只是叠好被子，塞进壁橱。

来场久违的晨跑也不错，我如此计划着出了门。虽然为保险起见上了锁，但这么简陋的门锁，只要有心，即便不是哀川小姐也能打开它。不过就这点家当，遭窃也没什么大不了的。

从今出川大道往东跑，直到浪室社大学再折返，回到公寓时我已是一头汗。我再次懊恼，为什么要在如此暑热中长跑?

换完汗湿的衣服，我又开始重读那本从大学图书馆借阅的书，上次并未看完。然而时间还是消磨不尽，于是我取过那封已经通读多次的、来自玖渚的信。

“……”

信封里装着警方的内部资料。

玖渚的获取途径还是不知为妙。反正只要有电的地方，她就能“连上”，而且她的朋友里还存在着通晓整个银河系的犯罪分子，这些我还是很清楚的。当然我对大部分的刑事案件都没兴趣，所以不消说，这份是江本智惠被杀一案的相关资料。

“……可是啊……”我翻动着用回形针别住的A4纸，叹道。

“……”

并没有新的情况。尽管记录了各种细节，却几乎都无关紧要，资料内容大致上和沙咲小姐所说的相同。

回想起我居然为这点东西接受了哀川小姐的拷问，心情便郁闷不已。

不过，也不是毫无收获。

资料中还是包含了一些我不知道的事实，以及我应该知道的事实。

“……首先，是不在场证明。”

在江本智惠被害当晚，最后和她在一起的四名同班同学理所当然会成为怀疑对象。只是，这四人各自都有姑且能够成立的不在场证明。我的邻居美衣子小姐为我和巫女子做了证明，无伊实和秋春君则是彼此的证人。对此，我本觉得无伊实和秋春君可能有一丝共犯之嫌，但警方似乎并未如此怀疑。从沙咲小姐口中听闻时，我以为只有无伊实和秋春君二人结伴去唱卡拉OK，可实际上还有几名大学同学一同参加了。由此看来，他们俩的不在场证明就和我与巫女子的一样牢靠，而且硬要说的话，反而是我的不在场证明最有古怪，毕竟美衣子小姐是隔着墙壁确认的。

不过，我知道自己不是犯人。

“这样就好……”

接下来是房间里的物品。与零崎一起潜入的那次，我虽判断“房中目测没有少东西”，但实际似乎并非如此。这份资料记载有智惠房内物品的清单，大到家具，小到饰品，列得密密麻麻，毫无隐私观念，甚至让人产生一种“阅后即能了解江本智惠其人”的错觉。

只有一个问题。

在这份清单中，没有秋春送的生日礼物——那根挂有胶囊型吊坠的项圈颈绳，吊坠里装着液体。

我是目睹智惠得到这份礼物的，因此它不在房内便十分奇怪。

如果要对此进行分析，便只能得出“犯人拿走了它”这个结论，但前提当然是暂不深究“为什么要拿走”，只管结论即可。

“毕竟，那玩意儿不是什么贵重物品啊……”

顺便一提，那晚智惠用来给我们打电话的手机似乎就在她的口袋里，也能翻查到通话记录。

现场也没有新增任何东西，作为凶器的细布条大概被犯人带走了。

“布啊……嗯……是布呢……”

然后是发现智惠遇害身亡时的现场情况。尽管之前没能从巫女子口中问出，但这份资料将其如实地、周全地记录了下来。当天早上，巫女子来到智惠的公寓，摁下对讲键，却没有得到回应，电话也打不通。巫女子觉得古怪，这时正好有住户出来，她便趁自动锁打开之际入内，前往智惠的房间，发现外门似乎没有上锁。要是现场被布置成密室之类的就更麻烦了，但还好没搞这一套。

“到最后了。”

那个“X/Y”的字样。

警方将其认定为“犯人标下的”，理由也很充分。因为沙咲小姐说过，江本智惠是“即刻死亡”，所以无法留下死亡讯息。当然，我也注意到了这一点。而这时，又要将“犯人为什么要留信”的问题搁至一旁了，但正是通过现场留有签名这一点，才可以确定犯人不是那个“开膛手杰克”似的杀人者。

“……完毕。”

上述便是对我可能有用的新收获。话虽如此，但我也没有必要为它们而改变自己推理的核心主轴。

目前如此即可，我暗忖道。

由此，我已消除了一些较弱的可能性。只要留有可能性，即使再小也要将之击溃，这是我的原则。至此，我推理的根基可以说是基本稳固。

“……不过啊……”

我到底在做什么？

为什么我非得做这种事不可？

为了智惠吗？还是为了巫女子？甚至连这种材料都弄来了，还无故地浪费时间。

到底是在做什么？

“……想和沙咲小姐再对话一次……”

还有各种各样的事情需要问清，还有残存下来的些微可能需要排除。只要未达百分百的完美地步，我的推理便不足以被冠以“推理”的称谓。

我将资料放回信封，然后将它们一齐撕碎，扔进了垃圾袋。毕竟是性质特殊的东西，万一被别人看到，后果严重。而且我也和它们铆上劲了，瞪大眼睛拼命细读，已经记住了内容的大致方向。

接下来，离巫女子抵达，还有一个多小时。

如果将巫女子的散漫纳入考虑，那么就是两小时。

我躺了下来，继续思考。

思考这起案件吗？

不。

只是稍微想想自己的滑稽可笑。

幸好，时间还很充裕。

人生的余量，还很充裕。

2

巫女子准时到了。

“今天没有迟到哟！”她说得欢欣雀跃，双手还“咻”地敬了一个德国式的礼。由于情绪实在过于高涨，让人感觉她肯定有哪里出了问题。她穿着紧身的大圆领背心和松松垮垮的大码工装背带裤，还戴着帽子。用“像幼儿园小朋友戴的”来形容款式可能不太客气，总之就是低低地戴着一顶黄色的帽子，帽子边缘钻出的红发颇为可爱俏皮。只是背心的尺寸小得过分，简直像是真空穿着背带裤一般，不过……怎么说呢，这真有些……啊，总之我不讨厌。

“那么，走吧……”

我正打算离开房间时，巫女子“啊，等等等等等等”地嚷着，把我推了回去，自己也自说自话进了屋。上次也是这样，巫女子莫非喜欢入侵别人的房间吗？倘若如此，可真是相当反社会的兴趣啊。

"巫女子我呢，带礼物来了哟，是谢谢你今天陪我的谢礼。"

话音未落，巫女子就从包里——不是她常背着的那个小包，而是更大一些的旅行手提包里拿出了一个形似便当盒的东西，用印染大花布包裹着，里头其实是保鲜食品盒。

"嗯？这是什么？"

"点心哦。"她得意扬扬地说着，打开了盖子，里头装着六只做成蒙布朗蛋糕形状的甘薯点心，都是一口大小的尺寸。外形稍有点垮，所以一看就明白是她亲手制作的。

"嗯哼……巫女子你居然会做点心呀。"

"唔嗯，啊，但别对味道抱希望啊。"

"可以吃吗？"

"嗯，啊，对了对了。"说着她又从包里取出保温瓶，把杯子放到我手中，倒入装在瓶内的红茶，用的是马可波罗茶[①]。原来如此，她是看出我家只有自来水，这次就备好饮料来了。不能小看了她。

巫女子也给自己倒了红茶，"干杯哦。"她微微地笑着。

我稍微碰了下她的杯子，便往嘴里塞了一块甘薯点心，不可思议的甜味瞬间在我口中扩散。当然，名字中都带了"甘"字，甜是肯定的。即便如此，我还是觉得砂糖的用量超常了。

"……好甜。"我泄露了心声。

---

① "马可波罗茶"指著名法国红茶老店MARIAGE FRÈRES（婚礼兄弟）中的一款经典红茶。——译者注

“唔嗯，因为我最喜欢吃甜食了。”

“哦……”我边点着头，边吃起了下一个。果然很甜。想来今天还没吃早饭，因此巫女子的手工点心来得正是时候……咦？说到甜，巫女子之前不是说过讨厌甜食吗？说过的吧？还是没说过？记不太清了。

算了……无所谓。

一定是因为女孩子的喜好很容易变来变去吧。

过了大约五分钟，甘薯点心已全被吃掉。

“嗯，巫女子很擅长料理呢。”

“嘿，巫女子我以前是钥匙儿童嘛。”

“……钥匙儿童是什么？”

“那——个，就是经常自己看家的小孩子，你想嘛，在父母都要外出工作的家庭里，孩子不带着钥匙上学可不行吧？”

“……为什么？”

“呃，因为嘛，家里没人的时候就会锁门吧？”巫女子面带困惑地继续说明，“然后呢，所以呢，就叫作钥匙儿童了……”

“啊啊……我理解了。”

我把目光从巫女子脸上略略移开，将表情对向了天花板以避免直面对方，并点了点头。

原来是这样啊……

还有这种环境呢。

“伊君？我说了什么不好的话吗？”

"……哎？为什么这么说？"

"就觉得……你看起来很不高兴呢。"

比起担心，巫女子的表情更像是有所不安。或者更准确一点地说，是有些怯生生的。我摇了摇头否认道："没事的。"是的，没事的。这些都不算什么。

"现在可以出发了吧，还有啊，巫女子你想去哪里？"

"哎？"

"你想去买东西吧？我记得是这样说的。去新京极，京都站附近？还是要去大阪？"

"啊，那——个，那——个……"

巫女子陷入狼狈状态，只能说像是压根就没有提前想过去处一般，用求助的眼神四下张望，最后还是回到我身上，给出了一个莫名其妙的回答。

"去……去哪里都可以哟。"

"不是去哪里都可以吧？你是要去购物的啊。"

"伊君没有吗？就是……想和巫女子我一起去的地方。"

"我并没有很想要的东西啊。这么小的房间，买了什么都得马上扔掉，所以再买就太不合理了吧？虽然我也不讨厌不合理的事物，但确实没有真心地想要什么、想买什么。巫女子你想买吗？"

"那个，啊，衣服什么的，反正各种各样的。"

"嗯。"

"然后，就想去吃点东西。"

“……那么，看来还是河源町最合适。”

“唔嗯。”巫女子说道。

虽然我已是主动性相当不足的人了，但巫女子在这方面搞不好更弱势，为何连她自己购物的去处都要我来决定？不过这些话也没必要明说。

“走了。”

说完，我带着巫女子走出房间，略经步行便到达千本和中立卖交界处的公交车站，等待了约五分钟后，开往四条和河源町一带的班次就进站了，是46路车。我们乘上了车，车上难得有两个相连的空位，我便靠窗坐下，巫女子则坐在我的邻座。

“……说起来，巫女子你是骑伟士牌过来的吧？”

“嗯嗯，是骑了伟士牌哟，伟士牌。”

巫女子略显紧张地答道，上次对她发怒似乎影响很大。果然，话说太重了吧？不过即使是我，也会有压制不住自己感情的时候啊。

而且压制不住的情况还相当频繁。

“那么，之后还要去取车……”

“没事的，坐公交价格都一样呢！市内统一票价！”

“嗯，说的也是。”

“伊君你不买辆车或者那种混合摩托车吗？”

“不买啊，我现在出行没什么不方便的。”

“唔嗯……”巫女子态度模糊地点点头，“小智也是这样呢。

她有驾照，但一台交通工具都没有，她说驾照只是拿来当身份证用的。”

“我也差不多。”

“是吗？可能大家都是这样打算的呢，不过我考驾照就是想开车的。”

这么说来，她这阵子似乎在上驾校……前阵子才听她讲起过，说是拿到驾照家里就给买车之类的，我有印象。

“我偶尔也会开车，问美衣子小姐借的。”

“嗯哼……”

我一提到美衣子小姐，巫女子好像立刻就会失去兴趣，已经连我都记住这个规律了。跟巫女子聊天时只要围绕美衣子小姐展开话题，话题几乎绝对会凉。

“这样啊……智惠也有驾照啊……”

“嗯嗯，是呢。”

“明白了。对了，你昨天和前天去学校了吗？”

“去了哦，不过不晓得为什么都没有遇到伊君。”

那是因为昨天和前天我都没去大学。

从玖渚那里得到资料后，需要思考的问题略多。大学生的身份在我心里的分量固然不轻，但也不算重。

“我见到秋春君和小实了，我们商量着下次办一个小智的追思会，到时候伊君你也要来参加的啊。”

有一瞬间——真的只有那短短的一刹那，我迷惘了。随后，

“嗯，到时候叫我。” 我回答道。这只是顺势的应允，还是场面上的客套话，连我自己都搞不清。从我的性格考量，大概是后者无误，但这次或许是前者也未可知。

不久，公交便抵达了四条和河源町一带，我们走下了车。

“嗨——哟！今天就大玩一通吧！”巫女子用力伸直双臂，发布宣言似的叫道，并绽开了笑容。这是我至今见过的巫女子最有魅力的笑容，仿佛能把俗世间的所有障碍和烦恼都彻底消解，令人心情畅快。

“阴霾都过去啦！今天要快快乐乐的！是吧，伊君？”

“……嗯，是的。”

“就是说嘛！巫女子我火力全开啦！”

之后的六个小时里，巫女子彻底践行了她的宣言，把新京极大道的各个角落全都扫荡了一遍，就好像真的淡忘了智惠似的。

蹦来跳去地。

热烈亢奋地。

抛却压抑地。

欢欢闹闹地。

胡乱嬉戏地。

宛如某处已经发狂一般。

宛如某处已经损坏一般。

宛如某处已经绷断一般。

宛如某处已经销蚀一般。

宛如乱舞一般。

宛如飞翔一般。

宛如旋转一般。

简直就像是，在挣扎。

就像是，在抵抗。

肆意尽欢，尽欢得像是自虐。

甚至让人误以为看见了妖精。

既似天真的孩童，又似无邪的少女。

纯粹得只有纯粹。

直率地表露着情感。

欢笑。

生气。

还不时有悲伤的表情浮现，伴随着眼泪一起。

不过最后还是会恢复成快乐的笑容。

如此。

也已让我——让这个只是在她身边的我、只是残次品的我……

“……”

或者，此时的她，可能已有了觉悟。这种话即使由我来说，也不过是借口，归根到底也只是说笑。因为我救不了她——不，其实是我根本就没有去救她。但我仍这么认为。

葵井巫女子，已经接受了自己的命运吧。

“呜哇——时间一下子就过去了——好吓人。”

"爱因斯坦也说过哦，'跟可爱的女孩子聊一分钟'和'手在炉子上放一分钟'，两者之间可是天差地别。"我说得好像自己跟爱因斯坦很熟一样。

闻言，巫女子"嗯"的一声，随后大喜过望地盯着我，"伊君你是在说，巫女子很可爱吗？"

"无法否认。"

我稍微迎合了一下，今天算是学到了，如果认真回答就会陷入不必要的事态中。

此刻，我的右手正提着三个纸袋，左手则是两个，还背了两个大塑胶袋，里头基本都是衣服，虽不算重，但看着巫女子一张接一张地用着万元大钞，心里还是有些犯怵。玖渚那家伙也喜欢买东西，不过她都是在家里进行网购，所以像今天这样目睹他人的疯狂购物现场，对我而言十分新鲜。

"好了……那么，接下来，吃完晚饭再回去吧。"

"嗯！好哦！呜哇！"

"怎么了？"

"伊君约我了，好开心！"

巫女子嘻嘻笑了起来。

她今天的情绪特别高涨……

到底有什么好开心的啊？

接下来，我们走入了一家介于居酒屋和咖啡馆之间的餐馆，店内是监狱主题的装修，店员都打扮成犯人或女警，算是有些奇葩的小店，不过价格和味道倒都不错。以前和美衣子小姐一起来过，还将这里纳入了我们的店铺推荐榜单前三名，不过这件事还是不要告诉巫女子比较保险。哀川小姐就只会带我上居酒屋（而且还只喝日本酒），玖渚只吃垃圾食品，其他的熟人都是不相上下的偏食者，这么想想，能和我一起来这种店的伙伴或许相当珍贵。

女警小姐（店员假扮的）将我们领到私设软禁室风格的桌位。

“请两位先点饮料。”

巫女子点了鸡尾酒，而我要了乌龙茶。

“伊君果然不喝酒呢。”

“这也算是我的原则吧。就像无伊实不当着别人面吸烟一样。”

“对哦对哦！那个啊——是小智叫她这么做的。小智很少会要求朋友做什么事情，所以小实就果断地照办了。”

“确实……要不是被拜托了，无伊实也不像是会顾虑他人的类型。”

“但是，小实她说，不会再吸烟了。”

“……哦。”

“这对健康应该也有好处！”

巫女子这么说着，试图拂散略显沉重的气氛。饮料很快上来了，但鸡尾酒被摆在了我的面前，乌龙茶却像是巫女子点的。我们暂且无视了店员的送餐问题，接着点了各种吃食。

“你和无伊实是从小学起就一起玩了吧？”

“唔嗯，小实上小学的时候就开始抽烟了。”

“抽烟还能长这么高。”

“嗯，如果不抽烟，可能还会更高呢。”

那可是远超想象的画面。

“小实以前老欺负别人，不过到高中就收敛了。”

“还真晚啊。”

“与小智相遇之后，嗯，发生了很多很多事呢。”

很多。

很多——那是当然的吧。

毕竟共同度过那么长的时间。

“……巫女子，你呢？”

“呃？”

“听你这么说……智惠带给无伊实的影响好像很大啊，那你也受到影响了吗？秋春君呢？”

“……”巫女子沉默了，之后叹了口气，“我，以前一直认为，人的交情在于时间长短。要相处很久，才会逐渐心意相通。但这种想法其实是不对的，是错误的。伊君，有些人，即使没有和他们长时间交往，即使还没有和他们心灵相通，也还是有可能被他们吸引。”

“……巫女子……你觉得，智惠为什么会被杀？”

“……这种事情……这种事情……我不明白。”面对我无情的质问，巫女子低下了头，“小智才没有被杀的理由呢，一个都没有。为什么非得杀了小智呢？”

“人总是因为微不足道的小事而产生恶意，”我对巫女子采取了半无视的态度，继续说道，“也就是说当别人威胁到自己，尤其是关乎命运与生存的时候，就会想尽一切办法排除危险吧？就像挪开让你寸步难行的绊脚石才能继续前行的感觉。”

“……可是，小智她不是。”

“没错，智惠似乎是在贯彻原则，绝不踏足他人内心，所以按说是不会成为别人的障碍，从开始就不在别人的射程范围之内。”

“嗯嗯。”

“如果换个说法，就是他人的恶意、敌意、杀意不会覆盖到她。这样一来，她也就不会被‘他人’所杀，因为她活着并没有给任何人造成麻烦。”

——你这种货色……

——只要活在世上……

——就是别人的麻烦。

“但也只是说来轻巧，事实上智惠毕竟没有像富士山树海[①]里的仙人那样过活，她还是会去学校。现在还上了大学，也会过学生生活，不论乐意与否都会建立人际关系。那么，问题来了，巫女

① “富士山树海”全称应该是日本青木原森林树海，因其坐落在富士山脚下，所以一般称为富士山树海。因内部幽深、树木苍翠、遮天蔽日，容易因迷路而有去无回，是日本最著名的“自杀圣地”，但另一方面亦是风景秀美的天然林场。——译者注

子，用你自己的想法来回答。建立人际关系究竟意味着什么？”

“……那个，”巫女子迷惑不解，但还是答道，“是这样的，虽然我也不太明白……不就是和别人搞好关系的意思吗？”

“是的，正是如此。巫女子你说的没错。换言之，就是‘选择某人’的问题。但再想深一点，‘选择某人’也就意味着‘不选择别人’。‘选择’这一行为，无论如何都伴有‘不选择’这一相反动作啊，就像镜中映出的硬币两面。不过我不是在说只能有一个挚友，只能有一个恋人等基础层次的事，它们真的只是微不足道的两难选择。现在我指的是受所有人喜爱、和谁都交好的人，理论上是不存在的。”

“原来如此……这大概是很难实现的吧，受所有人喜爱什么的。但是，我觉得，也不是不可能哦。先不讨论能否被全世界喜欢……如果只是自己身边的人，我想还是有可能和大家都友好相处的。”

“我的观点是这是做不到的，我坚信。世界可不如你所想的那样全是温柔的人哦，反而有着只会把人看作残害对象的杀人者，有着把万物都分解成零和一再去理解的蓝色，有着莫说是嘲讽他人，甚至连整个世界都嗤之以鼻的最强人类。还会有通晓所有希望与绝望仍能微笑着的占卜师，以及在她眼里他人和自身都只是形态而已的画家。就连只会将善意视为恶意的人，都是存在的。”

“……”

“智惠正是明白了这些事情，才会选择不与他人深交的生存之道。若想减少敌人的数量，不交朋友便是最有效的方法。”

“小智她……”巫女子用细不可闻的声音说道，“不是这样的女孩子。”我听得不太真切，她的内心似乎并没有能够保障其“观点”的凭据。

“可是，伊君，就算这样。假如说，就算真是这样，小智不还是被杀死了吗？”

“是的，智惠不和任何人深交，同时却又尽可能巧妙地掩饰了这一点。”

我是做不到这一点的。

是想做，但做不到。

“即使如此，她还是被杀了。智惠她确实被杀了。那么，巫女子，试想一下那个街头巷尾都在热议的连续肢解杀人者，那家伙可是拦路杀人的。只是偶然看到了他，或者偶然没看到；只是偶然撞到了肩膀，或者偶然没撞到……仅仅出于这些理由就已经足够他动手杀人了——机械地、自动地杀着人。所以，即使是智惠也好，即使是我也好，其实都有充分的遇害理由。”

“……那么，小智，是被那个杀人者给……”

“好像不是。沙咲小姐……就是刑警小姐有说过，似乎可以确定智惠不是那家伙杀的——接下来，我又要稍微改变一下话题了哦……巫女子，你有没有想过‘生态跟以前不一样了，是不是因为人变多了呢’？”

我的问题甚至可以说是唐突的。巫女子移开了视线。然而我一直不再作声，静待她的回答。

“即使如此，我也不觉得减少人类数量就能解决问题。”巫女子只得开口回答道，“伊君，你能容许恶意伤害别人的行为吗？”

“不能。”我即刻作答。

“不是容不容许的问题，而是根本就轮不到谈论容许与否。我可以断言，杀人是最丑恶的行径，杀人的意向是全人类历史上最低劣的情感，不管期待着或祈祷着或请求着或渴望着他人死亡，这些通通都是无可救药的恶意。因为这是无法偿还的罪孽。而对这种任何道歉、赔偿都于事无补的罪行，我可不认为还有探讨‘容许’‘勾销’之类的余地。”

冰冷的、残酷的声音。

简直就不像是我所发出的声音。

彻彻底底的戏言。

“无可救药”这个词，到底是在说谁？

“杀人的人，全都该堕入地狱最底层，没有例外。”

“可——可是，”听到我这么说，巫女子瑟缩地咽了一下口水，但仍竭力反驳，“比如说，自己的生命受到威胁呢？就是，比如说，伊君晚上走在鸭川公园，然后，那个现在很出名的杀人者拿着刀子袭击过来了，伊君你会任由他杀死你吗？”

“不，我会反抗。”

“对吧？”

“是的，正是如此，也许还会失手杀死对方。既然我作此反应，那其他人想必也会这样。不过，没错……在这一点上我是有自觉的，我能够认识到自己是为了活命而杀人，认识到自己是何等罪孽深重。仅仅活着就是重罪，是用死亡都无法弥补的重罪，这些我自己都能意识到。”

“但是……但是会被杀死的呀？这种时候，求生行为不是生物的本能吗？”

“把这种本能视为理所应当就已经违反道德了。我就把话明说了。”

我宛如在宣告“我能杀人。我下得了手”。

“……”

“为己也好，为人也罢，我都可以残酷地杀人。是友也好，是亲也罢，我都可以将他们消灭。你觉得这是为什么？”

“……为什么？不知道，”巫女子有些不安，“我觉得才不会有这种事哟，伊君很温柔，伊君不可能做得到的……杀人这种事。”

“能，我一定能做得到。因为对别人的痛苦，我一丝一毫都无法理解。”

“……”

“举例来说，在我的朋友中，有一个女孩子，她几乎缺失所有的感情，虽说总是很乐天、很亢奋，然而这只是由于她根本不知道除此之外的情绪，也因此完全无法理解别人的悲伤、痛苦等。”

她只能如此去理解世界。

她无法区分乐园与失乐园。

“我也一样。不对，我的性质或许更加恶劣。我之所以对他人的痛苦毫无感知，是因为我……因为我自己本身就无法正确了解‘痛’与‘苦’的感觉，我就是这种人。我甚至不讨厌死亡。尽管不至于想死、求死，但对死亡的抗拒意识异常低下、浅薄。总之，就是这么回事呢，巫女子。”

“……”

“人是有很多制动装置的，用以避免杀死他人。而其中最关键的便是‘这家伙会痛吧？’‘好可怜啊’之类的意识吧？实际上，确实如此。举例来说，巫女子你也曾有过想伤害某人的冲动吧？但我认为你应该从未动手。”

“嗯，我一次都没有打过别人。”

“但想过吧？想要揍谁一顿。”

巫女子没有回答，可这正是最明确、最肯定的回答。但她没有罪。即使身在天堂，人类也不可能全无害人之心。

“总之，关键就在于能够对他人产生共情。因此会同情他人、怜悯他人，进而出现同理心。但这也不尽是好事，因为也会由此而羡慕他人、嫉妒他人、眼红他人。‘理解他人的感情’就是如此好坏参半。”

能够完全理解他人之人，只有走向灭亡这一种结局吧，一如那座岛上的她。

“不过，暂且不展开关于得失的哲学讨论；现在的重点是我没有那些制动装置。我是彻头彻尾地不理解他人，而且还得压制自己，其中的痛苦大到无法想象，一点都不潇洒。可即使如此，我至今也仍压制着这匹怪兽。”

我把怪兽饲养在体内，却还有脸活在人世吗？

“……伊君。”

“现在的我随时都有可能到达极限。也正因此，我无法原谅杀人行为，绝不可能原谅。它本身就令人憎恶、令人痛恨，而且是令人打从心底痛恨。我对这一行为恨到了骨子里，纯粹只想破坏它。”

“……”

“骗你的，我根本没在想这些。”

这时，我们点的菜上桌了。

巫女子又加点了一份含酒精的饮料，我则要了水。

一时间我们都没有说话，只是默默用餐。

“……伊君。”

“……怎么了？”

“为什么……和我说这些？”巫女子有些狐疑。

我知道她没说口的半句话是“明明今天这么美好”。

我无声地摇了摇头。

多半也是一个冷冰冰的动作。

“我以为巫女子你想听这些。其实并不想吗？不，还是想听的吧。”

“……”

“顺便，我也希望你能明白。我到底是一个多么严重的残次品。”

“残次品什么的……太残酷了，居然这么说自己。”

“正因为是自己，才能这么说。我不是残次品，那就是不配为人，你不这么认为吗？其实我也经常被人说这些哦。凡是和我略有交情的人都称我为‘脱离常轨’‘异常’‘异端’‘奇怪’‘恶劣’——而且，全说对了。”

“……总觉得，”巫女子的语气很不安，“伊君你，好像快要自杀了似的。”

“不会的，我保证过。”

“……保证？”

“向我第一个杀死的人保证过。”

一瞬之后。

“还是骗你的，”我将骰子牛排送入口中，“很遗憾，我的人生并没有多么戏剧化，我也不是会做出这种约定的浪漫主义者。虽然我欠缺了一些重要的东西，但除此之外还是个普通人。不会自杀是因为……嗯……感觉很逊啊，就像在逃避自己的弱点一样。啊，当然我本来也有在逃避，只是被人看破就很凄惨啦。”

“……我知道的，伊君你和别人有些不同……可是伊君如果自杀了，我会哭哦，肯定会哭的。残次品也好，什么也好，无所谓啦，怎样都好。伊君现在不也过着普普通通的生活吗？”

“‘坏掉’的东西可以修好，但‘欠缺’的东西无法通过修理解决。”

“……哈啊……”巫女子叹息道，“好像在和小智说话一样呢。”

“嗯？你和智惠经常聊这种话题吗？”

“啊，倒也没有……小智不会和人聊这么深的。但……如果是真心交谈，我想就会是这种感觉。”

“这样的话——”

这样的话，真的太可惜了。

我应该，应该和江本智惠再多聊一点的。

这样一来——

我是在说这样一来或许能如何如何吗？

我是在想或许能得到一丝救赎吗？在想或许能稍微挽救到谁吗？

其实……

其实很可能，正是因为和她聊了——正是因为和她聊过了，所以她才会……

“智惠她大概并不恨犯人吧。一定是这样。完全没有憎恨犯人。”我没有看巫女子的脸，继续说道。

“……为什么这么想？”

“只是感觉得到。也说不出其他理由。无谓的伤感而已。但是，智惠大概确实如我所想。她啊，直到现在也没有在嫉恨别人吧。”

我使用了现在时，而非过去时。

现在时。

“好像她是被人从背后勒住了脖子，那应该看不见犯人的脸，想恨都没法恨呢。”

“……犯人的……脸……”巫女子重复了我的话，“杀死小智的，那个犯人……”

“不过智惠大概也没有兴趣知道，不管是被谁杀死，结果都大抵如此——‘被杀了’。不论是谁下的手，‘死亡’这一事实都不会改变。此外，智惠和我一样，并不怎么抗拒死亡。关于这点，我还是有自信的。智惠她似乎不太喜欢自己，那天她对我说起过，‘如果有来生，想要变成巫女子’。”

听到这些，巫女子“呜”地哽咽了。

虽然勉强忍住了眼泪，但之后好一会儿，她都在呢喃着“小智……小智……小智……”

我目睹着此情此景，内心毫无感动。

完全、完全没有任何感觉，仅仅是目睹而已。

“巫女子，你觉得谁是犯人？”

“伊君对这个问题还真执着呢。该不会是在调查犯人吧？”巫女子微微惊讶地说道。

“是啊。”我直白地答道，“但与其说是调查，不如说我只是想知道犯人是谁、想见到对方，然后提出问题，不对，是质问对方：你能允许自己存在于世吗？”

“伊君，”巫女子语带悲怆，“你好可怕。好可怕。真的，好可怕。”

“是吗……我倒不觉得呢，不过或许如你所说，很可怕吧。”

“伊君，你能够把自己的规则套用在别人身上。该怎么说……你把自己当作世界的一个小零部件，也只将别人视为一个齿轮。嗯，不对，不是齿轮……因为如果少了一个齿轮，设备就会停止使用，但伊君你认为死掉一两个人也没什么大不了的吧？”

“……我还不至于抱有这种观念哦。”

“我呀，还是觉得，伊君你没法毫不在意地杀死别人。但是呢，倒是可以毫不犹豫地叫别人‘去死’。伊君似乎就是这样的人。”

“……”

“我没说错吧？对那个杀死小智的犯人，提出这样的问题，不就等于在宣称‘你没有活下去的资格’吗？好残酷，真的十分残酷。伊君，你知道吗？”

“我知道，”我直接回答道，“我就是知道才故意问的。我明白自己的深重罪孽、所作所为和逢场说笑都该被打落至地狱底层。曾经有人对我说过，杀人几乎都是‘无计可施’或‘一时失手’，但此刻我清楚自己是能够杀人的，不存在任何自我肯定、自我欺骗、自我否定、自我满足，我就是一个能够下手杀人的、下作的异端者。”

“伊君你在自虐呢。”

“我是受虐狂嘛，”我轻佻地回答着，“而且还是超级恶劣的那种哦。不过这也是我的规矩、我的主张、我的风格，决不让步。”

“我想也是呢。”

巫女子流露出些许寂寥。

好像正眺望着远方的某人。

好像正眺望着已经不在的某人。

流露在刹那间的、悲伤的眼神。

以及表情。

以及气氛。

毫不遮掩的情感。

因为，她向来无意掩饰。

这点，我是知道的。

我是理解的。

甚至有种……

“我能够明白他人感受”的错觉。

“但是，我——”

巫女子笑了。

若要比喻，那笑容就像是，

某种温柔的心情，

某种动人的存在，

某种思慕的词句，

透着若无其事的气息，

裹着漫不经心的氛围，

又像是世间唯一仅有的不可能，

宛如令人无法置之不理的、

令人头晕目眩又如影似幻的、

噩梦。

现实好似被扭曲、被破坏。

而此时，她凝望着我、面对着我。

带着被殴打般的快感。

带着被刺穿般的快乐。

带着被瓦解般的愉悦。

变得零零落落、松松散散。

仿佛某件珍宝遭人掠夺；

仿佛心脏被紧紧揪住、被入侵般地，

微微笑了。

“最喜欢这样的伊君了。”

3

有人正用小混混专用的姿势，蹲坐在我的公寓前。究竟是谁？尽管已有所料想，但我仍凑近去看。果然是哀川小姐。上次见到她还是星期三，而今天她的发型有了少许变化，似乎剪了头发，像某些明星一样弄成齐眉的平刘海。她的身材比例原本就绝佳傲人，现在更是被新发型衬得宛如模特。当然，前提是要把不良高中生的蹲姿排除。

哀川小姐也发现了我，便站起身，“哟”地打着招呼向我走来。

总觉得她笑得跟只猫似的。

“今天的约会如何啊，伊君？”

“……您看到了啊？”

“在新京极看见的，想捉弄你一下，所以就先跑回来了。”

“……是这样吗[①]？”

其实这人闲得很吧？我有些吃惊和意外。真是让人完全无可奈何的人物啊，根本无法预测其下一步行动，堪称神出鬼没。

“……剪头发了呢，想转换心情吗？”

“准确地说，是被剪了。”哀川小姐一边拨弄着刘海一边说道。

“……啊，这么说是比较精准。”

“嗯，被求生的那一刀这样一划，要是没来得及躲开，左眼可就毁了哟。就算是我都吓了一跳呢。”

“……”

这样的理发师可太讨人厌了。

“所以就趁此机会剪个更大胆的发型吧……你觉得怎么样？适合我吗？”

“哀川小姐您剪任何发型都很好看。因为本尊是美人嘛。”

---

① 原文中“我”在此处说的是方言。——译者注

"真会哄人啊，不过——叫我的名字，都说多少次了？"

说着，她"咻"地夹臂紧锁住我的头部，半开玩笑般地将拳头紧摁在我的头顶上来回转动，好半天才终于松开。

然后邪邪地笑了。

这个人，让人恨不起来啊。

"所以，到底如何，你的约会？你对那么年轻的女孩做了什么好事？嗯？嗯？嗯？跟姐姐说说吧，如果不顺利，姐姐也可以给你建议哦。"

"润小姐，您好像误会了……那家伙和这次的案件有关。"

"……嗯？哎呀，这样哦？那么，那家伙，啊……我是说今天那个小女孩，难道是葵井巫女子？"

我点头回应哀川小姐的询问。

"嗯哼……"她没什么特殊表情，平淡地说道，"原来如此呀……算了，随便吧，总之你这个点就回来……看来是没希望喽。"

附带说一句，现在是十一点。

谈话之后，巫女子就玩命似的摄入酒精，结果自然是烂醉如泥，在店里睡着了。我把醉倒的巫女子背回她位于堀川和御池一带的家中，把她好好放到床上躺好，再帮她锁上门，之后坐巴士回到了这边。不过今天的巫女子似乎没有装睡。

"好可惜啊——你这个未成年的小子，让姐姐来安慰你吧？"哀川小姐笑话着我，仿佛打心里觉得有趣。

“都说不是这么回事了……先不说这个，”趁局面还没有升级，我急忙转换话题，“那个，剪了您头发的理发师，莫非是零崎？”

“……”

哀川小姐的表情霎时变得很夸张，看起来更加愉快了。

“……是啊，那小鬼还真了不得，虽然只是个二流的杀人者，但玩刀子的功夫已经是一流水平。靠本能就能知道要如何调动哪一块肌肉才能达到人类的极限速度。来，看看这个。”

说着，哀川小姐卷起了右手的袖管，里头缠着白色的纱布，正往外渗出赤红的血液。

“而且他还基本没挂彩，的确是个厉害小鬼，该说不愧是姓‘零崎’的吗？”

“……零崎他比润小姐还要强吗？”

“这不是强弱的问题。单论力量的话，我有自信比他高出好几个等级。那家伙身上潜藏着‘令人惊惧’的速度，这点我是承认的，但想当我的对手还早了一百年。”

哦哦，自恋狂哀川。

出色的自信家语调。

“只不过，哎，他就是一心想逃跑啊……意外地冷静呢。我还以为杀人者会更冲动莽撞一些。不过，确实像你所说。”

“您指什么？”

“那家伙和你‘一模一样’。尽管没有相似之处，却真的一模一样，”哀川小姐语带讽刺，“超级变态受虐狂小子和超级变态虐待狂小子，受不了，简直‘天作之合’嘛。”

“……那就是说，”我尽可能地慎用措辞，“润小姐先找到零崎，但被他逃跑了是吧？”

“嗯——”哀川小姐笑得令人毛骨悚然，扯住了我的两颊，“你这张嘴刚才说了什么呀？嗯？是什么呢？说了‘哀川润之流，不过是虚张声势、只会耍嘴皮子的小姑娘’是吗？”

“不，我没有说过这种话。而且您早就算不上小姑娘了……”

猛扯。

哦哦，原来人类的脸颊延展性居然如此之强。

“……哼，算了，”哀川小姐突然松开了手，然后百无聊赖般“噌噌”地用力挠着头，“……如你所言，我的修行还不到家……那个刺青脸，会留在京都吗？”

“如果我是零崎，就会逃到其他地方去的。”

“也是呢，”哀川小姐肩膀往下一垂，“啊——啊，好烦……话说，我根本就没打算让他逃走啊……”

看着哀川小姐冷峻的眼神，我不禁又同情起了零崎。哀川小姐她，可是很难甩脱的呢……

“那，不打扰了。”哀川小姐伸了伸懒腰，准备离开。今天她似乎是徒步前来的，没有驾驶她的眼镜蛇，“不对，原计划要来打扰你的，但没能打扰成呢……唉，打不打扰都无所谓了，晚安，祝我俩都有好梦。”

“润小姐，我能问您一个问题吗？”我对着她的背影提问道。

“想问什么？”她转头看向我。

“润小姐，您能容许杀人行为吗？”

“……嗯？这算什么问题？某种比喻吗？”

“那个，就是……说得更直接一些吧……润小姐您觉得人可以杀人，是吗？”

“是啊。”

即刻回答，而且还十分干脆坚定。

“该死的人，就该去死。”

哀川小姐又扬起了讥讽般的笑容，发出“呵呵”声。

“比如，你来杀我试试好了。放心，即使我死了，世界也还是会一如既往。”

她的语调依然是酷酷的，然后轻轻挥挥手，步出了我的视线。

“……”

真是的……

如果能像她那样将错就错。

如果能像她那样玩世不恭。

不知该有多轻松。

“我这种人，实在是……”

半吊子。

连自己都对自己无话可说了。

不，不只是无语，简直是蔑视。

“可是无论如何，这都是戏言哦，哀川小姐。”

我进入公寓楼，一路上没遇到任何人，然后便抵达了自家房门。我将手伸入口袋，准备拿出钥匙，却感觉摸到了什么异物，取出一看。

是巫女子的房间钥匙。

“……”

之前，我擅自翻了她的包，找出钥匙才得以进屋，然后又不能就这样撂着不管、一走了之，于是又擅自借用钥匙锁上了门。虽然原本是打算用完就把它放到信箱里，但钥匙圈上居然还挂着伟士牌的钥匙，所以我就决定把它们全带回家，明天再和伟士牌一起送还到巫女子的公寓。不，并不是出于想骑伟士牌哦。

“……不过，必须归还的不只是钥匙和伟士牌吧？”

不管我是何等的榆木脑袋、迟钝呆板、卑鄙无耻，像今天这样都被当面进攻了，也不可能一味无视。

葵井巫女子。

“……我想起来了，巫女子。”我进入房间，没铺被子便直接躺下，轻声自语道。

从那个惊世骇俗的岛屿回到日本大陆后，第一次去学校的那天，我还对日本的大学系统一无所知，而那时第一个主动与我搭话的，便是巫女子。

“初次见面！你有什么不清楚的地方吗？”

她以活泼开朗的笑容，亲切对待迟到的同班同学——我。

我则对此非常不快，但又有一点点的感谢。

她那明亮快活、天真烂漫的气质，和我一位重要的朋友有些相似。

“……真是杰作。”

我仿照零崎人识那样说完，闭上眼睛。

明天，不愿去想。

案件，不愿去想。

杀人者，不愿去想。

承包人和我那唯一的朋友，不愿去想。

我已经什么都不愿去想。

第六章 异常，收场（以上，完结）

0

求你了，请不要再让我有所期待。

1

“我明天还会来的，十二点左右到，届时给我答复。”

这是我留在巫女子家矮桌上的便条纸。骑伟士牌的话，要不了十分钟就能抵达她的公寓，因此时间还很充裕。

我在早上八点起床，通过慢跑磨去了一些时间，接着后悔。然后美衣子小姐邀请我吃早餐，我便去她房里叨扰了一会儿。比起传统日式早餐，这顿饭更加接近于素食，虽然不是什么珍馐美馔，但胜在量足管饱。

“那么，我去打工了。”

十点左右，美衣子小姐向我告辞，离开公寓。

我回到自己房内，继续蹉跎光阴。本想照例玩八皇后，但思考回路运作不畅，才摆到第五个皇后棋就放弃了。接着玩的是传教士和食人族过河[1]，可玩到一半又腻了。要是有台电脑，至少可以打打游戏消磨时间，果然该问玖渚讨一台过来吗……不过，仅仅为了打发时间便削减房间的空余面积，感觉并不划算。而且，反正都是闲暇时间，打不打发不是都一样吗？正如我告诉巫女子的那样，我既不讨厌无聊，又习惯于等待。

"……"

我在很小的时候就读了一本叫作《小王子》[2]的书，有点小聪明但还很肤浅的孩子们常会干这样的事。

然而完全看不明白。

于是，周围的人们对我说："长大后就会懂这本书有多好了。"

近期，我想起了这件事，便把《小王子》重读了一遍。

果然，还是不得要领。

"零崎……已经离开京都了……我也联系不到哀川小姐……玖渚又是个'家里蹲'……"

我的熟人愣是没一个正正经经、规规矩矩的。不过，我可能从来都没有期待过能交上正常朋友。

---

① "传教士和食人族过河"是经典的趣味数学问题，内容为传教士和食人族各有三人，船一趟最多载两人，但当一侧岸上食人族人数多于传教士时，传教士便会被吃，求如何让六人都过河。——译者注

② "《小王子》"是法国作家安托万·德·圣-埃克苏佩里于1942年写成的著名童话小说，故事篇幅很短，却被誉为"人类有史以来经典读物"，是"每个人不可不读的心灵之书"。——译者注

可我有时候仍会思考。

思考着——或许我自以为可以独自过着孤独的生活，其实却是被圈养在牢笼之中。

“想也白费。”我到底也只是登场于世的众生一员而已，不可能俯瞰全局。更何况，我还并非主角或配角，只如哀川小姐所言是个幕后人物，正躲在与世无关的某处，笨嘴拙舌地讲述着故事中的段落。

不过，这点程度的真相，已经不够我用来刺痛自己了。

“该出发了……”

现在是十一点，还很早，但提前到也不是坏事。决定完毕，我离开公寓走到停车场，发动伟士牌复古款摩托的引擎，戴上头盔。这是巫女子昨天放在房间里的半覆盖式头盔，设计十分潇洒，但和我的气质严重不符。好在尺寸合适，所以也能发挥它作为头盔的安全功效。

发动车子，沿着千本通大道行驶，到丸太町大道后往东转弯，到堀川大道时再往南，就这样一路驾驶着伟士牌驰骋。

破风前行的感觉真好。

可以稍稍忘却“自己活着”。

十分钟后，我如期抵达御池，将伟士牌停到巫女子公寓的地下停车场，上锁，再绕回到公寓正门口处。

“之前居然在这里就浪费了一个多小时……”

算是相当丢人的回忆，可我偏偏就是忘不了这种事情，头疼。

那么，就活用这些回忆吧，至少得避免同样的失败。

我一步不停地踏入公寓，向监控摄像头微微示意，走进电梯。

此时此刻……

此时此刻，我还什么都没考虑过。

该选用怎样的词句来回应巫女子的告白？

又该拿什么来回报她的爱意？

这一切，我还都没考虑过。

“谎话而已。”

其实我早有决定。

对她，我只有一句话。

所以，没有必要迷惘。

只需想一下自己是怎样的人、巫女子又是怎样的女孩，就能像列数学式子般列完即可得出答案。然而现实毕竟不是做算术，若要生搬硬套就好比是在思索圆周率的最后一位数字是奇数还是偶数，结果无法确定。而且说到底，我的思考水平还游荡在“三角形面积等于底乘以高除以二”的程度，居然妄图列出方程，找对公式，推算结果，真是愚蠢到家了。

总体而言，即使已下决心，但到最后关头仍会改变主意。所以现在想得再好，结果也一样有变数。

上了四楼，我走出电梯，顺着走廊前进。

三号房。

“好像是这间……”记不太清了，只是凭感觉辨认的。

巫女子已经起床了吧。虽说她不像有低血压，但她的时间观念薄弱，所以我不认为她有早起的习惯。

我摁下对讲键。

“……”

没有回音。

“……欸？”

而且这不是指房间里没有传来应门声。

是没有反应。

是没有动静。

什么都没有。

“……里面，不太正常啊。”

我又一次摁响了对讲键。

依旧如此。

房间里，感觉不到任何响动。

焦躁，焦躁，焦躁。

心跳加速。

身体机能出现异常。

“……”

我不发一言，只是一下又一下按着对讲键。

一下，两下，三下，四下。

第五下之后，我不再默数了。

有种感觉。

不是起疑，是预感。

但比起预感，又更近似于预知。

“就像是已知电影剧情，却仍要永无止境地观看下去。”

那个预言者[1]是这么形容的吗？

只能看着显像管所显示的画面，但绝不能去触碰显像管[2]的背后。

这种感觉，我本不愿去理解，但此刻不得不面对。

葵井巫女子。

同班同学。

她总是十分快活，但偶尔也会悲伤。

她对我说，喜欢我。

我脑海中，浮现出某种印象。

就像忘在了记忆某处的情景。

仿佛是能撩起思乡愁绪的风景。

不知从何时起，因为靠得太近，所以将之淡忘。

也没有想起的必要。

---

① 关于“预言者”请详见本系列第一作《斩首循环：蓝色学者与戏言跟班》。——译者注

② 因为显像管背后带有高压电，非专业人士不宜私自拆卸、触碰，否则会很危险。——译者注

那邪恶的、不祥的场面。

死亡。

虚无。

“……”

我满心憎恶地喃喃自语着，打开了巫女子家的门。

发现……

葵井巫女子，死亡。

2

残酷的画面，惨烈的情景。

我呆立在巫女子的房间正中。

浑身僵直。

恶心——恶心——恶心——

恶心——恶心——恶心——

心——心——心——心——

我按住胸口。

我快吐了。

腹中像被塞入了绝对消化不掉的东西。

我看向床榻。

巫女子，就躺在上面。

长眠了。

或者该说，安睡了吧。

即使这具身体已经失去机能。

即使这颗心脏已经不再跳动。

即使这纤细的脖颈上残留着狰狞的布痕。

即使这双眼睛已经不会睁开。

我也不愿使用“安睡”以外的词语。

扑通，扑通，扑通，砰咚，砰咚，好恶心，摇摇欲坠，头晕眼花，思维混乱，天旋地转，有什么失控了失控了失控了。

不对，失控的是我吧？

此刻，此处，我快要昏厥。

我心跳急促。

我呼吸困难。

我几乎窒息。

我几近死亡。

我的眼球深处开始灼热。

我的心脏深处却一片冰凉。

"……"

我咽下口水，努力让自己镇定些，然而失败了。好痛苦，好痛苦。好痛苦，好痛苦。

"……葵井巫女子——"

我叫出她的名字。

仿佛是为了告诉自己。

"被杀死了。"

我"咚"的一声，颓然瘫坐在地。真的站不住了。

我已习惯面对他人的死亡。

也已习惯自己身边的人被杀。

死亡对我而言，就近在身侧。

然而，好辛苦，好痛苦，难以承受。

痛入骨髓。

大概再也无法忘记了。

进入房间的瞬间，跃入视野的巫女子的"死亡"，还有她那不再留有任何意识的遗体，我都将终生难忘。

"那么——"

无论如何要撑住，不能让意识继续越坠越深。

我再次将视线投向了巫女子的遗体。

她仰面躺倒在床上。

面容因痛苦而扭曲。

我看得到她的侧脸。

那因血液不再流通而呈青紫色的侧脸。

对于深知她笑起来有多么明媚的我来说，太过残酷。

她穿的已经不是昨天的工装背带裤。

而是如雪一样纯白的露肩衬衫和同为白色、酷似牛奶的裙裤，完全不像是死亡时分应有的着装。

“……”

我想起来了。

她昨天买了好多衣服，而这是其中一身。

也是最后买下的一身。

她试穿过，还问我：“适合吗？”

我之前一直都在敷衍她，至此也终于过意不去，便告诉她“很适合”——就是这件衣服。

昨晚送巫女子回这里时，我不可能连衣服也帮她更换，当时只是把她放到床上去了。那就是说，巫女子是之后醒来再自己换上这身衣服的。

后来，她就……

换上这身衣服时，她在想什么呢？

还有，她是在等人吗？

这时，我的想象已经停滞。

接着，我发现了。

就在她的头部旁，用红色写着“X/Y”。

宛如智惠身边的数学式。

“……净是戏言啊。”

我拿出手机。

拨下了记忆中的号码。

第一声还没响完，便接通了。

“你好，我是佐佐。”

“喂喂……”

“啊啊，是你啊。”我正打算自报姓名，沙咲小姐已提前说道。她似乎仅凭声音就能记住对方，而且我和她只交谈过一次而已。假若不是现在这种场合，我大概会直接表示钦佩的。

“怎么了？想起什么了吗？”

她的声音是冷静的。

这让我略有不快。

不快。不快。

“……沙咲小姐，那个，是这样……葵井同学她……”

“喂？抱歉，我听不太清，请再大声点，你在说什么？是葵井同学吗？”

“啊，好……葵井同学她，被杀了。”

“……”电话那头的气息一下子变了。

“你现在在哪里？”

“在葵井同学的公寓……”

“我马上过去。”

“嚓”的一声，通话便犹如一条生命那样，被干脆地切断了。我依然把手机在耳边架了一会儿。而在我眼前的，也依然是巫女子。

“其实我……”

我对已不能言语的巫女子开了口。

其实已经没用了。

而且姿态难看。

“……其实我原本是有话要对你说的呢……”

巫女子。

吞入异物般的恶心感也依然没有平复的苗头，一点都没。

不到十分钟，警察们便赶来了。

“你没事吧？”沙咲小姐说着，抱住了我的身体。莫非我的神情非常绝望吗？她看起来真的很担心我。

“还好吗？”她又重复问了一次。我还无法用语言回应，只能举手致意。见此举动，她认真地点点头。

“总之，你先去外边，对，快点。”

沙咲小姐用肩膀支住我，把我带到了门外的公共走廊上，恰逢警察们陆续走出电梯。咦？数一先生不在。他没来吗？还是在其他地方处理其他事宜呢？或许如此，也可能并非这样。

“唔……”胸口很闷。胸口很闷。胸口很闷。“唔唔唔……”

好恶心，好恶心。

满满的全都是好恶心。

胸腔好像在燃烧，身体好像自内而外被破坏，内脏中好像发生暴乱般的不快感经由血液流遍全身，闷热、灼热、燥热、焦热。

痛苦得让人发狂。

沙咲小姐带我离开了巫女子的公寓，让我坐上皇冠车[①]的后座，自己则坐进了驾驶座，然后回过头来。

“平静下来了吗？”

我不作声地摇摇头。

“……这样啊。”沙咲小姐略带诧异地看着我，“……我还以为，你是那种见到尸体也能不为所动的人呢，即使是朋友的尸体。”她彬彬有礼的语气略有走调，“比我想象得纤细嘛，一脸快要死了的表情哦。”

“……那谢谢了。我会当作是在称赞……”本打算说“在称赞我”，可是话未讲完，我便恶心欲呕，只得捂住了嘴。再怎么说，也不能吐在沙咲小姐的车上，我奋力控制自己的内脏。可恶，连打趣都做不到了吗？

“哼，”沙咲小姐有些厌倦地点点头，“想不到润小姐中意的人会这么没骨气。”

……

对了，这么说来，哀川小姐好像提过自己和沙咲小姐是老朋友之类的……想起这些毫无关联的事情，多少分散了一下我的情绪，我直起低俯着的身体，然后全身靠倒在座椅上，用力深呼吸。

① “皇冠车”指丰田（Toyota）的皇冠（Crown）车。——译者注

“嗯，说的是啊，我这人意外地脆弱呢。不过到底是脆弱还是危险，又或者是离危险只差一步，连我自己都不确定……”

“你在说什么？我一点都听不懂。”

“哎，请听下回分解……下回。这次毕竟情况特殊……请下次再判断我是什么样的人吧……总之我现在的状态真的很差……”

我发出“呜呜”的呻吟声，闭上双眼。

“……”沙咲小姐沉默了，过了好一阵才说，“先不管了。接下来警方需要找你问话，我们要去局里，你能坚持住吗？”

“开得稳一点应该没事。”

“好，我会努力不让车晃得太厉害。”说罢，她便发动皇冠，向前驶去。巫女子的公寓没多久就从窗外消失了，从我这个角度正好看不到车速表，但凭体感判断，这可不是什么安全驾驶的速度。

“沙咲小姐你不用留在现场吗？”

“有分工，我是负责脑力劳动的。”

“原来如此……”我本想说“那我们或许很合得来”，但还是作罢了，因为不管怎么想，都没法和她这样的人意气相投。

“……那个，沙咲小姐。”

“嗯？怎么了？”

“你和哀川小姐是什么关系？”

“……”沙咲小姐默不作声，我完全想象得出她此刻的表情，“……偶尔会请她来协助办案，嗯，仅此而已，你看过刑侦类的连续剧吗？”

“知道个大概。”

“嗯，作为主人公的警方人员，手上时常会有算不上合法的情报来源，像是情报贩子对吧？就是这种感觉了，类似于工作关系。”

非常粗略的说明。但准确来说，她根本就没打算说明吧。但或许也是无可奈何，毕竟那位赤红色的承包人令人琢磨不透。

“不是的，不是指具体的来往，我想请教的是抽象层面上的关系。在沙咲小姐你看来，哀川小姐是怎样的人？”

“这些事，有必要现在聊吗？”

“能转换一下心情。”这是真心话。如果不做些什么来分散注意力，我就快要被撑破了，“拜托了，请随便说说话吧。”

“……不管怎么说，这个问题都很难回答呢。”沙咲小姐说完，顿了一会儿，又继续道，“比如说，你相信有人能用腹肌承受短管霰弹枪的贴身射击后仍活着吗？以及，一脸淡定地在来复枪的枪林弹雨中踱步，从失火大厦的四十层楼一跃而下还毫发无伤，等等，很难以置信吧？每次说起润小姐的事迹，别人都会以为我在骗人……所以真的很难回答啊 。”

“……”

我能痛切体会沙咲小姐的感受，便不打算再继续追问了。

约莫十分钟后，我们抵达了京都府警察局，由沙咲小姐领着我进入楼内。

“刚巧十二点呢……中午要吃些什么吗？”

“可以要猪排饭吗？”

“没问题，不过之后会问你收餐费。”

国家权力部门可真小气。我便摇头：“那不用了。”其实我现在吃什么恐怕都会吐出来。这属于已然知道结果的预测。

“是吗……那，请在这个房间稍等一会儿，我要先去汇报一下情况，两分钟后回来。”

沙咲小姐说完，便将我推入一个貌似小会议室的房间，然后顺着走廊离开了。算了，至少比侦讯室强点。我这么想着，深深陷坐在椅中。

有那么一瞬间，我突然很想抽烟。虽然从未抽过。

算是打发时间吗？

还是逃避现实呢？

又或者，只是想自杀而已？

不论哪项，对我来说价值都一样。

又在做无济于事的思考了啊……

这样下去，会愈演愈糟吗？

再一步，我的存在，作为自己而存在的我，就要发狂。

“久等，”沙咲小姐回来了，手里提着一个粉红色的小包袱，“你还好吧？脸色比刚才还差，连油汗都渗出来了。”

“……抱歉，请问洗手间在哪？”

“走廊右拐到底，很容易就能找到。”

我道了声谢便冲了出去。

捂着嘴，强忍着胸口的烦躁。

我按沙咲小姐的指示找到了洗手间，进入单人隔间，把腹中残留的食物吐了个干净。

“啊哈……呃呜……”

我的喉中露出不似自己的奇怪声音。口中还残留着酸腐的味道。吐得我差点以为会将内脏都翻转过来。之后，我慢慢调整了呼吸，站起身子，用手帕擦了擦嘴。然后，摁下冲水钮。

我长呼一口气，挪到洗手池前，洗了把脸，再用手掬起水，漱了口。镜中映射出自己。的确是一副已死的表情，但绝对是比方才好多了。

“好，复活。”我低念一声，离开洗手间，沿着走廊回到之前的房间，沙咲小姐好像等得有些不耐烦。

“没事了吗？”

“嗯，没事了。吐过之后轻松多了。”

“是吗？给你……”说着，她将自己带来的那个小包袱放到我面前，“我的午饭，要吃吗？”

“……可以吗？”

“别担心，不收费。”

她耸耸肩，在我对面挑了把椅子坐下，我则心怀感激地享用着她的午餐。只是很普通的便当，没有什么新花样，但对肚内空空的我来说可是帮了大忙，让我感到十分美味。

等我吃完后，沙咲小姐才挑起话头。

“所以，这是怎么回事？”

“我自己也很想知道啊。”

“……”

我的说话方式似乎惹得沙咲小姐不悦，她默不作声地盯着我，让我心里犯怵，我佯装镇定地移开视线。

“……那，请直接说明事实情况。”

“呃……啊，这得从昨天说起了，可能会费点时间。”

“请便，不用顾虑我。案件侦破之前，再久我都可以陪同。”

说完，她轻轻笑了，但眼神不带笑意，摄人心魄。这下让我有所收敛，决定认真地回答问题。

“昨天，我和葵井同学一起出门，去了新京极一带，然后她有些喝多了。”

“这样吗……再之后呢？”

她锐利的视线紧盯，只等我露出空隙的那一刻。难道是我们未成年饮酒的事触碰了她的逆鳞？我暗暗提醒自己大意不得。

“之后，我送她回公寓了，一直到她自己的房间，让她躺在床上，自行从她的包里取用了钥匙，接着又坐公交车回到自己的公寓”，与哀川小姐见面的事就不必说了，于是我便跳过了这一段，继续叙述，“到家以后，我便照常在自己的房间睡了。”

“你离开时锁门了吗？”

“锁了，葵井同学的伟士牌还停在我家公寓的停车场里，我就想明天……啊，是今天，骑伟士牌过去，把车和钥匙一起送还给她。结果一打开门，就看到那种情况了。”

“嗯哼……那门锁呢？是锁着的吗？”

“哎？”

我有些惊讶地抬头，摆出搜寻记忆的样子，沉默了五秒左右。

“……不，门没有上锁，我不记得开门时用到了钥匙。”

“是吗？”

沙咲小姐脸上出现了错愕的表情，但姑且还是点了点头。

“那栋公寓里不是安了很多监视摄像头吗？我想它们应该可以证明我没有说谎。”

“也许吧，我已经和安保公司联络过了，”她冷静地说道，“……保险起见问一句，你没碰过现场的东西吧？”

“没碰。虽然很没出息，但怎么讲呢，我当时吓坏了，连靠近葵井同学都做不到。”

“这是极为正确的处理方式。”说完，她闭上眼，陷入思考。

我记得她说过，自己在工作上主要负责动脑。经过上次的“家访”，我对此已领教透彻了，当时那种挫败感，我是想忘都忘不掉。

“……我没有碰过葵井同学，所以也不能确定……但她真的死了吗？”

“是的。我可以肯定。她已经死去两三个小时了。详细情况要等解剖之后才知道，但作案时间应该是在上午的九点到十点。”

“还有件事，可能没什么用……”

“请讲。世间万事皆有意义。”

我也很想说一次她这句台词，但就我的处境来看，估计没机会吧。

“昨晚我把葵井同学放到床上去的时候，她身上穿的是工装背带裤，但今天就换了一身。也就是说，不管是今天早上，还是昨天晚上，总之她醒过一次。既然我离开时锁好了门，那说不定是葵井同学她自己让犯人进屋的。”

“原来如此……”

“顺便提一句，那身衣服是她昨天和我一起出去购物时买的。”

“是哦。”沙咲小姐点头。这时我突然意识到，她从刚才起就从没做过任何笔记。之前也是这样，光是听我说话，却没有落笔记录。

“沙咲小姐的记忆力真好。”

“啊？哈，嗯，还可以吧。”她毫不在意地附和道，也许对她来说没什么大不了。但在我眼里，这样的记性实在令人羡慕。

“再补充一点，早上的九点到十点，我正在隔壁大姐家吃早饭，也算有不在场证明。”

“哈，我知道了。”

沙咲小姐不感兴趣地随意点点头，很明显，她已经不理会这些小事，转而思考更重要的问题了，而且比我这无聊的不在场证明重要。

“……刚接到报案时，我还当你就是犯人呢。”

“……”我一时间被她突然冒出来的台词惊到无语，“……还真够直截了当的啊……有点吓到我了。”

“哦，倒也难怪。不过这是实话，我当时就这么想的，没有骗你。比如，你可能假装自己是第一发现人。但你的样子看起来又真的糟透了……而且，先不管死亡推断时间之类的，问题是现场并未留有作为凶器使用的细布条，即是说，你从物理上就不存在作案的可能性。”

“……”

“不过，前提是你没有把布条藏在衣物里。”

“要搜吗？”

“不，不用。”

虽然沙咲小姐表示不需搜身，但绝不是玩忽职守。早在她将我带出巫女子的公寓时就已经完成了这项工作。当时我正因恶心感而无法迈步，她便通过借肩膀给我，趁机调查了一番。

亲切中潜藏着精明干练。

我并不讨厌这点。

“那，谢谢……”

“等监视摄像头拍到的内容和死亡推断时间有官方定论之后，你的清白就更确凿了……不过，这样一来，”沙咲小姐坐回椅子上，直视着我质问道，“犯人究竟是谁？”

这个问题，已经是第二次了。

“这个……我不知道。”

“就没有任何想法吗？”

“没有。”我立刻回答，“……我本来就跟葵井同学不是特别要好啊，也就是最近才一起玩耍、一起吃饭。”

“那我直接问了，你和葵井同学是恋人吗？”

“对这个问题，我的回答是否定的。我否定，也只有否定这一个答案。回想起来，就连我们是朋友关系的说法，好像也不太靠谱。”

“啊——原来是这样。话说回来，润小姐也讲过你这人就是‘这种人’呢。”仿佛理解了一般，她自顾自地碎碎念道。

“哀川小姐吗？她是怎么说我的？”

“这可不能告诉你。”

沙咲小姐故弄玄虚，令我非常在意，但考虑到这也可能是她的战术，我便恢复慎重，不再继续追问。基本上，我能够想象哀川小姐会对我作如何评价。

接下来，沙咲小姐又向我提出了一些细节问题，最终以一句“明白了”结束此次质询。

“那么……你有什么想问我的吗？”

“不，这次没什么想问的。”我稍作考虑后，如是答道，“比起提问，我只想早点回去休息。”

“是吗？那么今天就谈到这里，我送你。”

说完，她站起身，走出房间，我也跟在她身后离开了警署，然后坐回了来时的那辆皇冠的后座。而她的起步则比先前更狂暴了一些。

“中立卖大道是吗？和千本交界的那一带。”

“是的。”

“感觉好些了吗？”

“嗯，吐出来就清醒多了。”

“我呢——”沙咲小姐边开车边说。

是将感情抹杀至极的声音。

“始终觉得，你还有所隐瞒。”

“……隐瞒？我吗？”

“说的就是你。”

“……没有啊。我表里如一，是个人畜无害、稳重老实、光明磊落的男生。”

“呵，是吗？”她的语调里难得带上了一丝嘲讽，“看是看不出来，不过本人说是就当是吧。”

“……您好像有所指呢。”

“没这回事，但你要这么想，反倒是说明问心有愧吧？不过我不认为光明磊落的男生会非法入侵命案现场。”

“……啊。”

露馅了。

当然，对这种程度的风险，我从一开始就有心理准备的。但即使如此，沙咲小姐的话还是出乎我的预料。毕竟玖渚给我的资料上完全没有提及非法入侵一事。因此，我才会判断此事没有暴露，或者只是模模糊糊透了点影子而已。

“总之你可以放心，非法入侵这件事目前就到我这里为止了。”沙咲小姐依然目视前方，却仿佛看透了我内心所想般说道。

“……到沙咲小姐这里？”

“我是这么说的。”

声调毫无起伏，然而总觉得话里有股恶意……对，就是会让人想起那个全人类中最强大的赤红色承包人——像是她会说的话。

“虽然我不知道你为什么要非法进入江本同学的房间……但最好不要轻举妄动，这是我的忠告。”

“不是警告吗？”

“不不，是忠告。”

可你都说出“轻举妄动”这种话了！不过……无论怎么看也都只能将那种行径定性为“轻率”，所以称其为“轻举妄动”或许非常准确。

“沙咲小姐，姑且还是想问一下……为什么这件事，‘目前’就到你这里为止了？”

“这个嘛……有很多原因的，但我不能细说，只希望你记住，我在你面前会一直保有这一点优势。就是这样。所以你别想放松下来，绝对不要忘了。”

“……”

我只得叹气。双肩自然也垂了下来，只觉浑身乏力。真是的……这种模式的，又来一个。为什么我身边出现的全都是这样的人?

“我认识的，净是头脑很好或者性格恶劣的人呢……让人受不了的人物不断涌现，希望偶尔能有一些性格温良的人登场啊，头脑不好也没关系……”

“哎呀，哎呀，”沙咲小姐面无表情地说道，“很遗憾，我并不打算放弃自己的优势地位。”

接着，我们抵达了千本和中立卖的交界处。我向沙咲小姐提出是否要顺便去我那里坐坐，但她以尚在工作期间为由拒绝了。对此，我没有感到有多可惜，不过也没觉得高兴。

“你认为‘X/Y’是什么？”最后，她摇下车窗问我。

我顿了一会儿，只是回答了一句“谁知道”。尽管我不认为她会罢休，但她静静地点头说了句“这样啊”，关上了车窗，驱车离开。

我在原地稍微立了一阵，醒悟到傻站着毫无意义，便回到了公寓。我踏上二楼的走廊，进入房间。

寂静的空间。

没有任何响动。

没有任何人。

葵井巫女子曾经来过。

两次。

第一次，我用八桥点心招待她。第二次，她请我吃她亲手制作的甘薯点心。

我没有兴趣沉溺于感伤主义之中。

或者，不如说，我不是悲观主义者。

当然也不是浪漫主义者。

而是彻底搞错事情的琐事爱好者。

“……不，不对，即使如此啊，”我碎碎念，“也不能说是料想不到，啊啊，不能这么说，我不能说这种话。”

我想起昨天和巫女子的对话。

我们再也无法交谈了。

我和巫女子。

“……其实全都是戏言啊。”

设想一下，巫女子恨那个杀死自己的犯人吗？大概不恨。只不过……或许会责备犯人。在我心里，她就是这样的女孩子。

我当时应该提前对她说的话。

真的一句都没有吗？

那些昨天就该说的话。到底是什么呢？

“……可是，为时已晚了。”

一句冷酷的、冷彻的独白。

这种情况，一般会哭的吧。我不知从哪冒出这种想法。

其实，这么想的是在我肩膀上方的那个“自己”。

入夜，美衣子小姐出于关心，特地来到我的房间。

“吃吧。”她说着，将杂烩粥放到我面前。虽然还是面无表情，但目光非常真挚，我明白她是发自内心地关心着我，这令我感到有些内疚。

受不了。

我活在世上，到底要给多少人造成不必要的影响啊。

“我开动了。”

我用美衣子小姐带来的勺子（我的房间里只有一次性筷子）舀起粥，送入口中。美衣子小姐的厨艺并不精湛，但这份杂烩粥别有风味，十分美味。

她没有提出如“出什么事了吗”这样的问题，因为她就是这样从不多问，只会默默守在他人身旁，是真正意义上的“邻人”。这或许有别于温柔，不过我依然将她视作温柔的人。

这么说来……巫女子她也是这样评价我的。说我很温柔。

“巫女子她……死了。”毫无铺垫地，我突然就说出了这句话。

“这样啊。”美衣子小姐点点头。

听她的口气，仿佛并没有什么感触。

“……那天晚上，”她接着说，“说起那天晚上啊，就是那个小妹妹住在我家的那次，早上起床后，她心情特别坏，一开始我还以为是宿醉的缘故，可怎么看都不是吧。”

“……”

“我问她‘感觉怎么样’，她说‘是这辈子最糟的早晨’……

唉，仅此而已。”

“不，已经很足够了。美衣子小姐，非常感谢你。”我回应道。

“不过啊……你的人生之路还真是多舛呢。虽然不至于凶险，但轻易就会崩坏塌陷，可以说很残酷了。即便如此，你还能好好走着，不偏离出去，确实让人佩服。”

“其实我很久以前就走偏了哟，不过这条道路的引力强得离谱，才把我给黏在了内侧。”

“无论如何，现在是你最艰难的一段路途，”美衣子小姐稍稍放低了音量，用威胁般的口吻继续说道，“现在走上歧路，就万事皆休了。你忍耐至今所积累的一切也都将化为泡影。虽然你可能无所谓，但你的人生并非是靠你一人形成的。不要忘记总有人会因为‘世上有你’而得到救赎。”

“这样的人，不存在的。”

也许是我说得有些过于自虐，也许如此，美衣子小姐用略带同情的眼神守望着我。

“你背负得太多了。别以为自己对别人有这么大的影响力，所谓的‘近朱者赤’，也仅仅是因为他们太容易受他人影响而已，只要能保持自律，就不会有事了。你活着，并不会给任何人添麻烦。”

“……或许吧。”

说到底，也只是我的自我意识过剩罢了。

我是生是死，其实没有不同。

比如说，在我生活的环境里，即使有个杀人者，世界也不会为此变化。

“就算这样，也总有人喜欢你，也肯定会有人愿意无条件地爱你，这就是世界的运转回路。可能你现在还无法理解，但好好记住我的话，总有一天你会明白。所以至少要活到那一天。”

愿意无条件地爱着我的人。

在今天，死了一个。

所以，究竟还剩下几个？

“我不会叫你打起精神，因为这种问题只能由你自己解决。不过，那个小妹妹并不是被你害死的，这点我可以保证。即使没有证据，我也如此确信……死去的人，就只是死去了。”

“但是……巫女子就像是被我杀死的一样。”

“是你杀的吗？”

“……不，不是的，可是，如果当时……”

如果当时……

如果当时，我没有把她一个人留在房间里。如果我没有自己回来，或者，如果我把她带回我家，结局就不会是现在这样。

“这就是背负过多啊。其实你也很清楚吧，这些假设根本没有意义。”

“我知道……但是，美衣子小姐，我还有最后一句话想对她说。”

最后一句话。

最后的这句话，我还没能对她说。

“不必沉浸在那些无益于将来的后悔中，很划不来。我能说的也只有这些。”说着，美衣子小姐的视线微微游移，“还有，早上忘记告诉你了，铃无有口信，说是无论如何要传达给你。”

“……铃无小姐吗？”

美衣子小姐“唔嗯”地点了点头，我闻言便调整了坐姿。虽然铃无小姐并不在场，我也非常明白没必要这样郑重其事，但她就是会令人不由地正坐的人。

这便是铃无音音其人。

美衣子小姐开口：“铃无说：‘可怕的人有两种，一种是不知道他们会做出什么，是以可怕；一种则正是因为知道他们会做出什么，这才可怕。而你并不是可怕之人，所以不用介意。’”

“……我会铭记于心。”

“要记牢了……她好像准备下山一趟，到时候我们三个一起吃饭吧。她很想对你说教。”

“说教什么的先别管了，吃个饭倒是没问题，不过……”

“嗯？”

“不，没什么，谢谢招待。”

说完，我把杂烩粥的餐具还给美衣子小姐。

她收好餐具，道了一声“晚安”，便离开了我的房间。甚平背后的文字是“无常”。这件甚平是我第二次见她穿。

“我真是……”

一旦独处下来，我又开始自言自语。

真是烦人的存在啊。

这样的我，可能被铃无小姐说上一整天还比较好。

只是……

“只是，这阵子都不想再去那家餐馆……”

这次的唯心主义会持续到什么时候呢？

我尚且不知。

我（故事叙述者）
主人公

第七章

沉入死亡（犬儒主义）

0

将有嫌疑的家伙们逐个解决。

最后存活的那个就是犯人。

1

三天后，五月二十五号，星期三。

我在中午十一点五十分醒来。

“现在还要嘴硬去扯什么‘没到下午’就太没脸了……”

啊——啊，我恹恹地起身。最近老有这种感觉，根本没法按平时那样起床，也可以说是身体在拒绝醒来。而睡了懒觉后，自然也就没心思去大学了，既然没心思去，自然也就不去了。

于是，从上周四算起，截至今日我已旷课五天。作为大一新生，才刚五月就是这副样子，接下来即便被留级也不足为怪。不过我并不怎么排斥留级，反正是我自己出学费。

“……”

巫女子死后的星期一、星期二，沙咲小姐连续两天都带着数一先生来到我这里，询问了案件的若干细节问题，同时也相应地提供了几个重要情报给我。

巫女子的死亡推测时间可以锁定在上午的九点半到十点，作案手法是用细布条绞杀，且该布条也正是江本智惠一案中的凶器——因此，警方正式推断，杀死巫女子的犯人与杀死智惠的犯人是同一人。

“不同于江本同学的情况，葵井同学应该是被犯人从正面勒死的。”

“从正面？”

“是的，江本同学则是背后遇袭，通过勒痕便可以获知上述情况。”

“那就是说，巫女子遇害时，一直都看着犯人的脸吗？”

“有这个可能性。”

沙咲小姐说得事不关己，对她而言，死去的受害人是否看到犯人或许并不重要——这是合理的判断。

其余便是案发当时，相关人员的不在场证明了。无伊实和妹妹（好像叫作“无理”）一起游览京都，秋春君没有不在场证明，我则是和美衣子小姐待在一块。不过智惠被杀的时候，我们三人都有证明，故早已被排除在嫌疑范围之外。

“虽然我并不认同，但上面好像也在考虑犯人有抢劫杀人或者过激跟踪狂的可能性。”

“可这样一来，就无法构成连环杀人事件，对吧？说是偶然也未免巧合过头，反而可疑，而且也没有任何东西失窃，是吗？也没有发生暴力行为。”

“确实如此，但犯人若纯粹是出于怨恨，那与江本同学或葵井同学算得上‘敌对关系’的候选人也太少了。不过，若是‘与全世界为敌’倒又说得过去——因此只能考虑拦路杀人者。”

顺便提一句，拦路杀人一案现在已经中断，受害人数共计十二人，没有新增。即是说，哀川小姐和零崎接触之后，便未再出现新的受害人。正如那晚和哀川小姐所谈及的，零崎应该已经不在京都，正常情况下大概都不在日本了。毕竟，如果和哀川小姐为敌，我估计自己会直接逃到南极去，甚至有可能逃向宇宙。

“但这时又有新的疑点了。”沙咲小姐说道。

“疑点是指？”

“监视摄像头。那栋公寓安装了摄像头以作为安全设施，之前你也提到过。”

“是的。”

“监控录像里没有拍到任何疑似犯人的可疑人物。”

“这是什么意思？”

“就是这个意思。那晚，葵井同学回到家——或者说被你送回家，是在十点半左右，我们将那之后的录像全都检查了，但被拍到的只有公寓里的其他住户和次日早上赶来的你，此外再无他人。”

这到底是什么意思？是说，那栋公寓形成了一个大型密室吗？犯什么蠢，脱离现实也要有个度吧。不过，如果这就是我们的现实，那大概也只能无奈接受。

“可是，那些摄像头，总有死角的吧？”

“有是有，我们测试过，在不被拍到的情况下进入葵井同学的房间是可以实现的。像这样，摄像头是转向拍摄的，就会出现没有拍到某处的情况。但需要大量的路线模拟准备工作，成功概率也不高。而且从全局来看，有人会做到这种地步吗？”

“其实也……不一定要这么做吧，比如从阳台爬进去之类的呢？”

“不可能哦，楼层相当高，攀爬太危险了……”

沙咲小姐居然略显疲倦地叹了口气，完全不似她一贯的风格。

“总之，接下来就是消耗战了呢。”她说道。

大概她现在已处于消耗战之中了。

“消耗战吗……”

然而，不管沙咲小姐告诉我多少新情报，我也已经不再去思索这一系列事件了。当然，不经过脑子就直接大彻大悟我本就做不到，但我也半强迫性地刻意阻止自己展开思考。

倒不如说……

不如说，我甚至不希望本案真相大白。不论是以何种形式，我都不想再和它有所关联。

但这样大概是不可能的。通过数次对话，我已可以确信佐佐沙咲小姐是一名出类拔萃的优秀刑警。该说不愧是哀川小姐的朋友吗？凭她这样的人才，应该不久就能使实情尽在掌握。即使没有了解全部，至少也能够找出理由充足、足以自洽的大部分真相。

所以我也没有思考的必要了。或者说得再直白一点，其实我差不多已看穿了真相。但正是因此，正是因为再进一步就能理解一切，我才会不愿踏出那一步，也不想斥责犯人。

即使我非法潜入智惠的房间，即使我连玖渚的力量都借用了，结果却还是半途而废……但我只会做这种事吧。我永远都这么半吊子，不会拼上性命，不会全情投入。

"好了……"我舒展背脊，一口气切换了脑中的开关，"好久没见小友了，去看看她吧……"

那个"家里蹲"小姑娘喜欢窝在家里，直接过去一定不会白跑。虽然现在是白天，她可能正在睡觉，不过无所谓，或许还能向她抱怨之前我被出卖给哀川小姐一事。

而且和那家伙待在一起，我的心情便会好转，毫无疑问。

决定完毕，我先换了衣服，然后将手机塞入口袋。犹豫着是问美衣子小姐借菲亚特还是步行或骑自行车过去，最后还是选择了步行。总觉得就是很想走走。行程超过三小时，但偶尔为之也不坏。

我离开房间，锁上门，走出公寓。

天气很好，清爽明朗，难得没有潮湿的空气。如果一直这样就好了，我心想道。但"一直"的定义太过模糊，让我有些不明。

"……啊呀。"

前行一阵之后，发现一个似曾相识的人影，虽然未能在记忆中搜寻到，但到底还有些印象。他究竟是谁呢？感觉在哪见过似的……

他染成浅茶色的头发活脱脱就像个玩咖，街头风格打扮，右肩却背着一个略大的包，与这身打扮不怎么相称，令人印象深刻。不过，日本人为何如此不适合街头风着装呢？但比起“不适合”，对了，更偏向于“装模作样”。哎，就是那种，“搞错了自己国籍的家伙”吗？

总之不管这些了……现在这位，究竟是谁……

这时，对方也注意到我，便走近过来。

“哟！”他甚至随性地向我打了个招呼。

“你好。”我回应道。当然，相关记忆还未复苏。他应该是和鹿鸣馆大学有关的人，我虽心里有数，但我真的认识这种人吗？

“最近还好吗？哎呀，我对这一带不太熟啊，我是说对道路地形不熟，已经迷路了。”

“啊——唔嗯，”我随口应道，“也是呢，有时候的确会这样。”

“你快来上学啦。就因为你缺席，我才非得跑到这种地方的。话说你被葵井的事打击了，这我也懂，但是会留级哦，留——级，要被说成是‘留级龙’[1]的啊！”

---

① “留级龙”是文字游戏，恶搞了经典游戏《双截龙》，因为日语中“留级”（daburi）与“双截”（daburu）读音非常相似。——译者注

葵井？他刚才说葵井？

啊啊，对了，想起来了。

“你是秋春君吧？”

“哦，你可以啊，还装出一副现在才想起来的面孔。”

秋春君快活地大笑着，我却冷汗涔涔，生怕想法被看透。

“……是来找我的吗？”

“正是。有点正事呢，来，跟我过来一下。”

接着他便迈开步子。我没能听懂这句缺乏足够说明的话，但还是不声不响地跟着他。我仍旧这么容易被人牵着走啊。

“秋春君，我们去哪？”

“嗯，去北野天满宫[①]，就停在那里。”

“什么‘停在那里’？”

“到那里你就知道了，是好东西。”秋春君笑得别有深意，似乎很高兴，“……不过你啊，虽然本来就挺阴沉的，但总觉得越来越阴沉呢。”

“秋春君很精神呢。”

“唉，是啊。怎么说，毕竟经历过江本的事了嘛，算是承受得住了吧。我还没完全从那次震惊当中缓过神来啊。人生，真是难以预料。”

他说得很轻率，然而我觉得像是在掩饰什么。

---

① “北野天满宫”是京都内的一所著名神社，主祭神是学问之神菅原道真。——译者注

到底在掩饰什么呢？我稍加思考也于事无补，仍是不明就里。

“……秋春君，现在是基础专题课的时间吧，你却在这里跟我闲聊，没问题吗？”

“啊——没事啦，学校什么的，怎样都好，”秋春君一下子笑了出来，“比起那些，我得快点把‘受人所托’的事解决啦，否则会坐立不安的，死了都闭不上眼啊。唉，不管了，而且我本来就讨厌猪老，老实说也不喜欢基础专题课程。”

补充说明一下，“猪老”是猪川老师的简称。

“这样啊？我是觉得猪老还挺好的。”

“好人和只顾自己好的人可不一样哦，不光是对待时间的态度，他还会把自己的价值观强加给别人，总之我不太行啦。啊，不过我也不认为他是个伪善者。我对他差不多就是这种印象。”

“……唔嗯。”

“反正稍微休息下也不会掉学分的，这所大学可宽松了。好像以闭眼都能拿学分而闻名哦，好混程度在关西排第二。”

第一名又是哪所大学？虽然我很想问，但还是打住了。这些情报或许还是保持神秘感的好。

约五分钟后，我们到了北野天满宫。尽管它被誉为“国宝”什么的，但因为近在步行即可抵达的位置，便让人感觉没那么稀奇了，我也是首次进入其中。

“这里这里，”秋春君把我领到停车场，“嘿嘿，就是它了。”

他有些得意地指着一辆白色的伟士牌，复古款式。“莫非……”

一看车牌号，正是巫女子平时驾驶的，那天由我送还到巫女子家去的那辆伟士牌。

“……”

“还有这个。”

我陷入一片混乱之中，秋春君则将伟士牌的钥匙塞我手中，然后从包中拿出头盔，也一并交给了我。我原先还奇怪他的包居然这么大，原来里面是放了这种东西啊。

“秋春君，这是……”

“啊——那什么，就是那个，遗赠？是这么叫的吗？”

“也就是说……我可以收下这辆伟士牌吗？”

“对，你喜欢它吧？”秋春君说得一派轻松，坐在伟士牌上，背对车头，然后“嘿嘿”地露出了憨憨的笑容。

“葵井说的，‘凡事不为所动的伊君，只会为伟士牌生气’。”

“也没有生气……但是，我真的能收下吗？很贵的，还是得还给她的家人……”

“别担心，已经征得他们同意了。”

“但，我才刚认识巫女子啊……”

“没关系，这也是葵井的意愿。啊，这时候该说遗愿吗？读音是差不多啦，”他稍加思考说道，“嗯——怎么说呢？总之，就是这么回事。”

“巫女子的遗愿又是什么？”

“啊——就是之前……是上周吧？她跟我说，如果她有个三长两短的……也就是像江本一样遇害了，那就让我帮忙把伟士牌送给你。很过分对吧——我也很想要的啊——于是我就说，我也想要，结果你猜她说什么？她说‘才不给，去死啦，不对，活下去啦’，这算什么？我们可是高中三年的老朋友了。”

“她说如果自己有个三长两短吗……”什么？她说什么？到底怎么回事？“什么意思？”

“天知道，葵井也有自己的想法吧。江本都被杀了呀——不过，应该也不至于真心认为自己也会被杀吧。”

不对……不是这样的。

你搞错了，秋春君。

理由可不是这么简单哦。

你真的……没有意识到吗？

“哎，反正，你就收下呗，当作是那家伙的礼物。”

“……说的也是。”

我在手中把玩伟士牌的钥匙，然后将它收入口袋。

“保险之类的自己去交啊，本大爷不了解那些手续。不过啊……”

秋春君跨坐在伟士牌上，双臂向上伸展，尽情伸了个懒腰，然后虚脱似的垂下肩膀。

“真要命。”

“是的。”我完全赞同，便如此回答道。

“无伊实还好吗？”

“……啊，那家伙啊……那家伙……状态很差哦，不过我这说法可能还算客气……其实吧，已经见不得人了。”秋春君把视线从我脸上别开，如此说道。

也许他是想起了无伊实，也许不是，但不管怎样，和他交谈至今，我已能感受到他虽然口气轻佻，但其实很重感情。

原来如此，他是这种类型的人啊……因为人太好了，自己没法接受这种事情。自认为不是什么高尚之人，便强扭了观念，为了隐藏害羞而装成伪善者，实际上只是个假恶人。

和装成假恶人，但实际上是伪善者的我恰好相反。

“在那之后，也就是葵井被杀之后，我去过贵宫的公寓一次，就在千本寺之内[1]那边……就连江本被杀之后的葵井也没她现在这么低落啊。唉，这也难怪，她和葵井是从小一起长大的朋友，是叫发小吧？”

“这么严重吗？”

“是啊，用超吓人的眼神瞪着我啊——是我哦，居然连我都瞪哦？瞪我干什么啊，真是服了……看她那样子，肯定没好好吃饭吧，大概觉都没睡过，感觉放着不管她就会死的，我倒是想做点什么帮帮她……”秋春君继续说道，“但是我又能说什么呢？毕竟我也只是高中才认识她，交情有限。”

照这么说，我还是上大学之后才认识她的呢，时间更短。

但即便不是如此，我也没有兴趣和她多讲话。

---

① “千本寺之内”是日本的一处地名，位于京都市上京区。——译者注

“她会不会想宰了犯人啊？”

“你说无伊实？”

“是啊，很正常吧？‘朋友’就是会这样的吧？”

“可是，就算对方是杀人犯，杀人也还是犯法的。”

“……唉，的确，你说得对，但是——你没有吗？那种法律也好，常识也罢，通通都化为乌有的瞬间。”

“化为乌有……”

“对，唉，但也就只有一瞬间而已，之后就会动摇的，毕竟干了这种事也只能逞一下帅气而已……不过伊君你也许从没有过这种瞬间吧。”他说得莫名自信。

“你的意思是？”

“因为你好像早就化为乌有啦，”秋春君指着我，轻声笑着，“不过这个说法也是从葵井那里学来的……那——个，嗯，伊君，现在跟你说起葵井，会让你不舒服吗？”

“不，没什么。”

“那你就听听吧，我想说点那家伙的事。她啊，好像是第一次见到你时就觉得‘自己大概会喜欢上这个人’……你已经知道了吧？其实她是爱着你的。”

“……是的。”

“说实话，那时候我也不是很明白她的心思。作为朋友这么说好像有点奇怪，不过她是个好女孩。不光长得漂亮——毕竟外表好不好看只能用来评价对方算不算美女，并不是判断好女孩的标准。”

“秋春君你讨厌美女吗？”

“讨厌啊，因为美女看上去总是有所企图。”

我认为，这责任可绝不在美女。

然而，我也没打算打断他。

“但她别说是有所企图了……根本就是一开始就会把企图说出来的人，感情完全外露，表里如一，不对，该说是像双面胶一样。”

真是难以理解的比喻。

“我活到现在，哪怕连小学时代都算上，这么坦率的人也只有她一个。唉，起初还以为她是笨蛋，不过看她那副样子，换作是谁都会这么想的吧？‘呜哇，真受不了这家伙’之类的。”

“我同意。”

“是啊，但是那家伙可不是笨蛋哟，也不是天然呆、精神年龄或智力年龄低下，反倒是相当聪明和敏锐的。”

“这方面我也同意。”

“当我发现这点的时候，说真的，好嫉妒啊。因为……我们可做不到这样。想哭就哭、想笑就笑。看似简单，但越是单纯的事我们就越是做不到呢，只会莫名其妙地装作有理、硬撑着……换句话说就是‘闹别扭’。而葵井那种类型，讨厌的话就生气、有趣就会乐不可支，让我真心羡慕。可我就连自己的羡慕之情都不愿意老实承认，结果羡慕就变成了窝火。”

“课上好像教过这个。”

“啊，教育论什么的？我也选了。是怎么说的？当今时代，年轻人的语言极度贫乏？确实如此，因为词不达意，我们甚至都不知道自己在对什么发怒。即使真的伤心，也只会转换成‘窝火’这样的词来表达。但葵井不一样，她可以把高涨的情感直接用语言表现出来。”

“……听下来，你对她相当有好感呢，”我尽量保持无动于衷的姿态，“秋春君，你没想过要和巫女子交往吗？”

“……啊——”他的表情略显复杂，不好意思地笑了，“我毕竟也是男生嘛，不能说没有，尤其当时还是青春年少的高中生，才不信男女之间存在友情呢。”

“啊——是会有这类人呢。”

至于我，甚至不信同性之间的友情。

“不过啊——不是这么回事哦。我对贵宫和江本其实也一样。她们的外貌都很不错，可是，怎么说呢？该说是没有激情，还是提不起兴趣？”

“‘提不起兴趣’这个表达很到位啊，可以理解。”

“是吧？就是这样……她们都是好女孩，江本也是，虽然她总会让人产生距离感，但也不是她的错。”

“……”

“嗯，反正吧，我对葵井的喜欢并没有掺杂恋爱的感情，不过倒也还没达到祝福她得到幸福的程度，只是希望她不要遭遇不幸，我无法容许这样的情况出现。她那样的好女孩，现在有了喜欢的人，我当然要出点力啊。”

“嗯。”

“她喜欢的人，是你哦。”

“嗯，我知道，她亲口告诉我的。”

“是吗？”秋春君点头，“……这个，我也不知道该不该说。”

“不用勉强的。”

“不，让我说。起初……我是反对的，而且不只我，贵宫和江本也都反对，尤其是江本，难得见她那么生气，说‘唯独那个人放弃比较好’，后来都说到‘要是跟他交往的话我们就绝交’的份上了。”

“……这是因为，唉，她很讨厌我呢。”

“你一点都不吃惊啊。”

“我被讨厌惯了，反而不习惯被人喜欢。”

“这样啊，但我并没有特别讨厌你。也别说讨不讨厌了，当时根本都没讲过几句话，可是啊……我的想法到现在也没有改变……即使知道你这人其实不错……但就是，觉得你有种危险的感觉。”

“……”

“好像能若无其事地杀人一样。”

“喂喂，饶了我吧。”

“不是这个意思，我不是指你会随便杀人。我是说你虽然可以若无其事地杀人，但还是保持自制、一副淡定的样子吧，好像肚子里藏着十个我们这种普通人都吞不下的怪物。就像……你是在伪装成人类。”

“……欸。”

我佯装镇定地附和，然而心里简直想吹口哨，想为他的高明鼓掌，想称赞他。要是有办法做的话，我一定会这么做。仅凭不足一月的观察期就能识破到如此程度，还是崭新的体验。

对了……这么说来，秋春君，也是那个智惠的朋友啊。

“可是啊，别看葵井那个样子，她其实很顽固的，对自己坚持的事情从不让步，所以我们就认输啦。不过还是提出要测试一下，找个机会检验伊君你是不是配得上葵井。”

“结果就利用了那场生日派对？”

“就是这样。唉，虽然给江本过生日也是真的，”秋春君“哈”的一声，肩膀大幅度地垮了下来，“但人都不在了，说这些还有什么意思。江本也是，葵井也是，唉。”

“秋春君，你觉得是谁杀了巫女子？”我用平淡的语调说道。

“这我哪知道啊！或者说，我根本不想知道，不想知道啊！因为，要是知道了，我绝对会恨死那家伙的，但我又不太懂得怎么去憎恨别人，这样下去会超郁闷的。”

“……原来如此，”我在脑中反复咀嚼着秋春君的话，然后缓缓点了点头，“原来如此……说得也是。”

原来如此。秋春君也是一边迁就着很多事一边活下去的啊。可是，这样说来，我又如何呢？我，对那些事情，又该如何妥协呢？

“……”

突然感受到一股视线，我转身向后，目光所及之处只有前来观光的游客和修学旅行的学生群体。

“啊？怎么了，伊君？”

“没事，就是觉得有谁在看我。”

“嗯哼？是错觉吧？”

“可能吧，不过，最近只要一出公寓，就不时会感受到一股视线。”

“不会是那个——吧？葵井的幽灵之类的。”

“说不定是，嗯，说不定真是这样。”

尽管秋春君是在开玩笑，对我来说却存在一定的真实性。

这时，他“嘿哟”一声从伟士牌上跳了下来。

“聊得有点久呢，那么，这辆车，我已好好地交给你。”

“啊，我收到了。”

“好好珍惜它，这可是葵井的遗物啊。”

“嗯，就叫作巫女子号吧。”

“啊——别这样吧？不要给交通工具起名字，会产生不必要的感情。”秋春君目瞪口呆地说道。

“对遗物肯定会产生感情，所以起名也没关系，结果是一样的。”

“是吗……”他点了点头。

“但别叫‘巫女子号’啊。”说完，他又伸了一次懒腰。

“啊——啊——伟士牌也交付完毕……也说了葵井的事……这下我也没什么牵挂的了。”

“嗯？”我对他的说法比较在意，不自觉地发出了讶异声，但也顾不上多想，直接开口询问道，“怎么了？说得好像要踏上死路似的。”

“啊哈哈，没这回事啦，只不过……”秋春君多少有些自嘲却又有些豁达地笑了，“下一个被杀的，多半是我吧！”

“……什么意思？”

“就是字面意思啊，也可能根本就没什么意思吧。”

他没有正面回答我的问题，挥挥手，对我说了声“再见”，便走出了北野天满宫。我虽然想叫住他，都已经伸出了手，但还是在准备出声的时候放弃了。

之后，我叹了一口气。

她留给我的伟士牌，我该怎么驾驶才好？但是，我莫名地坚信，只有我能驾驭它。有这样的代步工具会方便不少，而且也可以不用再向美衣子小姐借车了。

莫非巫女子的目的在这里？

思及此处，我稍稍有些愉快。

只有一些，而已。

“这样的话……要去停车场签车位了……”

虽然尚不清楚如何办理手续，但是我相信只需请教美衣子小姐即可，便返回了公寓。

2

咦？那不是巫女子吗？

唔嗯，是我哟，好久不见了，伊君。

那——个，啊啊，我明白了，是梦啊。

啊哈哈，你发现得太快了——嗯，也没办法，伊君是现实主义者嘛。但又该说是浪漫主义呢，还是古典派？总之一半一半吧。还有三成是悲观主义。

把这些比例相加，总数有点问题啊。

对了，这么说来，你不是巫女子吧？

啊，露馅了。那么你觉得我是谁？

是啊，是谁呢？

你说了算啰，毕竟是伊君你的梦呀。

那么，是智惠。

为什么这么觉得？搞不好猜错了哟，也有可能是玖渚、是哀川小姐、是无伊实、是秋春君、是美衣子小姐、是铃无小姐、是别的什么人哦。

我随时可以和他们说话，但和你不行。想要对话却无法实现的，现在只有智惠你一个。

骗人，这样的对象明明还有很多。

不不，没有没有，我早就不想和那些家伙讲话了。

是吗，好啊，就当我是智惠好了。那么，来聊聊吧。那天还有很多话没能说完呢。

这样吗？也是……既然如此，我想先问你一件事。

什么？

你恨吗？

那个杀我的人？如伊君所想，嗯，我一点都不恨哦。那天也说过，我想要重生。我讨厌自己，所以死了也完全不会有遗憾。

是吗？虽然听上去很像是借口。

当然是借口了，但凡语言都是借口呢。伊君你会看推理小说吧？本格推理之类的，看过吗？

我现在不怎么读书。以前倒是会阅读书籍，但现在只是拿来消磨时间，不过推理小说还是知道的。

哦，我很喜欢呢。我什么小说都看，其中最喜欢的就是推理小说。因为推理小说很容易理解，可是，我不太欣赏那些过于重视犯罪动机的作品。不过，杀人也好，犯罪也好，背后或许是有理由的，毕竟风险很大嘛。

啊，我的同类也这么说过。风险很高，但回报很小。他只能靠杀人来证明自己，是个不配为人的家伙。

但是呢，动机什么的归根到底也只是解释，是辩解，而动机本身又基于个人价值观。比方说有这么一句话："绅士不为自己而杀人，绅士只为他人、为正义而杀。"且慢，什么叫"为他人"？

“正义”又是什么？这我可不懂呀。

我也不能理解。说到底，这是为了把自己的所作所为正当化吧。虽然我不知道那个杀死你的犯人是何种情况，不，搞不好是我不愿去理解。

为什么？

因为我觉得对方毫无计划性可言。尽管巫女子的死还不好定论，但你的死法，却根本不是经过谋算的产物，简直就像听天由命一样。

或许吧。不过，有什么关系？我真的不恨对方，也没有遗憾。真的哦，不骗你，我是真的没有丝毫恨意。

所以你接下来就打算转世成为巫女子了吗？

嗯。

可是那个巫女子也死了啊。

死掉了。

你有什么感想？暂且把你的事放一边，你怎么看待那个逼死巫女子的“犯人”？也不抱有怨恨吗？

果然没什么感觉呀。

你这样岂不是很冷淡？你们是朋友吧？

居然能从伊君口中听到这种话。

我也是有朋友的啊。

是玖渚小姐，还是美衣子小姐？反正不是无伊实或者秋春君吧。其实呀，我是那种即使朋友去世也不会悲伤的人哦，我想伊君你也是这样的。我们虽然明白悲伤应是何种状态，但无法实际体验悲伤。对了，想必是我们自身太缺乏感情了。

我能够理解。

该说是不信任他人吗？心里的某处存在着致命伤，无法相信别人。因为被别人伤害过一次，所以余生都绝对不会再去信赖。

我认为这是言过其实了。

你才没有这么认为。

是真的。

说谎。

你说得对。

人类习惯于区别待人，既然明白这一点，便无法信任别人。日本人还尤其如此。比如说，某人有一个朋友正遭受来自集体的侵害，是一群人欺负一个人哦。这时候，某人应该做什么呢？当然是站在朋友一边吧。可实际上大多数人却并非如此，他们会跟着集体。人类是需要伙伴的，只不过"伙伴"是谁都可以，未必非特定对象不可。拥有伙伴，重点在于"拥有"，至于会是怎样的集体，根本就无关紧要，甚至可以说是没有意义，没有价值。但凡领悟了如此残酷的事实，自然不会相信任何人。举个例子，伊君你有家人吗？

如果没有家人，哪里来的我啊？

不是指这个层面上的意思。

嗯，他们还健在。应该是住在神户一带，不过已经有好几年没见面了。这么说来，巫女子也说过啊，说我不是孝子型的。确实，我从中学时期就一直没再见过家人，被人说是不孝子也没办法。

你家好像有各种问题呢。

也不能这么说吧，其实不是这样的，反倒是没有任何问题。要是能意识到哪里出了问题，我估计也不会是现在这样的人了。对了，智惠你又是怎样呢？有家人吗？

唔——有，但实在没法把他们视作家人。所以特地选了离家很远的大学，租住在外面。巫女子的情况好像也差不多。

连家人都无法信任吗？

是呀，就是这么回事。而且连自己都无法信任。“世界上没有任何确定的事”，我不记得这句话是谁说的，但很有共鸣。这个世界是如此的脆弱，只要对其施压就会崩坏零落似的。可事实并非如此，实际上脆弱到一压即碎的是我自己。

因为你是残次品呀。

是的。试想看看，自出生起就从未哭泣过的人，能被定义为正常人吗？虽然会做出笑脸，但仅凭这点，就可以说我是正常人吗？

这一点，我也一样。不过我曾经把它当作是性格而努力接受了。

现在不这么想了吗？

嗯，改变想法了，性格什么的见鬼去吧，与众不同才不是好事。“身处集体之中却和他人存在着压倒性的不同”到底意味着什么？但凡思考过一次，想必就不会说出“天选之子”这样的胡话。

那些名留青史的天才们多半疯狂有病，但他们是普通人，绝非异端，他们只是既普通又疯癫。话说，智惠啊，按你的说法，你连无伊实、秋春君、巫女子他们都不相信，都不信赖啊？

是呢，我不否认——或者该说，我承认。不过啊，伊君照理来说是不会误解的，我这样其实是出于强烈的自卑感。如你所知，巫女子是个好女孩，秋春君为人也很不错，无伊实这么重视友情的人现在也很少见了，可我却无法信任这些人，竭尽全力都没能从心底把他们当成朋友，让我觉得自己非常冷酷卑鄙。明明他们给了我满溢的友谊，我却完全无法对他们回报同样的友爱。

我懂，你对此产生了歉意。

你说得对。所以，太好了呢，像我这样的残次品，死掉了。

可巫女子呢?

那就是巫女子的问题了。我已经死了，说什么都没有用。还有，伊君你现在真正想问的不是这个吧?

怎么说呢……我想和你聊的还有很多，不，只有一点点吧。说得再直白一点，其实只有一件事。

可以，请讲。

我有资格活下去吗?

啊啊……真是绝妙的问题。

作为人类这个群体中的一员，却对群体毫无益处，这样的我活着明明就没有任何意义。可即使如此，我还是有活下去的资格吗?

对我而言，这也是自己的宿命问题呢。唉，虽然我已经死了，这些也不再关我的事。是啊……但无论如何，对这个问题，我能说的也只有一句话。

哦？是什么？

那就是……

哔——

讨厌的电子声把我吵醒。

“……”

我“啊——”地咕哝着。

起床。

我好像没有铺被子，直接就在榻榻米上睡着了。

做了个令人不快的梦。十分任性，恣意妄为，让我陷于自我厌恶中。我基本上也只和智惠聊过一小时左右，怎么可能将她的深层心理理解得如此透彻。

然而恰恰相反，我居然有一种梦中内容都是事实的奇妙感觉。

“话说回来，跟已经过世的人争什么啊？我可真是……”

其实还有所惦念吧。哔——即是说，我……哔——都这份上了，却还……哔——

不，先别管那些了。

原来不是闹铃声，是手机的来电铃声。我很讨厌那些旋律型的铃声，就一直维持着出厂设定，但这也不是什么让人舒心的声音啊，我边想边按下了接听键。

“喂，你好。”

“……”

哎？没有反应，但可以听闻到气息，所以不是信号不通的问题。

“喂？听得到吗？”

“……”

“喂——听到我说话吗？听不到吗？”

“……”

奇怪呢，还是说手机出故障了？之前忘了它还在裤袋里，就直接把裤子扔进投币式洗衣机里去了……不过近来的精密设备并没有这么娇嫩，不会因此就坏掉的。那么，可能就是恶作剧电话。

“再不说话我就挂了哦，可以吗？”

说起来，之前巫女子打来电话的那次，误以为自己拨错号了，还惊慌失措的——我不合时宜地想起了往事，记忆模模糊糊的。

“我要挂断了，倒数计时，五、四、三、二……”

“……”

哦，说话了。但是声音太小，听不清说了什么。

“抱歉，我听不清，麻烦你再说一次。”

“……呀穿攻渊。”

“什么？鸭川？”

“……呀穿攻渊，等你……”

达到人类听觉范围极限的音波仿佛快要消失，就连说话人是男女老幼都无法分辨，而且语调毫无波澜，因此也无法判断对方是何种情绪。

“你说什么？请再说一遍。还有，你到底是谁？”

“……巫女子。”

留下这一句话后，电话挂断了。

我将手机扔在地板上，然后站起身子，伸长手臂。这里的天花板很低，只要我尽情展臂，就会触碰到它。住在正上方的是谁呢？对了对了，是那个十五岁的哥哥和他十三岁的妹妹。那对兄妹感情十分亲厚，每次见到他们时我都不禁带上笑意。不过他们可是在拼命努力活下去的，所以这种话还是不能对他们说出口。

我住的公寓楼是三层建筑，每层有两户，共计六户。现在还有两户空着。三楼除了那对兄妹，还住着一个离群索居的老爷爷。这位老爷爷喜欢基督教风格，与钟情日式风格的美衣子小姐常有冲突，但两人绝无交恶。一楼的两户都空着，房东说下个月会有人搬进来。我不禁感叹这种破公寓居然如此吃香。

“……逃避现实就到此为止。”

我盘腿坐下，重新捡起刚才扔出的手机，翻看着来电记录，理所当然是个未知号码，于是我开始思考。

“呀穿攻渊……怎么想都是鸭川公园吧。”

“等你”又是什么意思？无所谓，姑且就放一边吧。问题是在那句话之后。那句话之后，我问是谁打来的，对方回答说什么？

“说了巫女子吗……果然说的是巫女子啊。”

这么奇怪的名字，不会和别人重名。但与此同时，也不可能是巫女子打来的，因为她已经死了。如果死去的人能打电话，那么电话线路一早就瘫痪了。

“……”

我尝试着思考，但靠这点情报完全整合不出什么结论。这正是想“歪”了——我又尝试着抖个机灵[1]，却感到一阵微妙的空虚。

清除来电记录后，手机的液晶屏幕上显示着时间。

晚上十一点半。

五月二十五号，星期三。

“……”

这也太……今天，我是怎么过的啊？

确实，我睡到将近正午才起床，寻思着去玖渚那里，结果出了公寓后又遇到秋春君，得到了巫女子的遗赠，也就是那辆伟士牌，之后便回来了，就停车场的事宜询问了美衣子小姐，但觉得申请手续很麻烦，于是赌气睡觉。

“……居然赌气睡觉，我在搞什么啊。”

小孩子吗？

反正当时是下午两点多，而从那时到现在，中间的记忆是断裂的，说明我已经睡了近十小时。睡这么久，连睡美人都要为之惊讶

① 原文是对“试行错误”一词抖机灵，改为同音异义词的“思考错误”，这里是用了歧义词，把意为“思路不正确”的“想歪”和意为“想到了不良内容”的“想‘歪’”混用，表达“我”对“想错了”一事所抖的机灵。——译者注

了。五月二十五日的二十四小时内，我醒着的时间不到三小时。

“不过近期好像都只顾着睡觉了啊……”

总之，我接到一通电话，内容奇奇怪怪的，主旨不明，毫无逻辑，只有几个词语。完全搞不懂有什么意义……不对，是只知道表面意思。

“好了……不管别的了，问题是该怎么应对呢？”

现在有两项选择，要么遵从对方的要求前往鸭川公园，要么坚决无视。若按常识来判断，自然该选择后者。然而我没有任何常识，加之对方都报出那个名字了，我也不能没有行动。

于是，我很快便做出了决定。

洗把脸，将居家服换成外出服。

“这种戏言真是久违了。”

我写了留言，离开公寓，跨上伟士牌。我把它违规停在了附近的巷子里，作为租到停车位之前的过渡处理方式。虽说步行过去也没问题，但鸭川公园有些远，就算对方并未指定时间，早到也总比晚到强。

沿着今出川大道往东转，再笔直往前行驶，此时我再次思考那个梦境到底有什么意义。

幽灵，灵魂，死后的世界，我可不信这些，也不可能相信。虽说我并没有特别丰富于常人的灵异体验，亦不会冥顽不灵到只相信自己所知的事物，但毕竟不是古典文学，自己的梦中不会出现他人的意识。所以这到底也只是我自己的意识，按说并未掺杂其他任何东西。

“……是出于不舍，还是心愿……”

无论如何，都只能是错觉。不用在意。更重要的是出现在我梦里的是智惠而非巫女子。这一定是我罪孽深重的体现。

“直面你的罪孽，这是惩罚哦。”

这好像是二月左右，铃无小姐对我说的话。明明不是千里眼，她却能看清一切……既让人觉得“敌不过她”，但同时又不会对她产生自卑感，这也是相当罕见的人格吧。

穿过堀川、乌丸、河源町这三条大道，我抵达了鸭川。即便是深夜时分，也不能在公园里骑摩托吧，于是我便将伟士牌停在桥边，走下堤坝，顺着河水流去的方向，下行至鸭川公园。

“啊——怎么办哪？”

电话里就说了一句鸭川公园，但范围实在大得让人笑不出来。不过与其说范围大，不如称之为“细长”会更恰当，而且河流的对岸一带也属于鸭川公园。不说出确切的路名，还约在这所公园碰头的笨蛋，在京都是不存在的。

“……唉，算了。”

对那种随随便便把人叫出来的电话，我的判断是没必要当回事，便顺着河水的流向开始往下走。再看看时间，发现过了零点，那么现在已经是二十六日，星期四，五月差不多要结束了。我随意想着。说起来，差点被零崎杀掉的那次也是在鸭川沿岸——是四条大桥底下吧？那时候，智惠和巫女子也都还活着。

感觉已是恍如隔世。

或许不是我的错觉。

嗯。

我回头。

虽然一片黑暗令人看不真切，似乎没有人在。可是，我切实地感受到了那股视线。

“唔——嗯。”

白天与秋春君待在一起的时候就已有的那种感觉。尽管他说是巫女子的幽灵，但站在更现实一点的角度上考虑，最大的可能性其实是警方人员在对我进行监视。毋庸置疑，我毕竟是智惠以及巫女子两起命案的相关嫌疑人。

“不过，再怎么说也不会跟到这么晚……”

况且警方也没有理由瞒着我进行跟踪，那么，还有另一种可能。而通过真相不明的约见电话、在约见的目的地所察觉到的视线，几乎就能得出唯一答案了。

“……”

我略微提高警惕，继续前行，但未再感受到那股奇异的视线。等一直走到丸太町大道后，我深感自己真是傻得可以。我到底为什么在做这种事啊?

“……回去算了。”

我姑且先爬上了堤岸，返回到道路上，然后过了桥到达对岸，再下行至对岸的鸭川公园，将另一边的河岸作为回程路线，其中也含有换个心情的打算。看向河道，鸭子们正在游水，此时我突然心生疑惑。莫非正是因为有鸭子，这条河道才被命名为鸭川吗？取名品位真是烂得不行了啊。不过，怎么可能会有这种蠢事？

赶快回公寓睡大觉去吧……但转念想想，我也才刚睡醒。而机会难得，不妨骑伟士牌兜兜风，就沿着河岸一直往上，骑到舞鹤一带应该不错。毕竟往后必须要多适应骑摩托了，而且亦是消磨时间的好途径。

这么想着，我继续往前走，在即将到达今出川大道时，却看见正前方堵着一个可疑的人影，身侧倒着一辆自行车。因为无法在暗中看清，黑影或许不是处于坐姿，而是倒在地上。而且说得再清楚些，那个人影也只是拥有人的形状，背对着我一动不动。我心想或许是流浪汉正在睡觉，但这种情况下是不会有自行车在场的。那么大概就是黑影在木屋町之类的地方喝完酒后，在骑车穿过鸭川公园回家的途中摔倒了，虽然不值得同情，不过就这么扔着对方不管也不是回事，而且她还留着黑色长发，想来是一名女性。

“你还好吗？”我姑且向她搭话试试，但对方毫无反应，简直像是已经死去一般。不过细想一下倒也有这个可能，比如从自行车上摔下时，若磕到的位置不巧，确实足以致死，更何况对方还可能处于醉酒状态。我烦恼着是否置之不理为妙，但最终还是无奈赶往她的身边，拍拍她的肩膀，重新问道，“你还好吗？”但对方仍旧没有反应。

“你还好吗？”

我第三次询问她，并动手掰她的肩膀，打算让她仰躺着。就在此时，至今纹丝不动的人影以令人难以置信的速度敏捷地转身，往我的脸上喷了某种雾状的东西。

我不禁向后跳开，但还是慢了一步，一阵钝痛在左脸上扩散开。当我意识到自己挨打时，已经来不及防御，被人从背后推入河道。

对方站了起来。

可恶，是因为脸部被打中，还是因为刚才的喷雾？视线变得极不稳定，那究竟是什么？如果是催泪喷雾，眼睛会痛才对。我用左手勉力支起摇晃的身体，对方却毫不留情地紧逼过来；我终于放弃起立，通过翻滚来躲避追击，并且加大扭身的力度，一直滚到十米开外才整顿好姿势，变为单膝跪地的状态。

人影在我前方不远处站定，个子很高，体格则……咦？看不确切。是我的视力还未恢复吗？然而不稳定的还不只是视力，我的脚、膝盖、脑袋都快撑不住了，感觉非常糟糕。或者说，就要倒下了，对，就是这样的感觉，但是若要将它表述得再直白一些……

……是困倦。

支着的膝盖颓然脱力。

是催眠喷雾啊……而且还不是那种用于驱逐色狼的入门级产品，是即时生效的强力产品。别说是视力了，就连身体的行动能力都能够剥夺。若是在他国还说得通，但我没想到能够在日本亲眼见到（还真是“溅”到眼[1]）这玩意儿。

人影一步一步往我这边走近，即便凭我正在加速衰退的视力，也能看出对方右手握着一把刀子。刀子，零崎人识，京都的拦路杀人者。不行了，脑中愈加混乱。

“……为什么……”

到底是谁？到底为了什么？但眼前的问题可不只这些。如果就此入睡，那么，即使靠我现在的思考水平，也能够预见接下来事态会发展得多严重。我会被杀死，至少也会被折磨得半死，这是确定无误的。

啊，畜生。我也深知现在不能再迟疑了。话虽如此，人对弄伤自己一事毕竟有着天生的抵触感，无论如何都会犹豫踌躇。对方的步调颇为悠闲。这是自然，哪怕放着不管，我都会自行昏睡过去。可这在我看来，却正是唯一的突破口。

右手，还是左手？

只犹豫了一瞬间，便选定了右手。“啊，真是的……我是念佛的阿铁[2]吗？”我用左手握住右手的拇指，再次犹豫片刻，便拼尽全力将拇指关节向反方向一扭。

“呃啊——啊啊啊啊！”连我自己听来都心惊肉跳的呼痛声，

---

① 原文在此处也是使用了同音异义词的文字游戏。——译者注

② “念佛的阿铁”是日本知名时代剧《必杀系列》中的人物“阿铁”，跌打师，会接骨，必杀技是折断他人脊椎、肋骨等，因此“我”在折断骨头时用这位阿铁来吐槽自己。——译者注

响彻了整个鸭川公园。

是骨折了吗？还是关节错位了？总之剧痛驱散了我的睡意，意识一下子清醒，视力、身体活动能力也都恢复了过来，有种全身神经都变成了痛感神经般的错觉。我直接伸腿站起，与对方正面对峙。

对方全身上下都穿着纯黑色的衣服，头上套着黑色的针织面罩，露出的部分头发融入背后的夜色中，难以分明。一开始看似影子也是出于这个缘故，总之就是一副专为偷袭而做的打扮。比零崎更像是杀人者，比零崎更像拦路连环杀人事件的真凶。

“可恶……你到底是谁？”我质问道，但这位黑衣人当然不予应答，只是发出令人厌恶的呼吸声。随后，用刀尖指向我，缓步缩短我们之间的距离。我没有携带任何可以充当武器的东西，手机也留在了公寓里，甚至无法求援。

“没办法了啊……真是。”

几秒后，我横下决心，主动走近对方。对方似乎惊讶于我的举动，挥刀的手臂在一瞬间有所迟滞。我瞄准了对方的下颚处，用手掌根部猛地一击，但并未打中。对方向后退开，再一次持刀摆好了架势。

下一个回合则是对方先有所行动，向我突刺过来。这完全就是外行人的动作——业余得根本无法和零崎相提并论，要避开实在是简单得很。

然而，就在我扭身的同时，右手拇指碰到了自己的侧腹部，即刻暴发出一阵剧痛。

折断拇指果然做过头了吗？我开始后悔，剥掉一枚指甲就差不多了吧。即使不这样做，要折也该折小指啊，为什么选了拇指？弱智吗？我是弱智吗？不知道凡事要有限度吗？

但黑衣人怎么可能放过我这一瞬间的僵直，他用力向我直扑过来，仿佛要将我压倒。我失去平衡，向后仰倒，而对方则趁机跨坐在我身上。啊，上个月好像也有过类似的事呢。我居然能够异常冷静，思考起了当时是如何打破局面的……

但我刚一想起，刀子已向我挥了下来，直冲要害。我拼尽全力将头部向右别开，躲过了刀刃，但也能察觉到自己已经在流血，真是死里逃生。黑衣人把刺入堤岸的刀子拔出，再一次握好。我正暗忖这次肯定躲不开了，对方却在半空中停住了挥刀的手，盯着我看了一会儿，似乎在进行观察，随后想到了什么似的，“咔嗒”一声把刀子扔到了身后。

而我还无暇思索此举有何意义，黑衣人的拳头便已向我的脸颊砸了过来。和刚才一样是左脸。下一拳被痛殴的就是我的右脸，再接着左脸就挨了第三下，之后又轮到右脸。就这样一拳又一拳，接连不停，对我的脸揍个没完，挥拳之间几乎不留一秒空隙。

早就已经感觉不到疼痛了。

只有脑袋被人摇晃的感觉。

“……”

毫无预兆地，黑衣人停止了殴打。

然而我很快便知道这并不是因为动了善心。对方双手一起押上了我的左肩，我瞬间就猜出这么做的意图。虽然试图抵抗，但身体无法自由行动，那催眠喷雾彻底侵蚀了我的身心，只消再补上一点痛楚，我的意识很快就会飞散。

尽管如此……

“咔嚓”，随着一声不祥的声响，我的左肩疼痛欲死，再一次唤醒了我的意识。黑衣人毫不客气地卸脱了我的肩关节，并且全力痛殴脱臼处。“呜……啊——”我发出了野兽嘶吼般的悲鸣声。太久没有意识到自己的声音居然有如此的破坏力。

这家伙到底怎么回事？做到这一步究竟所欲为何？不，并不是想杀我，这算不上杀人行为，只是在破坏而已。只是将我视作破坏对象。就像在拆解智力环[①]一样将我的关节卸脱。

接下来，黑衣人将双手移动至我的右肩。

“唔……”

我调动起所有已经觉醒的意识，奋力抵抗。侧抬起半边身体把对方的手甩脱，并直接跟进一拳，击打在对方的心窝处。但拳端没有传回相应的手感，就像打在杂志上一样，看来那件黑色上衣内侧装有某种防御部件。

由于握拳的拇指折断，我也无法打得更用力。黑衣人不以为意

---

① “智力环”是种智力玩具，一般由各种形状的金属环相互套嵌，玩者的目的是在不破坏金属环的前提下将套嵌解开，例如我国传统的“九连环”玩具等。——译者注

地甩开我的右手，再次摁住了我的右肩。

而我也已经没有足够的意识再次挥拳，只听到又一声“咔嚓”。这声闷响仿佛来自他人身上，然而这股剧痛源自我。正在经受严刑拷打的感觉从双肩一直传到大脑，强烈到连我那已经麻痹的大脑都仍能清晰感知。

之后，就和刚才一样，我右肩关节的脱臼处遭到痛殴，而且不知是否为了报复，对方还顺势追加了一拳，直击心脏部位，打得我连骨头都在咔咔作响。而这股冲击也传递给了脱臼的双肩，由此又带出慢了一拍的钝痛。

“……哈……哈啊……”

我条件反射般地张开嘴，渴求着更多氧气。殴打带来的冲击对肺部造成了极大伤害，不论这是不是黑衣人的目的，却都是一个不容放过的时机。黑衣人顺势捏紧了我的下巴。

喂喂，来真的？这不是最大程度的痛觉吗？但此时我却顾不上询问，正盘算着索性咬住对方的手指，可终究还是有所犹豫。

结果黑衣人加大了手上的力道，捏着下颚一拉，“叽哩”一声比卸脱肩膀时来得轻一些、小一些，但是痛感剧烈至极，完全不是肩膀可比拟的。之后，按照惯例，黑衣人又从下方对我的下颚猛力殴打。

“……”

我无法出声，也不想出声。

更正一下。

这果然不是杀人行为，亦已超出诸如破坏之类的层级。这个黑衣人，确确实实，想要将我这个存在本身，彻底凌虐至死。想要让我受尽痛楚之后，再将我杀死，想要将我弄得支离破碎。

黑衣人似乎迷茫了一会儿——大概是在思考该如何给予我下一轮痛感吧。接着便瞄上了我绵软垂下的右手，抓起手腕举起，然后紧紧握住了我的右手拇指——已经折断的右手拇指。

"……"

唔呵呵。

我听见黑衣人笑了。

这时，我切实感到了震颤。将人痛殴至此，却还能加以嘲笑。这种人，是世上最令我恐惧、令我胆寒的存在。

"……"

黑衣人用我无法听清的音量喃喃自语，下一刻，便松开了我的拇指，转而握住了我的食指。我觉察出对方意欲将它也折断。而且不仅是右手食指，还会有中指、无名指、小指，还会有左手手指，还会有脚趾吧。对方也许是想要折断我全身的骨头，接着是撕烂皮肉。而当我整个人都被彻底破坏殆尽，对方才会下手将我杀死。

我已经完全失去抵抗的意志。不，我已经不明白自己为何要抵抗。一开始就趁着麻醉喷雾的效力睡过去该多好，也不用像现在这样饱尝痛苦的滋味。我到底是在做什么，居然还折断了拇指……不，也不对，因为不管我怎么做，最终肯定还是会活活痛醒，肯定还是会经受几近拷问的遭遇，所以现状还是不会有所改变，不过是殊途同归罢了。就和那次一样，只是事先定好剧本的闹剧。

现在的我，有一种从远方看着自己的感觉。

在对岸的沿岸处，看着自己即将被杀死的模样。

看着此情此景，我又在想些什么呢?

受不了……真是的。

其实无聊得很。

微不足道，不值一提。

真是，戏言——

“你这混蛋在干什么啊——”

是怒吼声。

我将失焦的双眼朝向声音传来的方向——是对岸，但那里并没有人。一个小个子的人影已踏入河中，正朝这边跑来。

我甚至不用思考，便知道是谁来了。

就像我清楚自己的事一般。

“噢噢噢哦哦哦——”

是零崎。

零崎人识。

零崎人识怒吼着，从河中一跃而起，一路奔上堤岸。面对突如其来的入侵者，黑衣人一时有些露怯，但很快便认清形势，松开了我的食指，从我身边退开，应该是意识到零崎不是自己坐着便能应付的对手。

尽管还有一定距离，零崎便已飞出一柄绘画时使用的细长刮刀。这一掷的目的并不在于命中黑衣人，而是为让对方与我拉开距离。而终于到达河岸的零崎，也站到了我和黑衣人之间，将我护住。黑衣人瞅准时机，捡起了方才扔掉的刀子，小心翼翼地摆好架势。

“你为什么被欺负啊，折来折去的很舒服吗？又不是做瑜伽。”零崎吐出一大口气，好像在调整着呼吸似的，然后用略带玩笑的口吻冲我说道。

对此，我想要回敬几句，但下巴脱臼，无法出声。

“哎，不管了，反正现在要处理的是你，”零崎面向黑衣人，“你搞什么啊？估计你也不想被我这种人问东问西的，不过这是犯罪，是暴力伤害和杀人未遂，凡事分能做的和不能做的，懂吗？”

满是槽点的台词，但我不能说话，只得闭嘴。

黑衣人后退了一步，似乎有些畏缩。毕竟，这种情势之下，零崎仍能透出游刃自若的姿态，而非伪装……或者说，明明自刚才就只能从零崎身上感受到“轻敌”二字，实际上他却散发着莫名强烈的威胁感。

“……对了，看起来，我们这位残次品的伤也重得很，而我现在也不能公然杀人，那么你如果想逃跑，我可以睁只眼闭只眼哦。”零崎略加思索，然后如此说道。黑衣人闻言，又向后退了一步，仿佛还不能决定接下来的行动，于是仍在观望。

"什么啊，我都允许你逃跑了，赶紧跑啊，去去，快滚。"

黑衣人没有回答。

零崎故意叹了口气。

"这么想玩，我就陪陪你吧，玩到你死为止。你还来不及痛就会被我分解哦。我可没好心到对你这种自己找死的低等儿大发慈悲，你就在这里光荣地成为第十三个人吧。我会把你杀掉……"

这句话正是制胜球。

黑衣人转身就朝今出川方向跑去。"啊哈哈，快跑快跑。"零崎笑逐颜开，然后回头看向我。这张映入我眼帘的刺青脸真是令人怀念，但很快变得模糊，麻痹感和麻醉感似乎都蔓延至全身了。

"嗯？喂喂，别睡啊，要睡也先把地址告诉我再睡啊。"

零崎摇晃我的肩膀，由于脱臼，此刻我被他晃得疼痛异常，但即便如此也无所谓了。

"啊——"

我拼尽最后一丝意识，硬是靠脱臼的下巴，报出了公寓地址。

3

我最新的记忆，起始于二十七号星期五的上午九点整。

"哟，你醒啦。"

零崎就在我的枕边。我瞠目结舌，对现状完全无法理解，不由自主地望向零崎的脸。零崎则一脸轻松，似乎在为我的苏醒而喜悦。

“哎呀——话说你住得也真夸张啊，地址太难找了，还有稀奇古怪的住户。我跑隔壁家去借绷带的时候啊，看到我的脸还能跟没事人一样的，那大姐可是头一个。算了，反正你总算是醒了，是因为那个……睡眠不足吗？被各种各样的事累坏了吧。”

“呃，啊。”

我正用右手支起上半身，此时却传来钻心的剧痛。“呜哇！”我不觉收手，再次仰面后倾，最后只得用左手撑住，总算避免了直接倒下。

“笨蛋啊你，手指骨折了啊。肩膀和下颚的关节我差不多帮你接回原位去了，不过骨折的部分就没办法啦。虽然已做紧急处理，但还是去趟医院比较好。”

听他这么一说，我便看向右手，发现拇指正被五金零件、钢丝和大量的绷带半强制地固定着。大规模无视医疗基本原则的治疗方法，但也没有做错。同时我觉得脸上也传来异样的感觉，大概是用纱布或者创可贴之类的固定了下颚。在我睡着的时候，零崎似乎一直都在照顾我。

“谢谢。”我向他道谢。

“没什么，”零崎不耐烦似的摆摆手，“不过你还是先顾着你的右手拇指吧，这下子日常生活会很不方便的。

零崎满脸讥笑，看来无论普通人还是杀人者，都会把自己的快乐建立在别人的痛苦上。

“不要紧的，我两手都能用。”

“这样吗？”

“本来是左撇子，之后被矫正为惯用右手，但是又因为讨厌一个教导我们‘要用右手拿筷子’的老师就改回用左手了，那是小学三年级时候的事。”

“骗人。”

“嗯，抱歉。”

啊——我努力让意识恢复到正常水平。起床是个好主意，但脑袋还晕晕乎乎的。

“……话说回来，伟士牌呢？”

“嗯？什么？”

“……不，没事。”

大概还停在今出川的桥上吧。之后再去开回来就行了，只要没被拖走。反倒是零崎，居然能只凭这么矮小的身体，背着我一路徒步回到这里，这令我深感佩服，或者说是钦佩。他的体力真棒。

但零崎本人似乎对此不以为意，一脸淡然。

“不过这是怎么回事？你明明可以跟我打平手，为什么会被那种三脚猫搞成这副德行啊？”他抛出了一通毫无道理的抱怨。

“你那次是特殊情况。嗯——有点特殊。”我注意着不要碰到大拇指，撑起上半身，“昨天——啊，是前天吧？我接到了一个电话，叫我去鸭川公园。现在回想起来明显是陷阱……唉，但我还是上钩了，因此才会出现这种结果。”

“这算啥？你是傻子吗？”

无法反驳。

“唉，我也觉得自己是笨蛋。”我用自嘲的语气说道。

“现在换我提问了。你为什么还在京都？不是已经离开了吗？”

“啊？你怎么知道的？”

“因为拦路杀人行为停止了啊。”

“哦哦，这样啊。唉，只是暂时离开。我被一个赤红的怪女人袭击了，那女人太难搞了，应该是把大脑里的止痛成分全都开出来了吧，疯子一个！被摩托车碾了还能若无其事地走过来！那可是1000cc以上的重型摩托①！身体到底怎么长的啊……总之嘛，那女人好像无论如何都要抓到我，我打不过她，就逃到大阪去了，接着她又追过来。不过俗话说‘灯下黑’，眼皮底下看不见嘛，我就又回京都来了。结果回来当天，在我正溜达的时候，听到好像有小狗在惨叫。我总说自己是个爱狗人士，那当然不能不管，就顺着哀号声找过去，发现你正被一个古怪的黑影揍得七零八落的。”

“……原来如此，我理解了。”

零崎好像解释到一半就嫌烦了，加快语速把后半部分草草说完，不过我也算了解到他之所以会出现在那里的理由——我只是运气好罢了。

---

① 1000cc的摩托车属于公升级的大排量车，爆发力非常强劲。——译者注

或者该说，只是那个黑衣人的运气不好罢了。

“真是的……所以说，那个赤红的女人到底是什么玩意儿，红披风怪人[1]吗？”

“她是哀川小姐。”我说道。并不是想对救下我的零崎还礼，只不过，既然把零崎的相关情报给了哀川小姐，那么对零崎保密哀川小姐的信息便是不公平的。虽然不公平这种话从我口中说出，或许是不太相称。

“哀川……”零崎不禁大惊，连脸上的刺青都扭曲了，“你刚才，是说哀川？那个哀川润吗？”

“是啊，什么呀，你知道啊。那我也没必要特意说明了吧？”

“不，我也只是曾听老大讲起过而已……可恶，怎么偏偏是哀川润，”零崎恨恨地咋舌，“这下哪还有动手的余地啊。”

“哀川小姐很有名吗？”

“居然问得出有没有名……你不知道哀川润都有些什么称号吗？‘疾风怒涛’‘一骑当千’‘笑面红虎’‘弑神之人’‘沙漠之鹰（Desert Eagle）’……老大特别强调过，说绝对不要和她扯上关系啊。”

“你还忘了一个。”

“啊？”

---

① “红披风怪人”是日本昭和时期都市传说之一，内容为穿着红披风的怪人会在校园内问学生想要红披风还是蓝披风，答红披风者会被捅死，答蓝披风者则会被抽干血液而身亡。——译者注

“‘人类最强的承包人’。”

我说完，零崎沉默了。这是我至今从未见过的认真表情。即使是零崎，一旦知道自己正在与那个哀川润为敌，也没法泰然处之了吧。“真糟糕……这也太令人兴奋了……”他碎碎念般地说着，神色不妙地点了点头，然后起身。

“那么，我该走了。”

“什么？这就走吗？”

“是啊，已经没法再这么放松下去了——有好多事要想。我本来就不是专程来找你的，而且你现在看起来也不能长时间说话，再加上我还在被警察通缉着呢，不方便在别人家久留。”

“啊，是吗……”

也确实如此，当我把零崎的长相告知哀川小姐那一刻起，他的敌人就不只是哀川小姐了，也包括整个警察机构。在这个房间里逗留一天以上，以他的情况而言其实已经属于冒险了。

“干脆去自首怎么样？”

“好主意，不过——驳回。”零崎笑了笑说道，“先不管那些了，你也顾好自己吧，我看了报纸，你说过的那个叫葵井的女孩子，也被杀了是吗？”

“……是啊。”

“我们俩都不容易啊。”

“嗯，没有比这更麻烦的了。”

“我也是啊，但没办法，都已经在这条轨道上跑了。好啦，我要走啦。”

“大概不会再见了吧。”我说道。

零崎则笑着回了一句：“可不是吗？”

“永别了。”

道别之后，他便离开了我的房间，只剩我一个人留在房里。于是，我再一次躺到被子上。可能是零崎处理得当，也可能这本来就算不上什么重伤，反正处于躺姿时我不会感到十分疼痛，不过骨折总得去医院处理才行。

但是，我现在很困。是麻醉的药劲还没退去吗？不，没有这么强的效果，我只是单纯地渴望睡眠。明明这阵子一直在睡、睡、睡，为什么还会这样？

“啊……对了，是在睡，但没有睡好……”

所以终于到了极限。我决定先睡一觉再去医院，于是闭上眼睛。最近可能太拼命了，即使我心里念着别想太多、别想太多，但还是会想起智惠或巫女子。那个梦就是最好的证据。结果，有关她们的事情，即使只是在我的心灵世界，也无法得到解决，无法释然。

总之，休息才是我目前的必需品。那通电话、那个黑衣人，全都等醒来再说吧。我如此盘算。

“喂——”

然而，我却依然不得安睡。敲门声、喊话声，声声入耳。我起身，发出不乐意的嘟哝声，挪着步子去开门，发现零崎又折了回来。

“你怎么回事……忘东西了吗？”

“还真是这样，有件事忘了跟你说。”

零崎走进屋里，盘腿坐下，我则两腿岔开，坐在被子上。

“所以，还要说什么？亏你走得那么潇洒。”

“没办法啊，我忘记了嘛。喏，那个手机。”

零崎指着我那仍在榻榻米上的手机。

“哦，怎么了？”

“你睡觉的时候，响了好几次。”

“嗯哼，大概什么时段啊？”

“今天早上，哔——哔——叽——叽——吵死了，亏你那时候还没被吵醒。”

听到零崎这么说，我翻看起了来电记录。是个眼熟的号码。我记得是……

“啊啊，沙咲小姐。”想起来了。这个号码的主人，是现在理应处于消耗战中的刑警佐佐沙咲。在今天早上八点到九点，她一共打来了七通电话。

“找我什么事啊？”

“不知道啊，我没接，不接是对的吧？你要有兴趣就回个电话过去呗。”

“我会的。”于是，我按下了沙咲小姐的号码。

“沙咲是谁啊？我好像也听过这个名字。”

“约在卡拉OK见面那次我不是跟你说过吗？那个优秀的女刑警。”

“啊，对哦。”零崎的表情有些复杂。现在的他听到“刑警”这个词可高兴不起来。当然，我也对这个词全无好感。

信号正常，电话中传来待接的信号声，几秒之后。

“喂，我是佐佐。”沙咲小姐的声音响起。

“喂，你好，是我。”

“你好，上午是有事在忙吗？”

“不，我在睡觉。”

“……是吗？那就好。”

异常冷静的声音。

感觉像是在勉强自己冷静下来。那么反过来说，沙咲小姐目前其实一点都不冷静。

“沙咲小姐，发生什么事了？还是有其他问题要找我吗？”

“发生新案件了，宇佐美秋春同学被杀了。”沙咲小姐说道。

“……”

一下子全都联系上了。

“是……宇佐美秋春……吗？”

“是的。”

“没有弄错……吧？”

“我不会胡闹到撒这种谎。今天早上，大学的朋友发现他遇害了。和江本同学、葵井同学一样，也是死于绞杀……我现在正在现场。”

听她这么说，我也觉得她的语调确实像在环顾四周，顾忌着身边的同事们。而她周围还有其他警官、法医，甚至看热闹的围观群众。

秋春君。

他说过的，下一个被杀的大概就是自己了。

想不到，一语成谶。

“……是吗……”

然而，这恐怕不是单纯的巧合。假如说秋春君已经意识到了一切，那么他确实有理由认为自己将被杀死。而且正是这个理由，导致了他被轻易杀害。

“因此，我有事情想要问你……”

“沙咲小姐，在你提问之前，”我不等她说完，“我想先请教你一些有关秋春君遗体的事，可以吗？”

“可以，请讲，”尽管不是面谈，但通过声音就能察觉出我和平时不同，因此她没有多话，只是直接催促我说下去，“只要能说，我会告诉你的。”

“我想问的只有一点，这次现场留有‘X/Y’的字样吗？”

“有。只不过，这次情况有异。虽然尚未确定，但和江本同学、葵井同学不同，现场有痕迹显示，这串数学式似乎是由宇佐美同学本人写下的。”她沉默片刻，然后压低了嗓音说道。

“……”

“就是这样。你为什么问这个问题？是想起什么线索了吗？还是说，你已经知道‘X/Y’是什么意思了？”

不是的，并不是这样的。

这个数学式的意思，我早就明白了。但事到如今，已经不再有任何意义。问题不在数学式。

“……没有，还不知道。我明白了，等会儿去你们局里报到是吧？”

“这可真是帮大忙了。你几点方便？”

“中午……不对，今天傍晚。”

“好，那就这样。”

沙咲小姐话音未落，我就已挂断了电话。因为我现在非常不冷静，感觉再聊下去就会顺口说出不该说的话。我已陷入平日绝对无法想象的粗暴中，猛力将电话扔向榻榻米的地面。

“喂喂，你干什么啊？”零崎大为惊讶地说道，“笨蛋啊，你？扔手机有用吗？手机多可怜啊。”

“这就是俗称的迁怒行为哦，”我淡淡地答道，“也就是‘通过对物品撒气，以平息自己心中怒火’的行为。”

“呃，这个我还是知道的。”

零崎有些愕然地捡起手机，手机似乎没有被摔坏。确认一番之后，他将手机摆在了与我有些距离的某处。

“出什么事了？”

“秋春君被杀了。”

“啊呀，这可真，啊……”零崎一脸事不关己，发出了宛如赞叹的怪声，“这下子不就是三个人了吗？到底是什么时候出的事？”

“不管他是几时遇害的，但遗体好像在今天早上才刚被发现。那么作案时间应该是在星期三的白天到今天早上。”

“哼……真是的……才十天而已，就勒死了三个人，真乱来啊。不过我也没资格说什么。那么犯人呢？这个杀人犯到底是谁？”

零崎问得一派轻松，毫不在意。

我却答得有如倾吐一般。

“犯人？你是说杀死江本智惠、杀死葵井巫女子、在鸭川公园袭击我、杀死宇佐美秋春的犯人吗？”

“还能是谁？”

“这不是明摆着的吗？当然就是——”我以自己听来都不寒而栗的冷酷语调，唾弃着那个名字。

“贵宫无伊实。”

贵宫无伊实
ATEMIYA MUIMI
同班同学

第八章 审判与推理（心理）

0

其实，你心里再清楚不过了吧？

1

虽然我现在的性格也完全不值得夸耀，但在我还被周遭唤作少年的时代，或许是更为讨人厌的小家伙。我也经历过那种自以为头脑聪明、智力高超，便理所当然地看轻周遭的自恋期。我自认为懂得他人不曾了解、注意到的事。他人所不曾注意——这令我在不知不觉间变得非常傲慢。

可能正因如此，一旦有所疑问，没能即刻解决便会令我很不自在。而我又恰好拥有相应的能力，因此在经历思考并顺利破解疑问时，我总会切实地感到有所成就，仿佛自己是与众不同的。

然而，在难题接连涌现，而我接连解决它们期间——不对，是在难题接连涌现，而我完全解决它们之后，留给我的却只有空虚。

别人不做这些也照样活得开开心心。哪怕得不到答案，甚至从未有过疑问，也照样活得幸福快乐。

会欢笑，会哭泣，有时还会愤怒。

我一度认为那是因为他们无知。

我一度认为他们天真懵懂地奔跑在布满地雷的草原上，总有一天会因自己的愚蠢后悔。

会在踩中地雷一切告终之后，才终于感到后悔。

但是，我错了。

我只是一个在自己创造的世界里解决自己搞出的问题还为此沾沾自喜的孤独小鬼罢了。我坚信理论能够填补经验的空白，我心想只要许愿即会获得幸福。

我根本弄错了“少年”的本质。

可即使如此，世界也仍未终结。

游戏尚在继续。

明明我已经注定落后，明明我已再无胜算。即使如此，人生却并未停步。也有一段时间，我考虑过索性由自己亲手来结束一切，而且我也确实这么做了，但结果依然失败。

事实上，我才不是旁观者，说不定只是失败者，只是可怜的、可悲的失败者。

因此不知从何时起，面对疑问，我不再积极追求明确的答案。但也不是转向消极，而是对疑问提不起精神。

“解答”一事并不具备什么深刻的含义。

即使模棱两可，即使含混不清，即使没有定论，那也无所谓啊。不如说，那样反倒比较好。

让情况产生决定性的变化，那是属于诸如“赤红色的最强人类”“苍蓝色的学者”等真正超凡绝尘的天选之人的职责，绝不是我的任务。绝不是我这种随处可见的失败者、我这种幕后旁白的工作。

即使踏中地雷也浑然不觉的生活方式，不也挺好吗？

即使知道地雷的存在，仍刻意装作不记得，且之后还果真将之忘却的生活方式，不也挺好吗？

即使总慢一步，即使只有妥协，即使被说成“仅是冒充人类而活”，我的想法也不会改变。

我看向镜中的彼端，如此想道。

那里有一个不曾失败的我。

问题不是很简单吗？

不曾失败，但……

但其原因只是——人间失格。

与其要成为杀人者，那还是做个失败者算了。

而彼端的我，也会说类似的话吧。

会说与其要成为失败者，那还是做个杀人者算了。

不过，以上每句都是戏言。

是戏言，也是杰作。

很好啊，好得很。

一切都如此便好。

她问我，可曾想过自己是残次品？而她说喜欢我。还有他，预言了下一个被杀的是他自己。以及你，放话称我很迟钝的你。

我已知悉。

改变状况并非我的职责。

但，终结因我而起的无聊说笑，则是我分内的工作。

就遵照我的作风来漂亮地结束此事吧。

无伊实。

我将从零崎那里借来的尖锥状小刀插进锁眼，“咔嚓咔嚓”地扭动刀身，约一分钟之后，传来了一记解锁声。我握住把手，把门往后拉开。门上的保险链却还是拴着的，因此只能开到几厘米。

我踟蹰了一瞬，然后便挥刀扯脱了保险链。它比我想象中的更脆弱，断成一截一截的，甚至还有一截弹飞到了我的脸上，但我毫不介意，只管拉开自阻碍中解放的房门，进入房内。

眼前所见却令人哑口无言。

墙纸被剥得破烂不堪，餐具的碎片在满地碎纸中落得到处都是。脱鞋踏入好像很危险，因此虽然不好意思，但我还是直接穿鞋入室了。而走进去后，才发现景象更为狼藉。纯粹就是破坏，这个空间之内的所有物体，哪怕体积再小，估计也都没了原本的形状，全被破坏得体无完肤，惨遭丢弃。撕成破布的衣服、砸坏的家具、扯烂的书本、碎屏的电视机、七零八落的电脑、黏糊糊的脏地毯、从中心开始呈蜘蛛网状裂开的镜子、倒扣的垃圾箱、散落一地的灯泡碎片、切烂四肢的仓鼠、填充物破漏的枕头和床铺、剁得稀碎到看不出品种的蔬菜、翻倒的电冰箱、中间深深瘪陷的空调、满是恶心涂画的矮桌、龟裂的玻璃缸和它附近的热带鱼尸体、一支不剩全部断成两截的笔、指针停走的钟表、扯完的月历、勒着脖子的小熊玩偶，以及……

“你来干什么？”

蹲坐在窗边，用诅咒般的眼神狠狠瞪着我的她。

这间房中，被破坏得最彻底的无疑是她。

“无伊实。”

没有回答。

只是报以怨恨的视线。

那种眼神几欲将我刺穿。

还有她的头发，那头茶色的、之前还长长的螺丝卷发，也被乱剪一通，现在披头散发，不成样子。

仔细看去，房间里也的确到处都是头发。尽管我不认为头发是女人的命，但此情此景在某种意义上来说也堪称恐怖了。

此情此景，这里已完全是她的领域。是她的结界，建立在危险的平衡上，仿佛即将崩溃。

镶嵌于结界中央的诅咒，则全部都冲我而来。刺穿我的不仅是无伊实的视线，还有这间被彻底破坏的房间和房间里的所有，全都在向我散发着敌意、恶意、害意、杀意。

仿佛要与全世界为敌。

“请别这么瞪着我啊。”

“……闭嘴，”她低声说道，“……你来干什么？厚颜无耻。”

“放心吧，反正没打算来拯救你，我不是这种好心人，更不是什么主人公。”

我用右脚踢走这些散乱在地的残骸，自发开辟出一块“空间”，好让自己正对着无伊实坐下，却突然看见手边还扔有一个坏掉的手机。

“……啊，原来如此，所以沙咲小姐才联系不上你。那么她可能稍后就会直接过来，我也没有磨蹭的时间了。”

“……你到底来干什么？”

“我大致已经明白了。”我刻意淡淡地说着。

其中自然包含了算计，为了避免说出可能会刺激到她的话。但另一方面，目前的我也只能使用这一种说话方式。

“或者该说是已经猜到了吧。只是有件事怎么都想不通，可以告诉我吗，无伊实？”

“……”

“那我就当你默许了啊，”我稍作停顿，继续说道，“……你为什么袭击我，我姑且还知道原因，但在那之后你为什么要杀秋春君？我不明白。”

“……”

“你应该没有理由非杀秋春君不可。”

“哈……”

哈哈哈，无伊实突然着魔般地大笑起来。那是极度冷酷的笑声，不带一丝感情，只是为笑而笑。看上去是在笑，其实已经疯了。然后，她又对我怒目而视：“受了这么重的伤，居然还敢来，你是白痴吗？这里可没有人会碰巧救你一命哦。还是说，你的帮手就在门外？”

“啊……不是你想的那样，那家伙的出现本来就是偶然，不用太当回事。”

我回忆着那天晚上的经历，摸着拇指和脸上的纱布。我的双肩和下颚当然说不上痊愈，身体状态还远不足以对付别人。

“其实那天晚上，我起初也很困惑，既然那个黑衣人戴着针织头罩，便不可能是长发，因此虽然怀疑那家伙可能不是你，但看到你把头发剪成这样我就理解了。难不成是因为这个才剪的？”

“你算老几，这种理由怎么可能？！”

“我想也是。”我耸耸肩。

“……不过，你比我想象得要更警惕，立刻就发现有人跟踪。那个公寓又太破了，墙壁很薄，没法在那里直接动手。”

“是啊，环境一流，对吧？”我试着像哀川小姐那样嘲讽地说道，但自己都觉得模仿得不像。

“即使如此，利用巫女子的名义把我叫出去是犯规的哦，你的做法实在说不上漂亮。”

“……不许提这个名字。”

无伊实面目狰狞，怨毒的眼神仿佛要将我瞪穿。

“你没有这个资格。”

“……那可真抱歉了。”

“我才不想跟你废话，只有一件事。你给我听好了，为什么甩了巫女子？”

“我不觉得甩过她啊。”

“为什么？！”

无伊实猛力撞墙，出手重得毫不留情，连屋子都略有晃动，她却仿佛毫无痛觉。一拳一拳，捶打的明明不是我，紧张感却沿着我的脊柱爬了上来。

就连遇上杀人者都比面对她要好太多了。

比面对她这种崩坏之人要好太多了。

“为什么啊？！为什么不回应巫女子的感情？这么简单的事，这么简单的事你为什么做不到？为什么连这点事都不肯为她做啊？”

“是我先提问的，所以希望你能先回答我。多少次我都会重复问下去的，你为什么要杀秋春君？按说没有理由啊。其他事都已经明了，唯独这件事我还是一头雾水。刚才我也说过，包括你袭击我的事我都可以找到原因，也能理解你这么做的理由，但原本冲着我来的你，为什么要去杀秋春君？”

“我把理由告诉你，你也会回答我的问题吗？”

“好，说好了。”

无伊实又继续瞪了我一会儿。

几分钟之后。

“很简单，我觉得这样才最自然。” 她说道。

“自然——吗？”我仔细观察着她的表情，“可是，秋春君是你的朋友吧？”

“是啊，我很喜欢他，但并没有喜欢到无论如何也不忍心勒死他的地步。”

她的这番话语也好，动作也好，连一丝谎言、一丝硬撑都没有。

“朋友也不是不能杀的，问题只在于下手的顺序而已。”

这是她的真心话。

我眯起眼睛，缓缓点头。顺序，朋友，顺序，朋友。我在脑中细品她的话语。然后，思索到底该如何回答。

“话说回来，你就绝对不会杀死朋友吗？不管有什么理由，都绝对不会杀了他们吗？”

“对自己可能杀掉的对象，我不会称之为朋友。”

“这可真是……哈，真是伟大啊，”无伊实轻蔑地笑了，“你这伪善者，为什么不肯把你的伪善分给巫女子一点？现在轮到你回答我了。”

“……”

我将想说的台词在脑海中过了三遍，然后开口。

“大概是因为不喜欢她吧。”

我以为无伊实会直接揍过来，可她却僵在原地，一动不动，只是直勾勾地盯着我。

"……是吗？你并不卑鄙，也不迟钝，只是残酷而已吗？"她平静地说。

"所以呢？"

"我应该说过，严肃地说过的，你要是敢伤害巫女子，我决不饶你。"

她威胁着我，似乎即将爆裂。我半闭起了眼，再一次耸了耸肩。

"要这样说，你的事又该怎么算？我可理解不了。就算了解你的行动理念，谁又能保证这些都是为了巫女子？"

"我说过不许你提起她！不要说得你很懂她一样！明明什么都不知道！我是知道的，巫女子的一切我都知道，我和她从小学起就玩在一块了，我了解她甚至超过自己，只有一件事不明白，就是为什么她会喜欢上你这种残忍的东西。"

"我觉得这很好理解啊。"

这次，我是即刻作答的。

我完全明白。因为对我来说，实在清晰易懂。

"因为她错了。"

"……"

"错觉，错想，错认，错估，错爱，她只是爱上爱情的纯洁少女，而且最重要的是，她不会看人。"

"……你想说的只有这些吗？"

已不再对愤怒加以掩饰的语气，随时爆发也不奇怪。光是持续对话就已经濒临她的忍耐界限了。

“不，还有一点。毕竟和巫女子约好了，我还是要去实现它的啊。”

无伊实，你对你自身……

“无伊实，你能够容许自己杀人吗？” 我最后问道。

“什么容不容许的！”无伊实终于激愤不已，“我没有错！绝对没有！为巫女子而做的事怎么会有错？！我是最为巫女子着想的人！才不想被你这种东西指手画脚的！我全都是为巫女子好！为了她我能做任何事！杀人也是！自杀也是！根本都无所谓！”

“……”

为了正义，为了信念，为了真理，为了助人，为了伙伴，为了朋友，而杀人。

“我和你不一样！我了解巫女子！我才不会明明不喜欢任何人，不在乎任何人，却还逍遥自在地活着。你明明就不会为了任何人做任何事，明明就是个没有任何人类感情的残次品，还说什么大话！”

因为是为了别人，就可以毫不犹豫、毫不迟疑地，不见半点踟蹰地，更没有哪怕一丝悔意地，不以为耻、无须自顾地杀人。

“只要你不在就没问题了！我也好，智惠也好，巫女子也好，秋春也好，我们都还像原来一样活得开开心心的！只要你没有加入，我们一直都相处得很好。从小学、高中起就是这样，进了大学也是。但你出现之后，我们全都乱套了。”

因为碍事。

因为你是个挡路的，是个棘手的，是个麻烦的。

因为你让我不爽，让我不安，让我不快。

所以我要杀了你。

“全都是为了巫女子！巫女子是我的，我也是巫女子的！我们是挚友！为了她我就连父母也可以杀掉，她为了我也能把你杀了！”

为了重要的人，谁都能杀，多少人都能杀。几十人也好，几百人也好；自己也好，他人也好，好友也好，都能杀死。

“我没有错！我是正确的！所以多少次我都会这么做！就算时间倒流，我也还是会做同样的事！巫女子也一定会原谅我的！”

不是一时失手，也不是无计可施，完全就是如呼吸般地、如拦路杀手般地、如杀人成瘾的狂魔般地、如残次品般地、如不配为人之人般地杀人。

“我……我可以原谅自己！”无伊实踩着满是碎片的地面怒吼道。

“……嗯哼。”

我现在向她投去的想必是残酷而冷静的目光吧。

“你想说的就只有这些？”

她怒视着我。

不过我并不在意。

“那么，已经够了。拜托你闭嘴吧。你的声音很刺耳，你的存在很刺眼……想说的都说了，想做的都做了，就满足了？你崩坏得还真彻底啊，已经完全不行了。”

“……不行了？我？”

“什么为了巫女子啊，你不就是把责任全推到巫女子头上而已吗？”

“……别说得自己很懂一样……”

看得出，她正在拼命控制自己，以免直接冲出去。只要我一提到巫女子的名字，她就会是这种反应。

现在，唯一能让无伊实保持清醒的，就只有葵井巫女子了。

“如果这样……”无伊实说道，仿佛从地狱底层发出的低沉呻吟。

“如果这样，你又算什么！对巫女子的死，你就没有一点点责任吗？回答啊！”

“没有，完全没有。死掉的人就只是死掉了啊。”

“……”

无伊实的脸色瞬间苍白。她的精神已经超出了愤怒的阶段。我虽然有所觉察，却依然没有住口，就像一台机器，只管继续说话。

“我没有傲慢到去干涉他人的人生。所有将要做的事、已经做的事，责任都只能由作为行为主体的本人承担。你也不会例外的，无伊实。”

“你……是什么人？为什么能这样思考问题？为什么会有这么恶心的思考方式？太疯狂了，不，你，不是人。”

“我只是对‘硬把他人拖入自己人生’的这种胡搅蛮缠的生存方式不敢苟同而已。什么为了谁为了谁的……到哪都亮着这张无罪证明，真是让人火大。”

简直就像是在亮给自己看一样。

“我以前说过，你和智惠很像……但我现在要纠正，”无伊实的语调已充满憎恶，“智惠疏远他人的性格只是她自卑感的表现，而你，却只是出于仇恨。”

“……哈啊。”

我故意叹了口气，既无法否认对她的说法，也无意否认，反倒想说一句“你现在才发现吗？”毕竟，凡是似是而非的事物，归根到底也只是“非”，这是简单至极的道理。

“……唉，算了，随你喜欢。我和你是没有任何关系的陌路人，所以也无意阻挠你……不过，杀死秋春君可不妙啊，这下你很快就会被捕的。我想巫女子她不希望你这样做……”

“无所谓了，怎样都好。我也不清楚什么法律的，反正就是会被抓的嘛。但是在那之前我还有足够的时间可以让你痛苦，再宰了你。”

无伊实单膝跪地，视线高度和坐着的我正好对上。而且不知何时已掏出了刀子，用刀刃对准了我，我能看见刀身正闪烁着寒光。正是那晚黑衣人所使用的那柄刀子，擦过我的颈动脉的那柄刀子。

“不会再被人打断了。”

“杀了我又怎样？”

“管他的？不管你说什么，都要负起伤害巫女子的责任！”

“……”

啊啊，这样吗？

无伊实，结果你还是不明白最重要的事啊。口口声声为了巫女子，为了巫女子，充其量不过是借口、托词、辩解而已。

其实，你之所以会做出这种行为，是由于你对我纯粹的嫉妒，是由于你对巫女子普通的悔恨，是由于你对自己无聊的罪恶感。仅仅如此。

“戏言也要适可而止啊，无伊实，”我对迎面的刀刃毫不在意，继续说道，“接下来呢？你要继续那晚没做完的事吗？不停地痛揍我，让我吃尽苦头，最后再杀了我，是吧？”

“没错。”

“是吗？”

我用左手握住了右手食指。

“比如说像这样？”

宛如树枝断裂般的声音响起。

无伊实惊呆了。

骨折处蹿出令人疯狂的剧痛，但我面不改色，向她展示受伤的手。

“满足了吗？”

“……”

“不对，才这样而已，怎么可能满足？你这么这么恨我，这点小伤是没法让你消气的。反正为了巫女子，你根本就不顾什么道德、法律、常识。”

“……唔，唔唔。”

动摇。

她的感情中第一次出现了动摇。

可就连这一点，我也毫不在意。

我继续着堪称疯狂的行为。

简直就是把自己的身体视作人偶。

因为是人偶，所以没有神经。

因为是人偶，所以不需要拥有心灵。

所以可以若无其事地进行破坏。

一下、两下……直至破坏殆尽。

“这样我的右手已经不能用了，我再也无法做任何抵抗了。”

“啊……啊……啊。”

无伊实的脸上已不见半点血色，但这不是害怕，而是惶恐。是对不解之事的根深蒂固的畏惧之情，甚至凌驾于愤怒之上，成为致命伤。

“接下来是另一边。”

我将左手四指撑在地上，然后把全身的重力倾注于此。

“然后再把双手像这样……”

“你……你干什么？！”无伊实一下子叫了出来，扔掉刀子，抓住我的手腕，“你……你脑子有病吗？！啊？这是在干什么？！”

“在代替你做你想做的事啊，这和你自己动手是一样的。说得再直接一点，和巫女子亲自来做也是一样的吧？你肯定会这么讲。”

我把刚刚经历一场“浩劫”的手指伸到无伊实眼前。面对如此毫无遮盖的惨象，即使是疯癫之人或许也无法承受。

她条件反射地别开了视线。

“你……都不会痛的吗？”

“无所谓，”我从容自若地答道，“我觉得这也没什么大不了的。无论我受到何种痛苦、何种殴打，也不会有任何感觉。想杀我就杀啊，随你便。不过对我而言，死就是解脱，也只是解脱。”

“什么！”

“我已经嫌烦了，对活着也是，对在与不在我身边的人也是，对构成与没有参与构成世界的种种意识也是，对你也是对巫女子也是，当然对我自己也是——我全都感到烦躁。讨人厌的是我，存活于世只令我痛苦，这里对我没有任何价值。世界明天灭亡也好，我死在今天也好，全都无关紧要，反而还比较理想。所以杀了我也没有意义，就算那天晚上就被你杀掉，其实也是一样的。”

“……”

“话虽如此，但你只要杀了我，就能心满意足了吧？只不过这才不是什么复仇、正义、为挚友打抱不平呢，仅仅是你自己爽而已。仅仅是让你消气、让你满意，仅此而已。让我疼痛就能消解你对我的嫉妒心，让我受苦就能使你忘却后悔，杀了我还能让你的罪恶感消失不见，就是这么回事。”

“不是的！”无伊实抱着脑袋，仿佛完全陷入狂乱之中一般剧烈地甩头，“不是的不是的！不许胡说！胡说！全是你在自说自话！我是为了巫女子才……”

“哎呀，那你就杀了我试试看嘛，亲手杀了我，不过即使这样，世界也不会有任何变化哦。”

只是为了自己而已。

所以别说什么为了别人。

毫无解释和狡辩的余地。

纯凭自己的意志来杀死我吧。

犯下毫无利益可图的罪行吧。

“唔唔唔唔——啊啊啊啊……”

无伊实捡回刀子，神色之中怨恨满溢，如逼人的厉鬼般斜瞪着我，咬紧嘴唇，仿佛在忍受诅咒，然后，用尽全力，一把扼住了我的喉咙，另一只手反手持刀，刀刃抵住了我的颈动脉，甚至划破了一层皮肤。

犹豫着、困惑着、僵持着、无措着。

“……唔——唔唔唔唔！”

她……

依然犹豫不决。

“……”

我闭上眼睛。

一时间，只有时光径自流逝。

但我很快就不耐烦了。

“……这算什么啊……”

我轻轻甩开她的手，让刀子离我远些。随后起身，低头看了一会儿蹲在地上兀自呻吟的无伊实，然后好好伸了一个懒腰。

“能为自己做些什么的人，不知何时已经不见了呢，无伊实。”

什么使命感，什么正义感。

什么同伴意识，什么友情。

“你不认为这根本就是戏言吗？”

无伊实没有回答。不过我也不知道自己是否有资格问她。别说为了自己，我甚至都从未为他人做过什么……从未为他人做过什么。

“那你说我该怎么做啊……”无伊实犹如求助般说道，“你说，我究竟能为巫女子做些什么……我做什么才能帮到巫女子？你说啊，你说我到底该怎么做才好啊……”

问我有什么用。

这种事思考起来，结果都只有死路。

说穿了，“自己能够为了谁而做什么”也不过是幸福的幻想罢了。现在你也终于感受到了幻想的本来面目，那么当然就没有出路了。就和智惠、和我一样，无路可走。现在你面前只有彻底的黑暗、绝对的虚无，连绝望都比这强些。

你已经走投无路了。

不过，这种处境对我和无伊实而言，都已是心知肚明，我不准备将之道破。但倘若她仍不明白，那么我也没有打算要教会她。

“说句实话。”

我背对着无伊实说道。

“我来这里，是想被你杀死的。也是想让你杀死我。既然有人愿意杀我，我又希望被人所杀，那不是正好吗？就让事件这样收场吧。我之前确实是这么想的。但现在，我改变主意了，我可不想被你这种程度的人杀死。”

“……这样的话。”无伊实仍旧低着头，开口道。

我不再看她，转而朝门外走去。

无伊实悲痛万分，仿佛已经被绷紧的细线切割成无数碎块，哭泣着，哽咽着。

“这样的话，现在就杀了我啊！”这句话语如呕吐一般，倾泻而出。

“关我事吗？自己去死。”我简短地答完，便不再回头，也不想回头。

2

“哟，结束了吗？”

见我从无伊实的公寓出来，背靠电线杆站着的零崎便挥手向我打起了招呼。我脚下没停，直接走过他身边。

“是的，结束了。”

“这样啊。”零崎说着赶到我身边，和我同速前行。

“呜哇！你的手怎么了？发生什么了？是我搞错了吗？骨折量暴增了九倍啊。”

“嗯。”

“被她折断的吗？呜哇——贵宫无伊实这女人，是念佛的阿铁吗？吓人吓人。”

“不，是我自己折断的，全都是。”

“你傻吗……说起来那个拇指也是你自己折的啊，受虐狂吗？是受虐狂吧？不觉得痛吗？无痛症？还是脑叶白质[1]被切掉了？”

“都不是，其实我痛得要死。痛过头了连昏都昏不过去，痛得快要哭了。其实我现在就是要去医院的，西阵医院就在附近吧……我不是受虐狂，只不过必须对她施加一点休克疗法[2]。”

“……骨折可未必能完全恢复如初哦，搞不好你这辈子都不能再打棒球了。”

“到时还可以踢足球啊，没事。”

“骗人……”零崎讶然叹息。

---

① “脑叶白质”是大脑中一个区域，切除后有使人情绪镇静的效果，曾用于精神病患者的治疗，但本质残酷且后遗症严重。——译者注

② “休克疗法”又称“电抽搐疗法”，以一定量电流刺激患者头部，导致全身抽搐，对控制精神病症状有效。——译者注

“……那么，结果如何？”

“会如何呢？接下来就只剩善后处理了，那属于沙咲小姐和数一先生的职责范围，应该会办得很周到呢。无伊实将被逮捕，真相大白，大概就这样。”

只要无伊实在被捕时还存有理智。

不对，大前提是她还活着才对。

“哈啊，一点都不戏剧化，至少也再浪漫一点嘛。” 零崎有些恹恹的，双手交叉枕在后脑勺说道。

“这才是现实啊，没办法。”

“唉，也许吧……你有父母吗？”

零崎突然冒出一个毫不相关的问题，但我猜到他或许要这么问，因此并未吃惊。

“有哦，在神户，应该还活着。”

“嗯哼，那，你会感谢吗？”

“嗯？”

“就是说，你对他们抱有怎样的感情？”

“是关于什么的？”

“他们把你生到这个世界。”

“……零崎你怎么回事？不过这种事，不问也知道吧。”

“可不是嘛，明摆着的。”

“就是说啊，明摆着的。”

一瞬间，我们二人视线交汇。

"生而为人。"

"我很抱歉。"

"比起芥川，果然还是选太宰啊。"零崎笑了。

"我最喜欢武者小路。"我没有笑。

"菊池宽[①]怎么样？我也许很喜欢他。"

"没读过……我其实不怎么热爱阅读。"

"啊，你好像说过……嗯，"不知为何，零崎认同似的点点头，"不过话说，快点把刀子还我吧。那种刀子很稀有的。"

"哦，给……零崎啊，我想拜托你件小事，这个，能给我吗？很方便呢，不需要任何技术就能开锁。"

"笨蛋，这很贵的，除非你现在就能付我一百五十万日元。"

"呃，这个锥子这么贵啊。"

"烦死啦，买不买？"

"一百五十年分期还贷怎么样？"

"但我们大概不会再见了吧。"

"啊，也是，那就没办法了。"

我不情不愿地把刀子还给零崎。零崎拿着刀柄挽了个花，将刀子收入背心中。看来他浑身都塞满了刀具，万一摔跤可怎么办？

"还有哦——虽然不是什么大事，但我还是有点兴趣，现在进入对你提问的单元了。"

---

① "武者小路"全名武者小路实笃，武者小路和菊池宽均是日本著名小说家、剧作家，日本至今设有"菊池宽奖"，旨在振兴文学、电影等文化产业。——译者注

“嗯，什么？”

“江本还有葵井各自被杀的时候，我记得贵宫应该都有不在场证明的啊。江本出事那次，贵宫是在唱卡拉OK，葵井那次，她是和妹妹在一起吧？先不说宇佐美和你了，既然不在场，她是怎么杀了江本她们的？还有你，好像和刑警通了几句话就注意到杀了宇佐美的是贵宫，而且感觉你本来就知道在鸭川公园袭击你的人也是她。你为什么会认为贵宫就是犯人？到底是从什么时候这么想的？”

“唔嗯——不太容易说明啊。”

零崎“嗯哼”地歪头，一脸困惑。

“什么？只是靠直觉吗？还是说，其他人都死光了，唯一活下来的贵宫肯定就是犯人？又不是金田一。”

“不是，但不说不行吗？你有点认死理哦。”

“哦，我不介意，你不是也从我这里打听了很多拦路杀人者的事吗？要礼尚往来啊，给我点能带到地狱去的东西，好让我安心上路呗。”

“你说‘安心上路’，你是要死了吗？”

“说不好啰。我啊，可正在被那个赤红色的怪物追杀呢。”

嗯，零崎说的很有可能发生。就算现在、此刻，哀川小姐都有可能突然出现。

这么想来，零崎的小命简直已如风中残烛。

“这样啊……那么你想从哪里听起？”

“当然是从头说明。你到底怎么知道是贵宫杀了江本、葵井、宇佐美，还有袭击了你的？”

“你的问题就是错的。无伊实并没有杀江本和葵井，她有不在场证明啊，人当然不是她杀的。”

“哈？”零崎迷茫地张大了嘴。

“就是说，无伊实杀死的只有秋春君，并对我施加暴力，其他什么都没做……唉，还有，估计她拿不回租房的押金了。”

“等一下，”零崎绕到我前面，双手搭在我肩上，露出假笑对我说道，“那你还敢在几个小时前信心十足又理所当然地说什么‘杀死江本智惠、葵井巫女子，在公园袭击我，然后又杀了宇佐美秋春的犯人肯定是贵宫无伊实’？”

“嗯。”我坦然自若地回答，“但那时候我只是装成信心十足又理所当然的样子在撒谎哦，因为说明起来太浪费时间，我就大致讲了个轮廓，其实事情比这更复杂一点。”

“……等等，那么，我花了几小时去头疼‘贵宫究竟是如何杀了那两个人啊，唔唔，真是个谜’是白忙一场啰？”

“我应该说过的吧，我常说谎。”

“……杀了你啊。”

零崎嘀咕着一些不吉利的话，回到我的身边。我则和他拉开一步距离。

“……那么，我重新问了啊。杀死江本的犯人是谁？既然不是贵宫，那到底是谁？”

"葵井巫女子。"

我只回答了名字。零崎也可能已有料想，所以并没有惊讶到出声。但仍略带惊讶地皱起了眉头，刺青也扭曲了。

"……这么一来，葵井巫女子又是谁杀的？别搞到最后是你干的啊。"

"不，她只是自杀而已。"

"……自杀？"这次零崎是惊讶外露了，"你说葵井是自杀？"

"是的，这样就能解释为什么监控摄像头没有拍到犯人了吧？因为自杀当然不会有犯人啊。然后呢，巫女子自杀，无伊实就崩溃了，于是杀死了秋春君，还打算杀我。但我不乐意被杀，所以先下手了，以上，QED[①]。"

"不对，这里QED的使用方法有误，"零崎吐槽道，随后他捧着脑袋想了一会儿继续追问，"……等等，给我按顺序说明，一上来就说一大堆莫名其妙的东西，谁听得懂啊。"

"明白了，我会好好说明的。那个——巫女子和智惠的两件案子已经清楚了吧？"

"清楚，不，才不清楚啊！证明葵井不在场的不就是你吗？虽然严格说来是你的邻居。难道你们是一伙的吗？"

"不是这样的。为什么怀疑我？如果只论那一晚，其实我也是被骗了，美衣子小姐也是，我们都被骗了，或者该说，是没有发现问题。"

---

① "QED"是拉丁语"证明完毕"的首字母缩写。——译者注

“怎么说？”

“你自己想想看呀。只要知道是巫女子杀了智惠，就能收紧考虑范围了吧。”

“啊——”零崎略加思考，“她和你一起离开江本那栋公寓的吧？之后，在西大路和中立卖交叉口一带，接到了江本的电话，后来一起走到你家，然后你把她托给隔壁屋的浅野小姐。第二天一早，葵井起床，从你的房间出发去了江本家……那么，葵井是在‘发现’江本遇害的时候，也就是这天早上杀死她的吗？”

“不是，有个‘死亡推测时间’，她确实是半夜被杀的。”

“所以，葵井半夜从浅野小姐的房间里溜出去了？”

“这也不可能，美衣子小姐对声音很敏感，溜出去肯定会露馅，而美衣子小姐也没有包庇巫女子的理由。”

“既然这样，是远程诡计吗？密室之类的还好说，但绞杀能有什么诡计啊。”

“如此一来，答案就只剩一个了啊。”

“什么嘛，和那个‘X/Y’有关吗？”

“无关，不用考虑那个，它相当于随餐附赠的薯条，放在一边就好。”

“……告诉我啦，你这爱兜圈子的家伙。”

“很简单，离开公寓之后，巫女子便不再有与智惠接触的时间，因此她是在离开之前下手的。”

“……啊？什么意思？”零崎满脸狐疑，“这样前提条件就不成立了，江本的死亡时间是在跟你打电话起到午夜三点之间吧？”

“假如说，我说假如，没有那通电话，巫女子就有可能杀死智惠吗？”

“也不可能啊，她是和你一起走的哦？”

“我们确实是‘一起’走的，但并非‘同时’。而是有一个细微的时间差，真的非常细微，其实是我先离开智惠的房间的。”

“……”

“离开房间之后，肯定要穿鞋吧？而穿鞋时，我必然是背对房间的。换言之，我是背对着巫女子和智惠的，光盯着自己的鞋带了，”我抬起一只脚，给零崎看鞋，“更何况，走廊和房间还被一扇房门隔开了，所以我根本看不见她们在房里做什么。”

“等……等一下，那总该有惨叫声或者撞击声吧？再怎么说，自己背后有人被杀，不可能毫无察觉吧？”

“刺杀或者重殴致死或许能感觉到，但被勒住脖子可叫不出声啊。至于撞到东西的声音，有是有的，但也分辨不出是否在杀人。我还当是巫女子绊到什么了。”

“啊——”零崎揉了揉太阳穴，硬要说的话看起来有点像能濑庆子[①]，不过果然还是想象不出来。

“再等等啊，你穿鞋要花十分钟、二十分钟？怎么可能？就算像你说的好了，葵井勒住了江本的脖子，但一时半会儿也死不掉吧？人即使在无法呼吸的情况下，也还能活上十分钟左右才对。”

---

① “能濑庆子”是一名日本的女演员。——译者注

“零崎，你是专门用刀的杀人者，所以才会产生误会。绞杀的死因不一定全是窒息。如果是上吊，确实如你所说。但如果是颈动脉被勒住，那情况就不一样了。”

“……这样吗？”

“就是这样。然后，巫女子若无其事地开门走出来。这时，她就相当于隔开我与智惠房间的墙壁，挡住我的视线，令我无法看见房内的情况。结果我们就一起离开智惠家，走出公寓。”

“……虽然也说得通……”零崎似乎有所不满，“不过，你是假设了没有那通电话，对吧？可实际上江本给你们打了电话，说明她在你们离开之后还活着。还是你想说些不现实的理由？比如她复活了一会儿之类的。”

“你的假设越来越扯了。这怎么可能啊？智惠是当场死亡的。答案很简单，超级简单，你再想想就明白了，智惠的电话是打给我的，但并不是打到我的手机上来的吧？”

“……啊啊，是打到葵井那里的，不过这只是因为不知道你的号码吧？”

“现在让我们回到基本问题。手机的优势是什么？是随处都能通话，对吗？所以那通电话也未必非得从江本的房间里拨出。同时，电话类的物品都有一个基本属性，那就是看不见对方的脸。”

“……所以说，葵井有共犯吗？共犯用江本的手机打电话过来，冒充江本……”

“没有共犯，我觉得那根本就是突发的犯罪行为，看凶器就知道了。”

“凶器，是说那个细布条啰？”

“嗯，秋春君给智惠送过生日礼物，凶器八成就是包装礼物的丝带。这东西意外适用于绞杀呢，既柔软又贴合皮肤，比绳子更好用……总之，巫女子并没有提前准备凶器，只是在现场见机选用了合适的物品。从这一点来考虑，很难认为这是有计划的杀人。”

“……那，电话是谁打来的？”

“不需要共犯者。巫女子自己就能做到，”我解释道，“她把智惠的手机藏在口袋里，用快捷拨号键打自己的手机即可。当然，她接电话时，听筒那头是没人说话的，她只是装成智惠来电，然后把手机交给我听。”

“可你和对方说上话了啊？对方称有事忘了跟你说什么的。”

“对，那个和我说话的人，其实是巫女子。那时候我走在巫女子前面一步，就跟在智惠的公寓时一样。而这时，即使巫女子在我背后用智惠的手机小声说话，我也发现不了。等我再回头，她已经把手机放回口袋了。”

她杀死智惠的方法，以及制作不在场证明的方法，都是非常危险的。只要我一时起意回头，她便全盘皆输。不过只需思考一下，就能明白这个可能性极低。尽管失败时损失很大，但成功的概率很高。因此，如果只看价值，那么这也不过是十分值得一试的冒险。

“总之，她成功制造了不在场证明。次日再去智惠家放回手机，然后报警。虽然第一发现者本身就是怀疑对象，但她已有不在场证明，凶器应该也在去智惠家之前就藏到自己家了。”

细节只有巫女子自己清楚，所以只能问她本人，但这已无法实现。而且我认为真相大抵如此，虽然未必全部正确。但就它对真相的命中比例而言，已经可以称之为推理。

而巫女子应该是在报警的那个早上才写下“X/Y”的。事发当晚，她既没有时间，也还没有这个想法。

“按你这么说，葵井确实很像犯人。不过这也只能说明葵井有作案的可能性，你没有她是犯人的证据吧？”

“嗯，对，就是这样。”我老实地承认了这点，“说真的，没有证据，你说得对。说不定只是一起抢劫杀人事件。”

“……你还真是好说服，完全不会固执己见呢。”

“无所谓吧，嗯。智惠的案件就说到这里。还有其他问题吗？”

零崎“啊——”的一声，做出一串烦躁又苦恼的动作，好像想要说什么却又组织不好语言似的，最后终于叹道：“唉，算了。”

“那么，下面该讲葵井的案子了。为什么是自杀？警察的人不也都说那是他杀？”

“啊，那是有各种缘由的……但自杀的动机显而易见，是因为杀死了智惠而受到良心的苛责。”

“杀人的家伙还会受到良心的苛责吗？”

“又不是所有人都像你一样啊，”我半开玩笑地说，“至少她的遗书是这么写的。”

“是哦，既然有遗书那就没办法啦……至少葵井是这么想的，所以才自主选择了死亡。哼，我是理解不了。自杀欸，服了服了，这世上，杀人者的类型还真是五花八门呢。与其自杀还不如一开始就别杀人啊……喂，等等。”

“嗯？怎么了？”

“遗书是什么？”

“遗书就是在自杀之际，试图将所有的想法都留存给世人而作的文书，和遗嘱有所不同呢。”

“谢谢你哦，科伦坡探长[①]。”

零崎边说边往我手上踢了一脚。因为手指全都骨折，挨踢自然是痛得不行。

“你搞什么啊，骨头接不齐了怎么办啊？”

“那就踢足球去啊。好了，说说那个遗书吧，之前都没听你提过。”

“嗯，在那之前，零崎你先思考一下，不觉得很奇怪吗？”

“什么？”

“还用说吗？”

就是。

沙咲小姐之前指出过的。

“就是我啊——”

我这个早就崩坏了的人类的失败品。

---

① “科伦坡探长”是同名美剧《科伦坡探长》中的男主人公，是一名出色的神探。——译者注

我的神经已经断得一根不剩了。

热爱着、期望着死亡，胜于其他一切。

“我这种人，怎么会因为看到认识的人被勒死，就恶心得那么厉害？”

“……啊……你是说，因为是自杀而非他杀，所以你才会对遗体有这么大反应？”

“不，不管自杀还是他杀，我对尸体都没有感觉。”

“……”

“我赶到巫女子家门口，摁了对讲按钮，却没有反应。这时我便凭经验察觉到情况不妙，立刻跑了进去。那时候我看到了什么呢？看到了巫女子躺在床上，自己将自己勒死了的遗体。”

绞杀。

之所以智惠是被人从背后勒死，而巫女子是从前面——这就是理由。

“自己把自己勒死……这种事办得到吗？”

“其实这样自杀的人还不少。不过这种死法，勒的不是动脉而是气管，所以非常痛苦。脸上也会出现淤血，死相实在说不上好看。”

如果没有强烈的觉悟，人是不会选择这种死法的。所以我看到了这一幕，这就是葵井巫女子的觉悟。

“然后，床边放着遗书。是给我的，上面写了很多事情……像是杀死智惠啦，还有，希望我帮她做一些事。”

“……帮她做些什么事？”

“她好像不希望别人认为她是自杀。虽然对自己的死亡并不介意，但唯独不愿被看作是杀死智惠的残酷之人。”

“……内容有点跳跃啊，你说得具体点。”

“就是拜托我销毁证据。比如从智惠死亡现场偷出来的项圈颈绳，当然还有她的遗书，以及表明她是自杀的、同时也是用来杀死智惠的那根丝带，再加上一些其他的零碎物件。”

“啊啊……原来如此。”零崎缓缓点头，然后抬头望天说道，“总觉得我好像明白了，于是你就照做了，就是这样……不过这么一来就怪了。我注意到了，是‘时间’。你十一点出门，十分钟就到了葵井家，而报警十分钟后警察来了，再过十分钟你去了警局，既然这时候正好是十二点整……那么时间还多出三十分钟的空档，这段空白期里你干了些什么吧？”

“嗯，话说，外面的走廊里有那么多监控摄像头，离开屋子肯定是不行的，还必须要报警。好了，你觉得我是怎么做的？”

“你离开公寓的时候确实被搜身了……那么……莫非，你……吃下去了？”

“嗯。”我点点头。

都说到这份上，自然谁都能明白。

更何况这是零崎人识。

“吃下去了？”

“是啊，很好吃哦，”我一派随意地回答，“这种人在专业术语里好像被称作‘Stuffer’。不管这些，嗯，再怎么样我也吃不了没法消化的东西啊，所以强忍着呕吐的冲动，叫来了警察。本来是打算一直忍到回家的，但实在受不了，结果在警局里就吐了。”

“你把证据全都吃了……”零崎彻底蒙了，“凶器是丝带啊？你是说你把杀过人的道具全都吃了？啊？你脑子不正常吗？”

“大概吧。我也觉得不正常。”

“你为什么会按照葵井的要求去做？无视不就行了？何必要冒险过这种危桥？”

“唉，因为……该说我也是有很多顾虑的吗？但这样做就像在赎罪一样。”我将视线从零崎身上移开，“总之，葵井巫女子的死亡真相就到此为止，是自杀。这时，这个案件其实已经结束了，不过嘛……”

“你是说，没想到事情还在继续吗？”

“唔嗯。”我叹息道，“真的……没想到。”

“那贵宫那件事到底是什么情况？她为什么要杀宇佐美？”

“这部分发生在我的影响范围以外，完全只能靠猜。不过我的推想估计是正确的，因为这只是一起常见的杀人事件，没有太大玄机。”无伊实原本就觉得巫女子的死有蹊跷。嗯，说不定巫女子死前把真相全都告诉了无伊实，也只告诉了无伊实一个人。总之假设，无伊实知道智惠是巫女子杀的，也意识到了巫女子死于自杀。”

“好。”

“这样一来，该怎么做呢？”

为了他人。

为了自己以外的某人。

“能为巫女子做什么呢？零崎，如果是你，你会如何？”

“什么都不做啊，毕竟葵井已经死了。”

确当如此。

当然，即使对方还活着，零崎也不会为对方做任何事吧。我也不会。只是这样而已。

“但是无伊实想着要做些什么。一是为她复仇，二是为了守护她。”

“复仇是指杀了你吗？唉，因为你甩了葵井嘛，她这么做也正常。我说对了吧？葵井喜欢上你了。”

“别说得这么耀武扬威的啊，其实我也意识到了。”

“都意识到了却还无视吗？那可没法抱怨了，活该被杀啊。反正复仇就先这样吧，‘守护她’又是什么？为什么杀了宇佐美就能守护葵井？”

“与我所做的性质相同，无伊实也是为了守护巫女子的名誉。即是说……如果发生了‘第三起杀人事件’，那么别人便不会怀疑第二起案件的受害人巫女子是犯人，而且还是杀死好友的犯人。就是这么回事。”

“……就算是这样吧，可为什么是宇佐美？找别人下手也可以吧？没必要特地杀死朋友。”

“正是要杀死朋友。继智惠、巫女子之后，假如死的是一个和她们毫无关系的人，也许就不会被认为是‘第三起杀人事件’。所以受害者候选人只剩下宇佐美秋春和我。嗯，我知道你在想什么，零崎。既然这样，那杀了我不就好了吗？你是对的。只不过啊……我可不是因为装腔或者好奇才住进那个老旧的‘骨董公寓’的哦，再也没有其他地方能够像它这样一经入住便难以被杀。”

薄薄的墙壁，光是走路就响声震天的走廊。

潜入、争吵，以及杀人，在这栋公寓里都是不可能实现的。

“所以就杀了第二候选人宇佐美吗？但……对贵宫来说，葵井是朋友，宇佐美也是吧？下得了手吗？”

“我之前也有怀疑，而且按说智惠也是无伊实的朋友，她却原谅了杀死智惠的巫女子。这是怎样的思路？于是我问了她，得到的回答是‘高低排序’。总结一下就是说，在她心里，死的巫女子比活的秋春君重要，犯人巫女子比受害人智惠重要。”

“……还真过分，那个叫宇佐美的最可怜了。”

“也许吧……”

预告了自己会被杀死的秋春君，声称自己已经了无牵挂的秋春君，他对真相究竟又知晓到了何种地步呢？我不知道。而且说实话我也猜不到。如果我说“秋春君已经知道了一切，知道一切却还是被无伊实杀死”，或许过于浪漫主义吧？可是，倘若事实如此，那么宇佐美秋春将是这个故事中唯一值得敬佩的存在。

因为，这代表着……

他接受了朋友的一切。

“……”

零崎摆出罗丹雕塑[①]的姿势，陷入沉思，但很快又松开双手，仰起头。

“道理我都懂，但还是有个问题，和刚才听你说葵井的话题时一样，现在也是基于无伊实是犯人的假设吧？葵井有遗书也就罢了，但对贵宫只可能是金田一式的推理啊。你光凭一通电话，没有任何证据，便察觉真相了吗？那我只好认为那是因为相关人员就剩你和贵宫了。”

“……难道你很讨厌横沟[②]吗？”

从刚才起，零崎的说话方式便透出对金田一的敌意，然而他摇了摇头：“没有，不过他的小说封面都太吓人了，所以我只看过电视剧，老实说不喜欢也不讨厌。”

“这样啊……”

“好了，所以你是这样的逻辑吗？”

“不是的，仔细回忆一下，我对沙咲小姐提过问题吧？”

“啊——问她有没有‘X/Y’。这个问题怎么了？你不是说和这数学式没关系吗？”

“跟数学式本身的含义无关，现在它仅仅是一个记号而已。其实只有智惠被杀那次，它才是有所指的，但出现在秋春君的被害现

---

① 此处指零崎模仿了罗丹的著名雕塑作品《思想者》的姿势。——译者注

② 横沟”指横沟正史，著名推理小说家，“金田一耕助”探案系列的作者。——译者注

场就很不寻常了。”

“什么？”

“……关于现场留有‘X/Y’这一情报……是机密哦。起初沙咲小姐也一字未提，知道这件事的只有警察，另外就是非法侵入的我们，还有被我问过‘X/Y’是什么意思的人。”

即是，哀川小姐、巫女子、无伊实，只有这三个人。

“不，可能还有其他人知道，像是和警察有关的人。”

“确实，还有很多人知道，只不过认为那是‘死亡讯息’的就只有无伊实一个。”

“啊，按警察们的看法，那是犯人留的信，而不是死亡讯息。”

“但在秋春君这里，沙咲小姐却说出现了‘受害人本人写下数学式的痕迹’——为什么只有这次例外？不正说明是因为犯人想要强调这是‘第三起杀人事件’才强迫秋春君写的吗？我是这么认为的。”

“……你是说，要不是把它当作死亡讯息便不会有这种想法是吗？不过贵宫不明白‘X/Y’的意义吗？”

“很可能。”

如果她知道它的意义，即使想要强调案件的连续性，应该也不会使用它。

“……光靠这点，你就认定贵宫是犯人？”

“差不多吧，当然不止这点，也包括我的个人推测。觉得这很像无伊实所为。我都被她对巫女子的深厚友谊所感动了。”

“骗人。”

零崎“噗嗤”一笑。

“我再也不会信你的话了，还说什么旁观者，你根本就只是个骗子。”

“好像已经说过了。”

“别突然把话题带偏。”

“好吧，你说得对。”我轻描淡写地随口答道。

“你的问题似乎都问完了呢，那么就此收场了？”

“虽然说不上是大团圆结局……哈……怎么说呢，听完这么一个迷案啊，真是——”

“杰作？”

“不，简直是戏言。”零崎仿佛真的听了一个无聊笑话似的说道。

而我的心情也和他差不多。

这个故事，极度扭曲、极度残虐、极度无情，宛如笑话，荒诞无稽，丑陋不堪，无法直视。

结果，却令人不得不去思考。无论我如何凭借意志力去阻止自己，大脑依然会自动地思考下去。

谁是坏人？做了什么坏事？

大概因为整件事本身很简单吧，就是件发生在自己身边的事而已。任谁都能对它产生理解，产生同感，产生同情。所以才令人憎恶。真搞不懂。如果能就此放弃，该有多好。

“我就不问你详情了……”零崎扭头，冷淡地说道，“问下去你也只会骗我，那边的事……就这样吧。”

“怎么了？这么容易就放弃。”

“我也有很多考量的嘛。不过啊，我还有一件事想问你这个戏言跟班。”

“什么事？杀人者。”

“你的感想呢？”

“嗯？什么意思？”

“身边死了三个人，你对此作何感想？我就是在问这个。”

听得出来，零崎突然提起了兴致。

他的口气、语调，都宛如正在窥视镜中世界以取乐的天真少年一般：“这几个人——杀朋友的，杀自己的，为朋友杀人的，为朋友被杀的，还有你自己也差点被杀。现在有什么感想？”

“……”

一记直球。这种提问方式我八成做不来。

我抱起胳膊，装成思考的样子，以争取一点时间，但手指骨折，连胳膊都抱不住。

“零崎，我呢，对这一连串事件的感想是……”

“哦，说来听听。”

“感想就是我刚才话太多了，现在手指和喉咙都好痛。”

“……”

零崎当场呆立，面部抽搐，但随之又“啊哈哈”地放声爆笑。

“我想也是。”他接着又说道。

“就是说……就算朋友死了你也没有任何感想，是吗？”

“不，即使是我，朋友死了也会震惊的。但他们还不算是朋友。”

和我最相似的是江本智惠。

但正因最近，所以最远吧。

葵井巫女子对我的心意，我无以回报，也不曾领略过贵宫无伊实那般积极的感情，也没有宇佐美秋春的那份高尚。

“你真不自由。”

“并没有啊。”

“不自由啊。你不是在束缚着自己吗？”

“总比束缚他人来得好哦。零崎，你就算得上自由了吗？对你来说，自由就是杀人吗？”

“啊……对我来说的自由吗？”零崎口中溢出呵呵的笑声，“老实说，我讨厌‘自由’这个词，非常讨厌，都起鸡皮疙瘩了。”

“我也不喜欢呢。”

“这个词在我们国家非常廉价，遍地都是，其实不还是借口啊？染发是我的‘自由’之类的，笨蛋吗？不过我也随心所欲的，自由什么的谁管它，只是不愿被他人或自己束缚住而已。”

“原来如此，”我叹口气，点点头，“那如果我不忍耐，就会变成你这样吗？”

“你是说我忍耐了就会变成你这样吗？”

这可……

这可真是……

“唯独这点，饶了我吧。”

“是啊，才不干呢。”

零崎笑了，我没有笑。

我们继续着无谓的对话，没过多久医院已近在眼前。不知不觉间，我和零崎都停下了脚步，专心于交谈之中。而我们却对此毫无察觉，看来是说得太多了。

我们讨论的都是与此案件无关的事情。

是只与我们俩有关的事。

聊了大概两小时左右。

对人生毫无作用的事，对世界无益无害的事。

时而由零崎说起。

时而由我说起。

像是，如果能实现三个愿望，那会许什么愿啦；如果现在有一亿日元，那会怎么花啦；等腰三角形和正三角形哪个更漂亮啦；千米和千克哪个比较大啦；想加入金色曙光团还是蔷薇十字团①啦；一百五十乘以一百五十的幻方阵②能否成立啦；88格的黑

---

① “蔷薇十字团”是17、18世纪的秘密结社，由学者和改革家所组成，被罗马天主教视为异端，金色曙光团是19世纪的巫术结社，承袭蔷薇十字团，在西方神秘学和宗教发展史上有着重要地位。——译者注

② “幻方阵”是历史悠久的数学游戏，即将n×n（n≥3）个数字放入n×n的方格内，使方格的各行、各列及对角线上各数字之和相等。——译者注

白棋[①]到底怎么回事啦之类的，简直就像是亲密的好友。

但我不是零崎的朋友，零崎也不是我的朋友。

我们的对话，相当于自言自语。

没有意义，没有价值。

也不会让人觉得愉快。

也不会让人觉得不快。

只是在重新审视。

审视自己这十九年以来的人生。

零崎人识，只是光的反射。

我原本以为不可能出现这样的时间。

然而，这魔法般的时间，还是随着时针的走动而渐渐趋零。

“……那么，疑问都解开了。差不多该道别了吗？”然后，零崎说道。

“是啊。”我毫无抗拒地同意了。

“打发了不少时间呢。”坐在扶手上的零崎站起来。

“哟，”他瞥了我一眼，“你之后会一直住在京都？”

“这个，不知道啊。其实我相当漂泊不定的。大学期间会在这里，但大学会念到什么时候还不好说呢。”

“是吗？那么，世界范围内，你未来绝不会去哪里？”

“我想想……要说不会去哪，很多啊，比如南极、北极。”我

---

① “黑白棋”是8×8=64格，88格则是变体，为10×10=100格再切去四角的共12格，得到八角形棋盘，共计方格88格。——译者注

稍作思考，说出早已决定的答案，“绝对不想去美国得克萨斯州，特别是休斯敦，只有那里，我宁愿全身骨折也不要回那里去。”

“是吗？”零崎点头。

“那我就去那边。”

“你会说英语吗？”

“我上过初中哦，而且遇到无法沟通的家伙，我也有方法去解决。不过——”零崎略带嫌弃地说，“换你就不行。”

我听出他话里有刺，便耸耸肩。

“再见，应该不会再见。”

“无所谓啊，反正见面也没什么开心的。”

“说得也是。”

事实确实如此，而且我并不希望见到零崎。他应该也和我一样。说到底我与他之间，本就不应存在这场邂逅，不见面才是回归正轨。

我问了最后一个问题。

为了从正面重新审视自己最深处的、最黑暗的部分。

“……零崎。”

“什么？”

“你，有喜欢的人吗？”

“没有啊，怎么可能有。顺便，我最讨厌的是自己。不对，是你。怎么啦？”

“我有。”

零崎脸上流露出一丝惊讶。

但很快又把握十足地冷笑了一下。

“我之前问的时候，你小子不是说不知道吗？”

“当时我撒谎了。”

“是吗？”零崎说道。

“那么，这就是我和你的不同之处。”

“或许。”

“好不容易活成现在这样，就继续保持下去吧，别变得像我一样。”

“原话奉上。”

零崎背对我，走向今出川大道。我也背对零崎，走向医院的咨询台。

我们俩都没有再说话。

但大概在想着同一件事。

“接下来……”

对我而言，故事至此已画上句号。

但即使镜中彼端已有一两个世界崩塌了，我却明白，至少还有两人不愿就这样结束，令我不禁有些郁闷。

这或许就是因果报应。

“人生诸事，皆有因果哦，人间失格。”

残次品如是低语。

是说给自己听的话。

终章 永不结束的世界

玖渚友
KUNAGISA TOMO
未知

我的手指全部打上了石膏，除了左手拇指。就在医生叮嘱我“静养两周左右就能恢复到日常生活无碍的程度”的次日，我便前往玖渚的公寓。它位于京都第一豪宅区——城咲。虽然原计划帅气地骑着巫女子留给我的伟士牌过去，但受制于手上的石膏，只得作罢。

打着石膏比想象得还要不方便，一开始我只是觉得“手指无法弯曲而已，没什么大不了的”，可仅仅一晚，恶果便体现在了生活的方方面面，连换衣服都成为难题。我甚至对未来产生了一定的悲观情绪。接下来要给邻居美衣子小姐添上不得了的麻烦了啊。

因此，我选择了走路过去。步行三小时以上的行程对伤患来说很是折磨。虽然也可以坐公交车或者打出租，但手指的医疗费相当可观，我决定节俭一些。

“不过，那个人应该也在吧……”

我不停地喃喃自语着，最后抵达了玖渚的公寓楼前。那是一栋豪华奢侈的建筑，以烧制的砖瓦建成，比起公寓更像要塞。其中的三十一、三十二两层楼面皆为玖渚友所有。

一楼大厅，岩石般健硕的警备人员们稳踞在岗位上，不动如山。我穿过他们的视线（刷脸），往电梯走去。都不用呼叫，电梯便已经停在一楼。我摁下按钮，打开梯门，走了进去。用钥匙打开箱子，三十一和三十二楼的楼层键便出现了。我选择了三十二楼。

在重力错乱般的一分钟之后，电梯停住了。

我走出电梯，正前方有一面铁门，我很快便到达门前。尽管和我的破公寓相提并论很不妥，但玖渚的房间也没有对讲机。毕竟极少有人来拜访她，因此没有装配的必要。

通过钥匙和指纹锁认证，门打开了，我走了进去。

“小友——是我——我进来了——”

我边说着，边走在铺了木质地板的走廊上（但我不太愿意称它为走廊，因为已经比我的房间宽了）。正下方的三十一楼被完全打通，有一台大到不可思议的电脑坐镇其中。而我所在的三十二楼则犹如迷宫，这让记性很差的我有些困惑。玖渚人在哪呢?

真该提前打个电话给她，不过我现在手指的状况也打不了电话。虽然左手拇指可以正常使用，努力试试还是能拨号的，但我实在没心思去干这么麻烦的事。

“小友——你在哪？”

我继续边喊话边前进。从此处开始，前方的地板上都铺满了难以分辨的绝缘电线和用途不明的电缆配线。我对机械工程、电子工程等一窍不通，即使已多次踏足此处，仍觉得这里宛如魔法的国度。一不小心就会被绊倒，所以必须多加注意。

“小友——是我——你在哪里？”

“哦，在这里——这里这里——”

回话人却不是玖渚。

一如所料，是赤红色的声音。

“……”

不，声音当然是没有颜色的。

“……亏我还指望过她或许不在……”

人生果然是不会这么简单的。

我朝着声音的方向前进。走进空无一物的房间，面积约有十叠榻榻米大小。这公寓简直大得让人生气，即使是玖渚友都没能把它塞满，还留有空房间。不过也有可能只是时间问题。

不过，要不是有这种房间，她也没法接待来客……

“哟，好久不见。”

“哇哇哇哇，是阿伊啊！”

哀川小姐和玖渚友正面对面坐在房中，喝着罐装可乐。

玖渚有着一头夏威夷蓝的秀发，宛如孩子的娇小身躯，以及纯真度百分之百的笑容。好久没见到她了。从黄金周以来，差不多一个月，但总有一种非常怀念的感觉。就像是回到了自己的归宿，或者可以说是“乡愁”？

“哇哇哇，阿伊，你的手怎么了？怎么感觉变胖了呀？”

“是皮肤硬化了，思春期心因性皮肤硬化症哦。”

“唔哼，这样呀——”

“你不要当真话听进去啊。稍微发生了一些事情，包括我脸上的伤也是这么来的，痊愈大概要两周吧。”

“哇哈哈——好厉害——好帅耶——阿伊超帅的！哇——咿！是念佛的阿铁干的吗？”

“不，别再提她了。”

我说着，便挑了能和她们二人构成等边三角形的位置坐下，然后将目光投向那位可怕的人物。

“……润小姐，您好。”

“你好哦，主人公。”

哀川小姐单手握着可乐罐，嘲讽地笑了。她还是老样子，摆出一副恶人相貌，却难得看起来心情不错，让我有些意外。不过她的心情总如山上的天气般阴晴不定，所以也很难确定。

“您来到玖渚的秘密基地有何贵干？还要继续打听拦路杀人者的消息吗？”

“不不，不是这回事，那个拦路杀人者的事情已经算是解决了。”

“是这样吗？”

“嗯。”哀川小姐点头。

“现在我们正在说这件事哦！阿伊，你也要参与讨论吗？三个臭皮匠赛过诸葛亮哟！”

“不了，我不怎么感兴趣。”

当然是骗人的。

话说回来，零崎不是说要去美国吗？那搞不好是在机场附近遇上哀川小姐，于是终于被干掉了……这可真令人痛心，明明离开时那么潇洒，后续故事却是如此收场……太难看了啊，零崎人识。

“……喂，玖渚妹妹，”哀川小姐看向玖渚说道，“虽然在你家提出这种要求很不好意思，但能请你稍微离开一会儿吗？我有些话要对阿伊说。”

“嗯？”玖渚歪着脑袋，“是秘密吗？”

“对。”

“唔——嗯，明白啦。”

说着玖渚便站起身来，出了房间。脚步声“啪嗒啪嗒”的，八成是跑到某个房间里去摆弄电脑了。她从来不缺打发时间的手段，不像我只能玩八皇后。

房间里只剩下我和哀川小姐二人了。

“总觉得，像把玖渚赶出去似的。”

“就是在赶她出去啊，你也不想当着她的面谈正事吧？”哀川小姐说得理直气壮，毫不心虚，“我还觉得你该谢谢我呢。别这么生气啦，只要有人不拿小友当回事你就很容易爆发。”

“……那么，换个地点不就能解决问题吗？”

“这也办不到哦，我可是很忙的啊。明天必须去北海道，等会儿就从这里直接出发。说真的，我都没想过能在这里见到你。”

我运气真差。

“……所以，”要论理是肯定争不过这个人的，于是我放弃了，直接催促她往下说，“现在要谈什么话题？”

“首先和你说一下零崎的事，”哀川小姐答道，“你也很想问吧？别说你没兴趣。”

“这个嘛，是的，但您说已经解决他了……是什么意思？”

“昨天晚上，我终于找到那小鬼了，和他进行了第二回合的较量。”

“……之后呢？”

“和解了。那家伙不会再杀人。相应地，我也不追杀他了，交易成立。”

“……这样就行了吗？”

“当然行啊。我的工作说到底也就是制止京都的拦路杀人者，又没说非要逮捕他。而且我也不想和‘零崎一贼’相互厮杀，所以现在姑且就这样吧，姑且。”

姑且。

我不想去琢磨这句话的内涵，那里肯定是我不宜深入的领域。

“这样一来，至少京都的街道上不会再有拦路杀人事件了，是吗？”

“就是这样。没有你的帮忙可办不成啊，谢谢你啰。”哀川小姐说道。但总觉得她是在表演。

“是吗？这很理想呢。好了，差不多该去叫玖渚了。”

“还有，”哀川小姐直接打断了明显是在敷衍的我，继续说，“我那时候啊，跟人识君打听了很多事情呢……”

“他告诉你的？”

“我问出来的，”哀川小姐的膝盖蹭了过来，缩近了我们之间的距离，“有各种事呢，比如说，你的事、你的事，还有你的事。”

“我有种不妙的感觉……”

那小子，到底叽里呱啦说了些什么啊，还偏偏是告诉哀川小姐……唉，但是我也干过相同的事。原来如此，他当时之所以说“我也有很多考量”之类的，原来是这个意思……

“没这回事，不过嘛——”哀川小姐故作钦佩地说道，“你的推理真是了不起呀——哎呀哎呀本哀川小姐都吓了一跳，完全没想到啊，葵井巫女子居然在离开江本智惠的公寓时就杀了她，然后自杀。”

“润小姐，您看起来有些刻意呢。”

“……别这么较真嘛，我又没打算要跟你过不去，是真心想搞好关系的呢……不过，嗯，总之先确认下好了。”

“确认什么？”

哀川小姐并没有立刻回答，而是沉默了下来，仿佛在打量我的反应，片刻之后才开口说道：“就是这件事。”

“……就是说，润小姐对我的推理还有不满之处，是吗？”

“不，我对你的推理没有不满，但对你本人可不满得很。”

“……”

“虽然你骗过了零崎……实际上却还有一堆没说明白的事情吧？”

“有啊，但全都是细节问题。微不足道的，怎么解释都行。而且反过来说这些事我也没法靠想象去猜，就是这样……”

“那比如说，葵井巫女子杀死江本智惠的理由呢？”

“……那个嘛。”

那个理由，我没有告诉零崎。

“还有，她把那个项圈颈绳偷走的理由呢？”

“不知道啊……”

“再有，不管那封遗书怎么写的……像你这种只顾自己的懒汉，怎么会花功夫把葵井巫女子的死状布置成他杀的样子……你到底是什么时候就发现真相的？”

“……”我不发一言。

“按你的说法，你似乎是在看到葵井巫女子的遗书时才知道实情似的……但事实并非如此吧？”哀川小姐带着讽刺的笑容，“所以，是什么时候？”

看我仍不作答，她便继续说道：“我呢，经常会把人看扁了。可就算这样，我还是觉得你是个厉害角色哦。因此我无论如何都不相信，你这种人物在看到葵井巫女子的遗书之前心里会完全没数。”

“……润小姐您太抬举我了，我并没有这么厉害。”

“那就给你看看具体证据吧。说起来，你好像对零崎说过‘你不会因为看到认识的人死了就犯恶心’之类的话，可我觉得有更奇怪的地方。除了你说的这点，还有其他不像你会做的事。”

“您指什么呢？”我回应道。其实我知道她想说的是哪些事，但还是硬着头皮反问回去，“我完全不明白呢。”

“你第一次被沙咲问话的时候，比如她问你江本那通电话时，你怎么说的？‘肯定是江本’‘我不会忘记听过一次的声音’——差不多是这些话吧……凭你历来展现的惨烈记性，可做不到哦？”哀川小姐揶揄般地在我肩膀上拍了两下，“你的记忆力差劲透顶，怎么能做出这种保证？你和对方是初次见面，而且还是透过电话在听，根本不可能保证那是谁的声音。因此葵井巫女子才想得出玩这种花招的吧？她正是寄希望于你的糟糕记性。但也因此，你按理是不会讲出‘肯定是她’这种话的。”

“……您的结论是？”

“结论就是……你蓄意撒谎了。关于理由嘛，我是这么认为的……不知道的事情虽然没法瞎编，但知道的事情就没问题了……当你听沙咲说起江本被杀时，就已经察觉到真相，即葵井所设下的陷阱，以及江本就是被她所杀，没错吧？”

她的口气不容置疑。

沉默下去也没意思了。在这位赤红色的万能人士面前，这不仅毫无价值，更毫无意义。“那时候我尚未全部知情。”我较为诚实地开口回答道。

“那时根本没有任何证据，我也只是猜测，比如‘这种方法有可行性’，等等，就这样笼统地想想而已。哪怕连推论都算不上——不过，润小姐，假如像您说的那样，假如我确实在那时就发现了……会有什么问题吗？”

“当然会啊，会产生很多问题的呢。如果你是为了‘包庇朋友’，那我也不打算干涉。因为谁都会为了朋友撒谎，会帮助朋友。但关键是，你跟葵井巫女子并不是朋友啊。不管葵井她是怎么想的，至少你不认为你们是朋友，你们不过是认识而已，不过是同班同学而已。因此，你不是包庇她，只是对调查有所保留而已。”

保留。

保留时间做什么？

留出必要的时间，好让自己进行决策。

是给予，还是掠夺。

“然后，你在那天去弹劾了葵井巫女子。说了些‘你能容许自己的存在吗’什么的。”

“说得您好像亲眼目击了似的。难道，确实看到了？”

这么说来，周六那天，哀川小姐不是看见我和巫女子同行了吗？如果后来全程被她跟踪的话……杀意爆满的零崎或者无伊实那个纯外行倒还好说，要是哀川小姐出马跟踪，我确实不可能发现。

然而，哀川小姐对此予以否定。

“没看见呢。只是大概猜得出你会说什么——我和零崎意见一致，从骨子里就不信杀人者会因为饱受良心折磨而自杀。后悔的人，一开始就不会杀人。”

“但据统计，有一定比例的杀人犯是自杀的。”

“统计？你都活了快二十年，居然还拿统计做借口？”哀川小姐嘲讽般地眯起一只眼睛，对我发出哼笑的鼻音，“我不信这种傻不拉几的东西——统计说十万次里才有一次的事情，实际上总是第一次就会发生那个十万分之一。而第一次遭遇的对手也正是百万挑一的奇才。反正概率越低越容易碰上，你还‘统计’？无聊无聊……奇迹这东西明明就是批发贱卖的次等品。”

“……”

真是乱七八糟瞎说一通，然而，这番话是出自哀川润之口，让人无法反驳。单论人生经验，我完全无法与她匹敌。

“扯远了，总之葵井巫女子不是因为罪恶感而自杀的，是被你谴责——不，是被你逼问，所以才不得不选择死亡。”

你能容许自己的存在吗？

我明天还会来的，十二点左右到，届时给我答复。

届时给我答复。

“——只是被我谴责一下而已，如果她的良心这么容易受刺激，一开始就不会杀人了吧？”我套用哀川小姐的说法，“怎么会为这点事自杀？”

“因为啊，葵井是为了你才会杀死江本的。”

“……”

“啊啊，说为了你好像也过头了，毕竟是葵井自说自话，你没有任何责任。简单概括的话，她就是单纯出于嫉妒。”

我不作回答。

哀川小姐则继续说了下去。

“江本智惠从不对任何人敞开心扉，总与他人保持着最低限度的距离感，绝不会再近一步……但面对你时交流得相当深入，还是在初次见面的当晚。”

致命伤。残次品。

似是而非之物。

莫非那时，巫女子是边装睡边听我们交谈？还有我和美衣子小姐对话时，莫非巫女子其实也是醒着的？

“这样一想，也就能明白葵井拿走项圈颈绳的理由了哦。为什么她要做这种没有必要的事情，那明明只是宇佐美秋春送给她的礼物。你平时极少赞美他人，当时却对江本说了‘很适合’之类的，因此葵井要夺走它。确实没什么必要，但就是想要夺走，于是将它带离了现场。这也是在嫉妒呢。反正葵井巫女子对你和江本智惠友好相处一事感到十分愤恨。”

“……所以她就杀人了？就因为这点动机？愚蠢。就为这种理由，让被杀的人怎么咽得下这口气？”

“如你所说，咽不下气啊。也正是为此，你才无法原谅她吧？葵井巫女子仅仅出于这种无聊的理由就残忍地杀死了一个人，这令你无法原谅她，更要她负起责任。”

“您认为我会做这种事吗？”

“不认为。当然，如果这是突发性的冲动犯罪，或者这是‘无计可施’之下的行凶，你多半都会放过她——原谅她。但事实并非如此。那是有计划的犯罪，绝对不是‘喝多了一时冲动’。因为她起初就准备了凶器。”哀川小姐呵呵地笑了，“当然，你也没当真以为她是用丝带杀人的呢，虽然你对零崎说凶器是宇佐美礼物的包装丝带，其实可不是这样。”

“这我就听不明白了哦，别看那是丝带，也足够勒死人了。”

“现场少了的只有刚才说过的项圈颈绳，是吧？警方的资料上也是这么写的。所以说丝带还留在现场，也就是说，凶器是其他东西。而葵井用来自杀的布条和杀死江本的是同一根，那到底该作何解释呢？只能说明，葵井巫女子在去江本的公寓之前，就已经准备好了凶器。”

“——所以？”

“所以，葵井预料到了。她感受到你和江本身上有相似的味道……就是类似于气场的东西。如果事实真如她所想，那就杀了江本，她一开始就是这个目的。若非如此，区区一个大学生怎么可能突然构思出这样的诡计呀？”

“要真是这样，就太好笑了，”这么说着的我却丝毫没有笑意，“嘴上说着朋友朋友的……却只因为这点小事，就能轻易杀死朋友。而且他们也是真心把对方当作朋友，真心的哦。润小姐，巫女子是真的很喜欢智惠。”

不过，并没有喜欢到绝对不会杀死。

一旦妨碍了自己，还是会无情地杀死。

杀死。

请为我而死吧。

这是发自内心的希望。这种神经确实够厉害的。

“你虽然有过犹豫，但最后还是下决心给葵井定罪了。”

“定罪吗……为避免误解，我还是声明一下……润小姐，我并没有劝她自杀。为了不让她‘一时冲动’做出自杀之类的举动，我还一直等到她冷静下来再聊这件事的呢……而且我至少向她指出了三种可行方案：一是自杀，二是自首，三是装傻到底，不要再和我扯上关系。另外还有一条非常规道路，那就是杀了我。”

“你其实是希望她选择非常规道路的吧？”

“怎么可能？”我耸耸肩。

“按我的预计，她是会去自首的……但她没有这么做……等我进她房间一看，她已经自己寻死了，所以我才……”

“所以你才做了那些小动作，让人看不出她是自杀啊……果然，遗书上并没有写这些吧？留在现场的‘X/Y’也是你的手笔吧？”

哀川小姐说得不错，巫女子根本没有拜托过我这些事，那个‘吞证据’也纯属我个人的决定。不愿自首，意味着不愿暴露自己的罪孽。既然如此，我也一时兴起，决定施以援手。

而且说实话，我认为自己应负一定的责任。

“责任啊……我认为这是在完全没有料到事态会发展成现在这种局面时才会使用的词哦。”

“确实是意料之外的。‘意料之外’……真的没有想到。嗯，我也和零崎还有润小姐您一样，并不觉得杀人者真的会因罪恶感而自杀。所以看到巫女子的死时，我也很震惊，连那份恶心感都不知道到底是不是源于吞下了不消化的物品，我真的不明白。我是真的不明白啊，润小姐。”

“……但是，葵井自杀的原因也未必是罪恶感。也可能是被你逼入绝境了，被你真心讨厌了，与你变成敌对关系了，等等，总之她是失去了活下去的希望才会死的。”

“如果是这样，那我会更火大。她明明就杀了一个人，自己却遇上这点程度的烦恼就去寻死，根本就没有当犯人的资格。”

“……啊，你说你也有责任原来指这个意思吗？不是对葵井的，而是对江本的……没错吧？原来如此，我明白了，是这种概念呢……不过你啊，别人对你有好感，你就完全无动于衷吗？尽管方向跑偏过头了，但葵井是真的很喜欢你。”

“‘因为我喜欢你，所以你也要喜欢上我’之类的，纯粹就是强迫。很遗憾，我不是互惠主义者，而且我很厌恶为了情欲而杀人的人。”

“你对贵宫也说了同样的话吗？”哀川小姐略为认真地说道，“……我最佩服的是你从开始就料到事情会变成这样——料想到会以这样的结局收场，因此才会在贵宫心中植入‘死亡讯息’这一错误信息。你对零崎的说法是‘贵宫搞错了’，实际上却是‘你让她搞错’的。假如贵宫在葵井自杀之后不肯罢休，有所动作，那么你立刻就能明白。之前潜入江本的公寓，也只是为了搞到一些‘按理不该知道的情报’，而不是为了推理。”

“单纯是为了上一道保险而已呢……我可没有这么会算计。您说得好像‘全都尽在我掌握’似的，我可想不到那么多。”

毕竟杀人的是她，被杀的是他，自杀的是她，而我最后什么也没做，甚至都没有操纵过什么。因为完全不明白他人心情的我，又怎么可能操纵他人呢?

这真是戏言。

“……沙咲和数一昨天把贵宫无伊实保护起来了……贵宫好像差点自杀。就在她跑到屋顶打算往下跳的时候，他们千钧一发救下了她。但听说神志已经完全错乱，整个人都语无伦次，能不能恢复正常还真不好说。”

“……这样吗？”

“是你对她说了什么吗？”

“没有哦。”我立即回答，“我说过了吧，对因情欲而杀人的人不感兴趣。”

“我怎么觉得你刚才说的是厌恶？”

“您可能听错了。”

“……”哀川小姐无语地瞪了我一会儿，然后“哈”地叹了口气，“随便了……你之所以对只杀了一个人的他们逐个论罪，却对男女老幼皆杀的零崎不闻不问，这就是理由吗？给予，还是掠夺……你果然很残酷。”

“我常被人这样评价。”

哀川小姐喝光最后一滴可乐，然后口中发出“哟”的一声，站了起来，低头看向还坐着的我。

“Dust the dust[1]……唉，算啦，无论你说什么，做什么，你的罪与罚都是你自己一人的。虽然我不知道你的想法，但这并不是你的责任……如果说你有什么错，那就只有‘你是你’这件事，而这就是你的罪与罚。我完全无意干涉，只是稍微有点兴趣……好了，还有最后一个问题。”

哀川小姐的语气比刚才还轻松，像在开玩笑似的，但我知道这才是她开始发挥本领时的状态。

“您想问什么？”

我略感紧张。

“葵井的遗书上究竟写了什么？”

“……”

我沉默了一会儿，然后开口。

“只有一句话。”

“呵，什么内容呢？”

“我记性不好，不记得了。”

“……”

“……写的是‘我原本希望你能救我’。”

“这话真讨人厌呢，”哀川小姐笑了，“但再不乐意也会留在心里。如果最后的回忆是告白那当然很美，可巫女子临终时留下的居然是怨言。这下你这辈子都忘不了她了——或许这也正是她的

---

① “Dust the dust”是作者自己造的短句，也是哀川润的口头禅，表达一种“垃圾就该扔到垃圾桶里去”的感觉。——译者注

心愿。”

“没什么……反正过三天就会忘记的。”

我的语气像是在闹别扭，但是真心话，之后多半会是如此吧。在我心中，不好的回忆已经饱和了，一个、两个、三个、四个，不得不背负的十字架虽会增加，可很快便会被埋没，仅此而已。

“我想也是。”哀川小姐说完，目不转睛地看了我一会儿，拗出一个讥讽的表情，“你啊……其实，无论怎样都不在意的吧？”

“……”

这说的是什么啊。

猜测过度，我已分辨不出她的意思。

不过无论如何，无论她提问的目的是什么，答案都只有一个。

“是的。”我静静地点头。

“果然呢。”哀川小姐说道。

“沙咲那边我去处理……不会让你受到责难的。”

“责难？什么事？”

“责难你对江本的案件谎报事实，诱导葵井自杀并且藏匿、销毁证据，而且还隐瞒真相，对贵宫多嘴。一般来说可不会就这么算了，你也做好警方不会放过你的打算了吧，但我去帮你把事情平了哦。就算我不帮忙，玖渚大概也会做的……不过还是让你欠着我好了。”

“……沙咲小姐也说过类似的话。”

“当然会说，因为是我教的台词嘛。”

“……原来是这样吗……”

总觉得我已经在很多地方欠了很多的人情债，已经没法回头了……回到日本还不足五个月就这样，到底能不能在生前还清啊？

但，不得不还，或许吧。

“那么，下次见啰。”

“不会再有见面的机会了吧？”

“没这回事，我觉得很快就会再见的。”

“您这么说，不会是想明天还来玩吧？”

“都说了明天起我就在北海道啦……好像是个麻烦活，能不能活着回来都难说，所以相当兴奋呢。”

“您是杀都杀不死的。”

“你也是。”

“哎，再见。”哀川小姐只说了这么一句话，便离开了会客室。极度简单的道别，仿佛明天就能见面似的。

“……”

多半还会再见到她的。

而且，我还是会被她恣意妄为地揭露内在。然后，伴着她那标志性的嘲讽笑容，让已经完结的故事彻底终结。

解决已经结束的事件。

终结已经解决的事件。

因为这就是那名赤红色承包人的职责。

真是的，这真是。

这真的是。

“……最后让事情彻底收场的人是你啊，哀川小姐。”

倘若能被她所杀，那也不错，我不禁这样想着，尽管我不配。

“好了……”

我抬头看向天花板，伸手跳跃，但只能够到它的一半高度。论起空间，这间屋子应该是我租住的房间的五到十倍。

先不管这些。

“差不多可以出来了，小友。”

“啊呜。”

声音露了出来，但没有看见玖渚的身影，好像是打算继续装傻。为什么她的头脑这么聪明，人却傻里傻气的呢？唉，但总好过又傻又笨的我。

“……”

“现在还不出来，就再也没有出场机会了哦——这样好吗？”

“……唔呢，出场时机好难抓哦。”

随着话音，天花板上有一块盖板被掀开了，蓝发少女的脸突然从那里冒了出来。“欸嘿嘿嘿嘿。”她笑得十分尴尬。

“暴露了吗？”

“是啊是啊，我觉得哀川小姐也发现了。”

“唔，好不容易发现了秘密通道，结果根本没有意义嘛。”

然后，她不知道在想什么，居然如同跃入泳池般直接纵身向我俯冲过来。再次声明，天花板比我伸手跳跃时的摸高还要高上一倍。话虽如此，我已经没法避开了，只能用腹部迎面接下玖渚的攻击。

“阿伊，没事吗？”

“怎么可能没事……”手指骨折的我甚至无法防御，人肉靠垫说的就是我。

“小友……拜托，快起来，我的肋骨可能骨折了……”

“驳回申请。”

小友就这样继续压在我身上，紧抱着我。虽然之前哀川小姐也同样拥抱了我，但玖渚的拥抱是不同的。这种温柔的触感，是发自内心想要拥抱我的体现。

紧紧地。

“欸嘿嘿，好久不见！好喜欢阿伊！”

“……你要这样，那还是别多见面了……”

天真无邪的玖渚。

全程听完了我和哀川小姐的对话。

即使如此，却仍紧抱着我。

对残酷地把两个人逼入绝境却放任杀人者的我，她没有丝毫责难。

“……”

哀川小姐只搞错了一件事。

但这也无可奈何。因为就算是她，恐怕也没法彻底理解我的本质。虽然我并不认为自己有什么深度，可我明白自己的罪孽深不见底，深重到即便是承包人哀川小姐，也不可能将其看穿。

而我之所以不想在玖渚面前说起那些事，绝非是害怕被她轻视。恰恰相反，她绝对不会轻视我。也正因此，我才不愿将自己的丑恶与自私展现在她面前。

那是仿佛能够包容一切的爱。

是毫无杂质、绝不动摇的浓情。

哪怕我直接杀了人，她也会原谅我吧。

无论我做什么，她都会爱着我吧。

这份爱情，对我来说，有些过于沉重。几乎要把我压垮——这份不限范围的、不见约束的温情。

我并非无法对他人产生好感，只是不能忍受他人对我抱有好意。

不管巫女子有多么爱我，我能够回应她的也仅仅是对杀人犯的憎恶。即使她的所作所为都是为了我，我也只不过视其为杀人，仅此而已。

所以，我是残次品。

所以，我不配为人。

“……全是戏言。”

“嗯？”玖渚稍稍起身，一脸不可思议，“阿伊，你说什么？”

“不，我什么都没说。”

“唔——嗯。啊，对了，阿伊，要不要一起去旅行呢？”

“旅行？真难得啊，你这个‘家里蹲’。”

“嗯——人家也觉得旅行很麻烦——但没办法啊，要救人嘛。”

“这样啊……好，我们去吧。而且最近也都没和你见面。”

“嗯！”玖渚高兴地绽开笑颜。

她不懂得笑脸之外的表情。

而我，就连“笑”这种表情都未曾知晓。

面对笑容，却无法回以笑容……

这确实会令人自卑啊，智惠。

我略带自嘲地想着。

“我们什么时候出发？”

“旅行前要做很多准备工作呀……卿壱郎博士那里很远——不过要救小兔嘛。先等阿伊养好伤，人家想差不多在七月初走。”

“好，明白了。”

“要在日历上圈出来哦。”玖渚嘻嘻一笑。

这时，我突然想起一件事：“对了，玖渚，你知道‘X/Y’吗？”

“嗯？”玖渚歪着脑袋，“那是什么？公式吗？”

“是死亡讯息……其实也不算，但就当它是吧。”

“唔——嗯，”玖渚想了一秒左右，“啊，莫非是手写的？”

“是的。”

“那就很简单啦，把它对着镜子，以中点为轴心转动，要一直面对镜子哦。”

玖渚说得好像很简单。

“确实如此。”我答道。

巫女子是以何种心情，在智惠的身侧留下这个记号的呢？简直就像是把它作为死亡讯息而留的。对此，我真的只能靠猜，但倒也猜得出来。

巫女子她，大概并不想杀智惠。

当然，无伊实也没想杀秋春君。

“……可我……”

可我，也许是真的想杀死巫女子和无伊实。

毕竟，镜中另一端的我，是杀人者。

“……”

总之，我已经准确地收到了她所留下的这个充满矛盾的记号。这就足够了吧？只可惜，这个记号，必须要传达给镜子的另一端。但如今就连那面镜子，也已损坏。

一个世界崩塌了。

如此一来，我看着玖渚。

如此一来，我又会在何时崩坏呢？

那个该死的超越者曾宣称“再过两年”，但她远比我更爱撒谎，我可信不过她。而且，即使她没有骗人，我也不觉得自己的精神状态还能撑那么久。

别说精神状态了，我的心就会率先绷不住吧。

不管怎样，那个时刻总会到来。

那个堪称最终审判的时刻。

“呜呢？阿伊，你怎么啦？”

玖渚一脸茫然。

她那纯洁的大眼睛，她那蓝色的秀发，跟五年前完全一样。

自那时起，已过了五年。

而那个时刻，终会到来。

那个终因不堪重负而想要毁灭这名少女的时刻。

那份冲动。

“……”

但玖渚依然会原谅我的吧。

被杀死也好，被毁坏也好，她都会原谅我的吧。会像五年前那样，若无其事地对我露出纯真的笑容吧。

对凡事都是戏言的人来说，原谅并不等于救赎。

所以，尽管并非出于情欲，而是由于最原始的利己本能，我也得做出动情的样子。

要在局面变成那样之前。

让我……

尽快让我……

“小友。”

“嗯？”

“我喜欢你。”

只不过是随便说说的。

只不过是不含真心的、极为空洞的话语。

谁都说得出来。

对谁都说得出来。

只不过是没有意义的词句而已。

“人家也最喜欢阿伊了哦。”玖渚友笑着说。

仅此而已。

结果也就仅此而已。

“最喜欢这样的伊君了。”

所以“我原本希望你能救我”。

对此，我所抱有的答案是唯一的。

想对巫女子说的话也仅有一句。

大概和智惠对我说的话一样。

而且……

确实，是最适用于我的话。

“别撒娇了。”

Easy love，easy no[①] is bad end…

① 意为“轻率的爱情也会轻易消失”，是作者对惯用语“Easy come，easy go”的化用。——译者注

后 记
POSTSCRIPT

怎么说呢？我们经常听到“为达目的不择手段”这句话，但反观现实，我总觉得一旦设定目标之后，在实现它时却并没有什么手段可供选择。想要达成某个目的时，可行的手段最多也就一两个，撑死不过三个左右，即是说，我们从一开始就没有什么选择的余地。那么，在决定目标的那一刻，其实就相当于同时选定了手段吗？因此我认为想要实现“能够不择手段”这种宽松的状况，就要尽可能地不设目标，让事态无论如何都能发展下去，这是最为适用的。或者，虽然作为生存方式来看，这会有些狡猾甚至卑鄙。“提前准备好多个目标”可能也是有效方法。这样就算遇上磕磕绊绊，也可以嘴硬地说“好啊，目标完成”吧。虽然我真想说一次“事实上这正如我所料”“也是会有这种情况的嘛”这类话试试啊，不过先不管这些了，仅论作为指导思想的“目标”，可不是轻易能决定的。如果傻乎乎地乱来，就会真的没有手段可选哦！总之现代社会充斥着各种已经成形的方法，我这么说好像有点太不知足，但感觉已经没有像“选择”一样这么奢侈的行为了。当然这只是我的一家之言。

本书名为《杀首浪漫派：人间失格·零崎人识》，讲述了在陷入无法挽回的状态方面绝不落后于人的戏言玩家的第二个故事。不过重点其实不在系列顺序上，这是一个所谓的杀人故事。非要说清楚不可的话，是一个找不到目的的杀人者和找不到手段的杀人犯的故事。虽然没什么意义，可能会被认为无趣，因此只是叠加着语言，表述并不丰富的内容，但只要试想一下杀人者和杀人犯有何不同，我身为作者便也产生了许多复杂的想法。世上存在无计可施的绝境，当人被逼至绝境时，基本上都是无能为力的吧，这种情况真的很像是受到逼迫而慢慢致死，正因如此，人要怎么克服那种绝境带来的无力感，做出正确的选择就显得尤为重要了。基于这样的感想，便有了这本《绞首浪漫派：人间失格·零崎人识》。

本书和本系列上一部作品《斩首循环：蓝色学者与戏言跟班》一样，它的出版得益于许多人士的帮助，人数众多，不胜枚举。特别是讲谈社文库出版部和插画老师竹小姐，真心感谢你们长期陪伴着我这种不知所谓的作者。那么，就此搁笔。

西尾维新

图书在版编目（CIP）数据

糸首浪漫派：人间失格·零崎人识 /（日）西尾维新著；邢利颉译 . -- 北京：中国广播影视出版社，2023.7
ISBN 978-7-5043-9013-4

Ⅰ.①糸… Ⅱ.①西… ②邢… Ⅲ.①长篇小说－日本－现代 Ⅳ.① I313.45

中国国家版本馆 CIP 数据核字（2023）第 075651 号

著作权合同登记号：图字 01-2022-5055

糸首浪漫派：人间失格·零崎人识

[日]西尾维新 著
邢利颉 译

责任编辑 王 萱
封面设计 MF 李宗男
版式设计 曾六六
责任校对 龚 晨

出版发行 中国广播影视出版社
电 话 010-86093580 010-86093583
社 址 北京市西城区真武庙二条 9 号
邮 编 100045
网 址 www.crtp.com.cn
电子信箱 crtp8@sina.com

经 销 全国各地新华书店
印 刷 北京盛通印刷股份有限公司

开 本 880mm × 1230mm 1/32
字 数 280（千）字
印 张 13.5
印 次 2023 年 7 月第 1 版 2023 年 7 月第 1 次印刷

书 号 ISBN 978-7-5043-9013-4
定 价 68.00 元